imaginist

想象另一种可能

理想国
imaginist

KARL OVE KNAUSGÅRD

在夏天
OM SOMMEREN

〔挪威〕卡尔·奥韦·克瑙斯高 著　　沈赟璐 译

上海三联书店

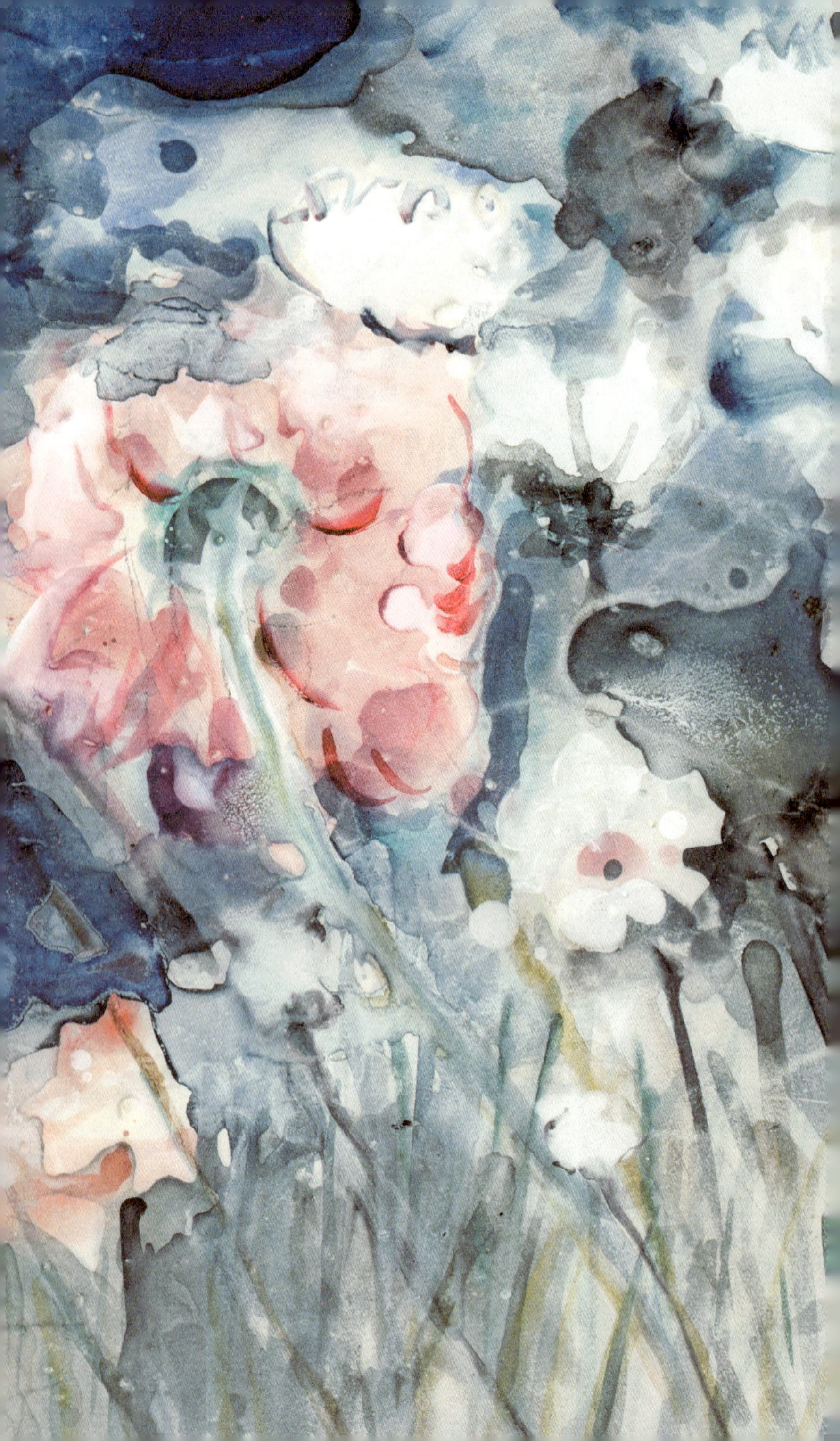

六月

3　洒水器

6　栗子树

10　短裤

14　猫

19　露营地

23　夏夜

26　夏日午后

29　智力

33　泡沫

38　桦树

42　蜗牛

46　醋栗

49　夏日的雨

52　蝙蝠

55　叠接两头船

58　狼

62　眼泪

66　搅拌机

71　日记

七月

207 草坪　　　　　252 斯汀

211 冰块　　　　　256 柳兰

215 海鸥　　　　　260 狗

219 果蝇　　　　　264 耶尔斯塔岛

223 樱桃树　　　　267 蚊子

226 鲭鱼　　　　　271 昏厥

230 黄蜂　　　　　277 壶穴

235 特技表演　　　281 日记

239 游乐场

242 蝙蝠

247 烧烤

八月

357 衣服

361 冰淇淋

367 盐

370 蚯蚓

373 埃克洛夫

377 自行车

381 巴克尔

385 愤世嫉俗

388 李子

391 皮肤

395 蝴蝶

399 鸡蛋

402 充实

405 地蜂

408 马戏团

412 重复

415 捉螃蟹

418 瓢虫

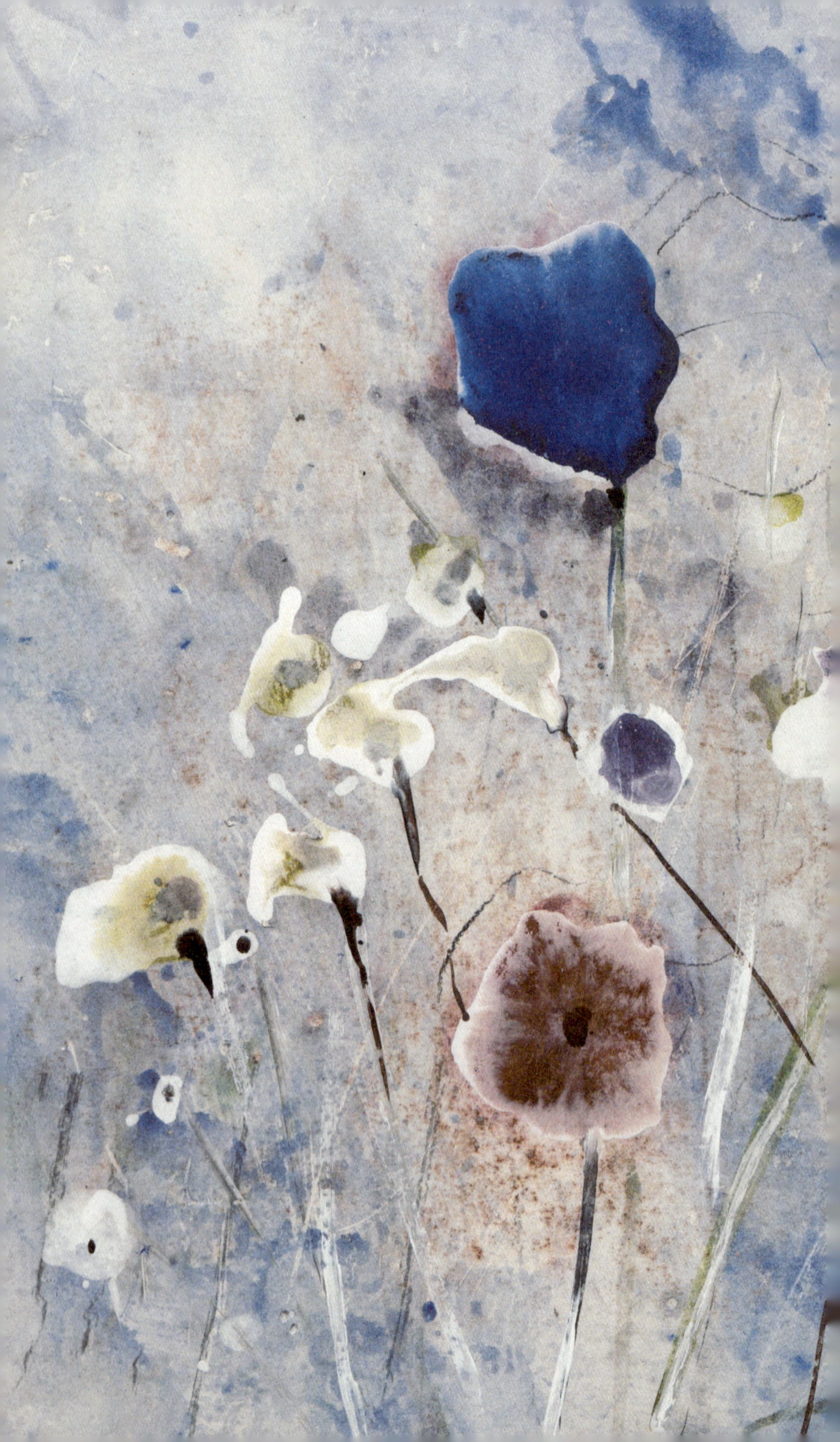

六月

洒水器

我从来没意识到其实我有自己的洒水器，这只是我在买这栋房子时收获的诸多物件之一，比如割草机、园艺剪刀、耙子和其他花园里的工具。我无数次转动夏屋门廊的水龙头，把软管接上去，先听到水流嘶嘶作响，急速通过水管，然后细细的喷射水流在花园中升起，大约能到五米高，在阳光下闪闪发光，慢慢摇摆着从一边落到另一边。我一直都认为洒水的这个动作很像挥手，但我从未把这件事和我自己或者我的生活联系起来，好像它所代表的东西并不代表我，或者换句话说，我在这里过的生活，并不是我真正的生活，只是我恰好在做的事情。从一个满是小孔有水流过的金属环中得出这么大的结论，似乎有些牵强，但在我的成长过程中，记忆中的所有事物里，洒水器是最具象征意义的，它集合了记忆中最多的情绪和事件，唤起了最多的联想。住宅区的每个家庭都有洒水器，而且都是同一种型号，所以在夏日艳阳高照的日子里，这种波光粼粼的弧形水柱随处可见。洒水器工作的草坪通常空无一人，就好像洒水器是某种友好的大型水生生物，在草坪上过着独立的生活。如果水龙头没有开到最大，当水落在草坪上时，声音小到几乎听不见，只有细密轻微的滴答声，被软管或是水龙头的嘶嘶声淹没。接着声音越来越大，根据洒水器的位置，水柱撞击在灌木丛或树木的叶子上时，则可能发出沙沙声甚至爆裂声。这些声音有条不紊，有耐心地起起伏伏，仿佛是一份精心操持的工作，让人觉得弧形水柱是一个独立的存在，可以持续一整天，一直到晚上，不受居民或其他人的活动影响。有时整个夜间都在进行，尽管这种情况很少见，因为出于某种原因，人们认为在黑暗中洒水是不合适的。小时候我们家的洒水器是爸爸管的，我不记得有看到过妈妈去开关水龙头，我也不知道这是为什么。水龙头在地窖的洗衣房里，水管从狭窄的长方形地窖窗户通到花园里，从里面看，窗户很高，几乎顶到天花板，但从外面看，窗户的位置则很低，刚好在地面上。只要

六月／洒水器

爸爸在洒水，窗户就没法关紧，这让我心里有种隐约的不舒服，而窗户内外相对于地面的高度又带来了一种神奇的吸引力。水的弧线在各个方面，包括视觉、听觉和它在花园中的用途，都展现出毫无保留的美。事实上，我现在自己也成了洒水器的主人，当我在自己的花园里打开它并四处移动时，对我来说应该有一些新的意义，即便不是很多，但至少有那么一点，因为当时的我所观察到的生活——成年男人和女人的生活——现在也变成了我的生活，我不再从外部旁观，而是可以从内在完成我对这份生活的期待。不过，事实并非如此，我发现打开洒水器并没有特别的乐趣，就像我走进家门给面包涂黄油，或脱鞋一样平凡。现在的我从外部世界所观察到的是孩子的世界，还有什么能比地下室的窗户更能体现生活中这种不对称呢，它高得接近天花板，同时又低得靠近地面，对吧？

栗子树

我们院子里有一棵栗子树,它立在两栋房子之间的角落里,有二十多米高,也许高达二十五米。它最长的树枝伸出至少十米,搬到这里后我做的第一件事就是锯掉较低的树枝,因为其中一些挡住了房屋之间的过道,另一些则长得高过了屋顶,搭在了那里。但是,尽管栗子树那么高大——人们从远处看这一片土地,视野里只有它而没有屋顶——尽管我爬过它也锯过它,但我从未真正注意过它,也从来没有想过它,就好像它不存在一样。现在看来,我与这么庞大的生物共同生活了五年,却从未真正注意过,这似乎有些不可思议。这算是什么现象,视而不见?我猜想,这是因为我们并没有对自己所看到的事物产生感知。那我们真正感知到的又是什么呢?我们常说某个事物有意义,好像意义是我们收到

六月／栗子树

的一样礼物，但实际上，我认为恰恰相反，是我们自己赋予了所见之物意义。在我写这篇文章时看到的那棵栗子树，我没有赋予它任何意义。它在那里，我也知道它在那里，并不是我在房子间穿梭时撞上它的那种知道，但它对我来说毫无意义，因此也就没有真正地存在。

真实发生的事情是，今年春夏，我一直在研究画家爱德华·蒙克的画作。我看了他所有的画，一遍又一遍地看，所以对其中大部分作品都很熟悉。他画了几幅栗子树，其中有一幅让我印象特别深刻。那是城市街道上的一棵栗子树，几乎是印象派的画法，所有表象呈现的都是色彩而非实体，它们更多存在于视觉而非触觉之中，更接近一个瞬间而非恒久。栗子树正在开花，白色的花朵在一片绿意中被画成了一个个小柱子，像灯笼一样闪闪发光。在我这里望向窗外的栗子树，它的花朵一点也不像蒙克画的栗子花——它们看起来不像是竖线，而是像四五层排列的白色小泡芙，也不是纯白色的，而是带有米色和棕色的色调。然而，正是蒙克的这幅画，让我在五月底这棵树开始开花的时候，第一次感受到那是一棵栗子树。在通往于斯塔德市中心道路的人行道上，两旁的树木也是如此。这条路沿着港口的铁路轨道延伸，港口停着去往波兰和博恩霍尔姆的大型渡轮。当它们开始开花时，我在想，它们也是栗子树啊。造成认知差异的并不是名字，并非我之前认不出它们是栗子树而现在可以——我一直很清楚它们是栗子树，重要的是另一件事，是栗子树在我的意识中占据了一个亲密的位置。我认为这就是我们在谈论真实性时，实际所谈论的亲密感。因为亲密感能够从根本上消除距离感，而距离感是上个世纪所有异化理论的核心。我们普遍觉得有形的事物更接近现实，而在我们对有形事物的渴望中，亲密感也发挥着积极的作用。现代主义和反现代主义，进步和倒退，并不是两个极端，它们只是亲密和非亲密之间平衡的结果，是我们把重点放在哪里的问题，而这又取决于我们用它来做什么，我们想从生活中得到什么。我们是否想接纳这棵栗子树？是否想看到它并让它在我们心中占有一席之地？是否希望每次经过它时都能感受到它的存在以及它在现实中的位置？栗子树所明确的，所表达的，无非是它本身。也许这个道理也同样适用于我们？我们所明确的，

六月 / 栗子树

我们所表达的,也只是我们自己,只是特定时间特定地点下某个特定的存在?我越来越觉得,思想只是流过我身体的东西,感觉只是流过我身体的东西,我可以很容易地成为别人,重要的不是我是谁,而是我表达的我是谁,这同样适用于现在立在窗外的栗子树,它静静地耸立在绿叶白花的绚烂中。

短裤

我今天穿的是短裤,苔绿色,长度刚刚到膝盖上方。虽然在炎热的天气里它比长裤更舒适,但也有一点让人不舒服,好像它让我变小了,好像我年纪已经大到不适合穿它了。短裤这个词本身的简单描述就显得很幼稚,像是孩子的用词,类似于足球、爬树、安抚巾、木鞋。如果我改写成"我今天穿西短",感觉就不那么幼稚了,如果我再加上"军绿色的",听起来就不再像是穿着十岁孩子的衣服,而更像一个二十出头、在去音乐节的路上的年轻人。1990年代中期,我读了一本给我留下深刻印象的小说,它让我对自己内心的一些倾向和领域有了一个清晰的认识,而在此之前,我对它们还没有定义。这就是英国作家伊恩·麦克尤恩(Ian McEwan)的《时间中的孩子》(*The Child in Time*)。故事的主要内容是所有父母最大的恐惧：孩子的失踪。但让我印象深刻的是书中的一个平行故事，是关于倒退和幼稚的——一个男人（我记得他是国会议员）回到了童年，他穿着短裤，开始爬树、在树上搭建小屋，像小时候一样玩耍。我感觉很怪异，因为这种堕落完全失去了尊严，与酗酒或吸毒的堕落程度和方式完全不同。同时，我也能感受到某种诱惑，因为我不仅对童年的一切充满了强烈的怀念——例如雪融化的气味，还有雾蒙蒙的天气里看到的白色冰岸，融化的水流慢慢渗入路面，都能勾起我对回到童年重新体验快乐时光的渴望，这种渴望如此强烈，以至于让我感到痛苦——我也渴望和那时候一样被人照顾。在读《时间的孩子》之前，这种渴望从没有明确表达出来，所有这些模糊的、不为人所知的感受都流淌在小说里，使我能够从外部把它们看成是世界上客观存在的东西。其中的怪诞对我来说也一目了然。想变成孩子的成年人甚至比想变成年轻人的老人更怪诞，我曾在我的第一本小说里表达过这个概念。在我的书里，想要变成孩子的渴望被转化为对孩子的渴望——我想起了我还在上小学时，第一次暗恋对象给我带来的强烈感受，所以我让故事的主人公进入这种感受，让他爱上了一个孩子。现在，所有这些渴望和感觉似乎都很奇怪，今天早上，因为看起来又是炎热的一天，我换上了短裤，当时我心里感到一阵淡淡的厌恶，因为总是向后看意味着某种对于生活的否定，我不得不对自己说，这只是一块布，让小腿裸露在外。但是，即使这种怀旧情绪已经过去，或者说已经弱化到无法辨认的程度，我知道在我的内心深处还存在着其他这样的无意识的倾向和模式——例如，在我成年后的生活中，我进入的关系让人想起我成长时所处的关系，所以我爱的人占据着与我父亲相同的位置，一个我想安抚、想满足的人的位置，也是我既害怕又迷恋的人——成长的含义，或许最重要的是把自己从这些模式中解放出来，意识到并承认它们的存在，这样你就能与现在的你或理想中的你和谐共处，而不是过去的你或过去理想中的你。保持旧有模式的好处在于，无论它们有多么痛苦或具有破坏性，它们都让人感觉安全。自由是不安全的，在自由的环境中，任何事情都可能发生，而生命的悖论之一，至少是我生命的悖论之一，就是现在，当我走向开放和自由的生活时，我不再需要自由了：只有在我人生的前半段，到

六月 / 短裤

我四十岁之前，当所有的可能性都摆在我面前的时候，我才需要它，并且可以享受它。对一个穿着短裤的中年男人来说，要自由来做什么呢？

猫

昨天下午，有一颗野兔的头躺在栗子树下的草坪上。眼睛已经不见了，脸也残缺不全，我只能通过长耳朵辨认出这是只野兔。是那只猫干的，这是她两天内叼走的第二只野兔，作案手法如出一辙，头被扯下来，眼睛被挖走，只剩血淋淋的皮毛留在花园里。在我写这篇文章的时候，这只猫正坐在窗台上向屋里张望，等待屋里的人站起来，发现她并让她进屋。这是一只西伯利亚森林猫，长着灰黑色的长毛和毛茸茸的尾巴，我们将她从一位女士手里买下来，那位女士叫她"阿玛加"。阿玛加喜欢睡在密闭的空间里，空间越窄小越好，比如箱子、盒子、手提箱、婴儿车，但她也喜欢躺在窗台、台阶、床、沙发和椅子上。最重要的是，她像这栋房子里的一个房客，想来就来，想走就走，

六月 / 猫

她有自己单独吃东西的地方，白天睡觉，晚上彻夜不归。偶尔有她的老相识造访，我有时看到它们坐在花园里等她出来。资料中对她这一品种的猫的描述是敏感而机智，尽管这么说过于拟人化，但与我对她的印象相当吻合。在我成长的过程中，我们家养过几只猫，它们性格各异，从温驯的索菲，一只灰色的长毛挪威森林猫，到她的女儿梅菲斯特，同样是长毛，全身黑色，比她的母亲更优雅也更亲切，再到她的儿子拉塞，冲动不羁，而且明显比他的长辈们鲁钝得多。只要有人看他一眼，他就会发出咕噜咕噜的声音，从来没有受过适当的家庭训练，而且喜欢被人抚摸。爱抚显然是他生存的最高境界，他试图将爱抚变成身体接触的狂欢，他的鼻子会流鼻涕，伸出爪子上下摆动，他会仰面躺着，张开双腿，在任何可以摩擦的地方蹭来蹭去。拉塞既不端庄也不正直，当他试图赶走梅菲斯特并霸占房子时，终于被送到了兽医那里，迎来了自己的命运。阿玛加与拉塞完全相反，她非常正直，跟索菲一样充满戒心，但远不如索菲温和。她的性格很尖锐，即使在她屈服的时候也很明显，因为虽然她在被抚摸的时候会发出呼噜声并闭上眼睛，但她的警惕性从来没有完全消失。她随时都可能扭转身子，站起来，跳到地板上自己走掉。两年前我们养了一只狗，她做的第一件事就是攻击，她抓伤了狗的眼睛，血顺着狗的鼻子流下来，从那时起，那只狗就怕极了她，她完全控制了那只狗。前年，我们的女儿出生时，阿玛加起初并不在意，但当婴儿开始走路，蹒跚地追在她身后时，她就会像乌龟一样伏下身子，贴着地板溜掉，就像她察觉到危险时总是会做的那样。"塔克，塔克！"我们的女儿会这样一边喊她一边试图去抓她的尾巴。这个名字很妙，因为塔克（tack）在瑞典语里的意思是"谢谢"，所以每次我看到她，我就可以指着她说："这是对你的感谢！"小姑娘很少有抓到她的时候，因为阿玛加跑得比她快多了，一溜烟就跑了，除非她睡着了，如果我们赶过去不够快，阿玛加就会对着她嘶叫，如果这还不能阻止小姑娘，她就会抓她。这样的事情发生过两次，现在她尊重阿玛加了，不再向她扔东西，也不再抓她的尾巴，而是喜欢抚摸她。阿玛加允许她这样做，虽然我并不认为猫咪能从中得到什么乐趣，因为当小姑娘的手抚摸她柔软的、经常纠缠在一起的毛发时，她躺在那里，眼神警惕，看起来还有些紧张。考虑到其他时候，她的本能可能会让她撕裂喉咙、大口吮吸血液、挖出猎物的眼睛，她当时表现出的这种自制力令人钦佩。是的，与猫一起生活让我对本能的真正含义产生了怀疑。我曾经认为，本能是一种自动行为，是动物体内预先设定的、不可避免的东西，与它们的思想和情感无关，而驯养它们则是在它们体内植入另一种同样自动的系统，这意味着本能被抑制或被引导到其他方向。狮子和老虎等大型食肉动物的本能更强，因此更容易冲破驯兽师筑起的围墙，在毫无征兆的情况下攻击那些驯养它们、喂养它们、照顾它们的人，将其撕成碎片。我们可以称之为本能，我们可以称之为天性，我们可以称之为动物的本性。但是，当我在动物园里看到狮子或老虎时，我从来没有感觉到它们被我们称之为本能的东西所支配，或是受本能的摆布，只有限的反应。它们更像是随心所欲，从不考虑或判断，只是简单地行动。我们和它们的关键区别不是我们会思考而它们不会，而是我们有道德而它们没有。我确信阿玛加打量过我们，她知道我们是谁，是住在她家的六位家庭成员。我还敢肯定,在她眼里,我们是某种又大又笨的猫,行动迟缓,思维迟钝。如果阿玛加不认为她比我们高一等,那我确信,她能用她全部的生命感觉到这一点。

露营地

露营地是为过夜住宿而划定的区域，通常位于城镇和城市之外，靠近海滩或在其他户外区域，旅行者可以付费停驻在此，在自己的帐篷或房车里过夜。除了帐篷或房车主人付费使用的这一小块几平方米大的区域，露营地还提供一些公用设施，如厕所、淋浴间、售卖日用品的小卖部，经常还有儿童乐园，如果设备齐全，还提供游泳池。露营地跟旅馆很像，旅馆也是旅行者过夜的地方，但旅馆要求你放弃自己的生活习惯，在一个陌生的空间里生活几个小时，多年以来，有成百上千的人曾使用过这个空间，屈服于四面墙壁，让陌生的环境将自己框住几个小时的时间，而露营地则满足了旅行者对于独立的渴求，允许他们建立自己的家，在陌生的环境中创造一个熟悉和温馨的区域。人们可能会认为，这种保持独立的可能性会比旅馆的欠缺独立更有优势，在我们这个所谓的个人主义时代，比起旅馆的限制，我们会更看重露营地的自由，但事实并非如此，露营地的地位很低，近几十年来它的地位一直在下降。原因很简单，但却很隐蔽，甚至可能是被刻意隐瞒的事实：金钱和自由是对立的。露营地的地位随着市场自由主义和私有化的发展不断下降，金钱在事物之间制造差异、划分等级和界限，建立起一个限制人们进入世界的体系，在这个体系中，任何无法被估价的事物都被排除在外，因此开放与无价值直接相关。流浪者的自由，想去哪里就去哪里，想睡哪里就睡哪里的自由，现在只存在于那些无家可归的人中间，他们处于社会的最底层，而开车带着自己的居所和食物从一个地方到另一个地方，这在某种程度上打开了世界，保留了流浪者的残存的自由，但也得不到大众的认可。想想罗姆人和他们的社会地位就知道了。因此，从睡在长凳上、门廊里、城郊公园和树林里的无家可归者，到住在配有警报器和门卫的大公寓或大房子里的人，都有一个等级。因此，像谢尔·英格·罗克这样的亿万富翁，出身于工人阶级，现在已是挪威最富有的人之一，会去露营度假是不可想象的,尽管他在成长过程中可能与家人一起露营过,知道傍晚时分沾了露水的帐篷帆布的气味,以及在其他帐篷传来的低沉声音中入睡那种充满安全感但也令人兴奋的感觉,帐篷外的男人和女人坐在自己的露营椅上,在微暗的夏夜里聊天。还有上路的喜悦,因为第二天就要拆掉帐篷,把行李放回车里,驱车前往下一个露营地,不知道那里会有些什么:会有游泳池吗?那里会卖软冰淇淋吗?会有其他同龄孩子吗?会有蹦床吗?会是海边的沙滩吗?是在河边还是森林附近,还是在山里,还是在好斗的公牛吃草的田野边?我仍然记得小时候参加家庭露营旅行时的激动心情,那是20世纪70年代,露营是最常见的度假方式,你会看到满载物品的汽车在马路上排成长队,旁边是露天的露营桌和冷藏箱,那时人们也不以自带家常食物为耻(家常食物之于餐馆就像帐篷之于旅馆),只是因为那时候人们的钱没现在这么多。露营地依然存在,但现在人们有了更多的钱,事情就这样合乎逻辑地发生了变化:慢慢地,移动帐篷和房车的流动性越来越小,花园在它们周边生长,帐篷和房车里摆满了便利物品和小玩意儿、电视和电脑、冰箱和烘干机,变得越来越像普通住宅，现在已经完全变成了普通住宅，因此露营地成了人们一年中长期居住的地方，被栅栏围着，封闭起来，动弹不得，唯一能让人想起移动和流动的是超大房车的轮子，它不再意味着自由，而是沦为了自由的象征符号。这些露营地代表着一种凝固的渴望，与诗人坐在塔楼上书写开放和自由的样子并无二致。

夏夜

一天晚上，我和我心爱的女人坐在一家酒店的露台上，我们刚去过市中心，在一家餐馆吃过饭。我一直很孤僻，心事重重，她曾试图让我摆脱困境，但最终还是放弃了，所以我们两个人一直安静地坐在那里，偶尔才说点什么来打破令人不安的沉默。我们原本一直坐在外面的院子里，篱笆边上长满了玫瑰丛，玫瑰花硕大嫣红。头顶的天空一直很蓝，周围的屋顶在阳光下闪耀着金红色的光芒。其他桌的就餐气氛很好，许多人已经用完餐，放松地坐在那里，伸开双腿，一边喝咖啡或葡萄酒，一边聊天，手上摆弄着桌上的小东西，一盒牙签、白兰地杯、咖啡杯什么的。我们买完单，服务员为我们叫了一辆出租车，刚好是一辆厢型车，当它穿过街道驶出小镇时，我们，之前的我们，仿佛在所有的座位之间消失了。酒店在一条长长的林荫道的尽头，在海峡上方的一座小山坡上。我们下午到得太晚，入住后几乎没怎么进过房间，整个房间是白色的，航海风格的装修，可以看到大海。她往浴缸里放水，浴缸很大，可以容纳两个人并排躺下。我关上灯，我们躺在温暖的水中。太阳已经落山，但外面的天空依然明亮，覆盖在漆黑的水面上。一棵大树黑沉沉地矗立在一边，上方的天空里闪烁着一颗孤独的星星。那一定是颗行星，我说。是的，可能是，她说，我们是朋友吗？我说。我们当然是朋友，她说。我们在卧室里做了爱，穿好衣服下楼到餐厅，餐厅通往阳台的门是开着的。餐厅里空无一人，酒保正在打扫卫生，音响里播放着爵士乐。我们来到阳台，在一张桌子旁坐下。海峡的水毫无波澜。在明亮的天空中，出现了几颗星星，从我们坐的位置看去，三棵老树好像合成了一棵，月亮在它们的后面正缓缓升起。我看不到月亮，只看到树叶间的黑暗中闪烁着黄色的光柱，但我知道那是一轮满月。一只蝙蝠在空中匆匆掠过。除了屋里传来的低沉的音乐声，整个酒店都很安静。所有人都睡着了。一只鸭子在水面上嘎嘎地叫了几声。在海峡的另一边，森林一直延伸到水边，另一只鸟发出了长长的嘶嘶声。然后又安静了下来。我转过头，朝我们刚刚去过的小镇望去。那儿灯火闪烁，天空被照得很亮，但四周一片漆黑。这是一个神奇的夜晚。过了一会儿，我们站起来，沿着通往水边的小路向下走，这是一段长长的台阶的最后一段。一条木栈桥向外伸到水里，尽头有一张长椅，我们在上面坐了下来。我们什么也没说，我们不需要说什么，我想，那只会破坏气氛，因为寂静就像笼罩在风景之上的苍穹。从这里，我们看到月亮高高地挂在森林上空，圆圆的。没有高山或城市与它竞争，它拥有整个天空。我想，尽管我们脚下的水面静止而平滑，但它似乎在涌动。偶尔有微弱的水花四溅，那是鱼儿在水面觅食。很漂亮吧，我说。是的，她说，非常美。很快就会变亮，我说。是的，她说。我们当时都不知道这将是我们在一起度过的最后一晚，但在接下来的两天里，我们之间的一切都爆发了出来，除了分开没有其他的处理方式。现在回想起来我依然会感到心痛，那个在一起的夜晚是我经历过最美的夜晚，而我们再也不能像我想象的那样共同分享那个夜晚。我曾经强烈感受到的"我们"，如今只剩下了我自己。

夏日午后

那天早些时候，也就是我们最后一次在一起的时候，我们去了另一个小镇，走过省城的步行街，经过文艺复兴风格的市政厅和砖砌的大教堂，我们走进了一个公园，在公园中心的草地躺了下来。我们身后三十米处有一棵大树，几个十几岁的女孩坐在树荫里的长椅上，除此之外一个人也没有。到处都是鸟鸣声。通常我不会注意到这些，但当时我只能听到鸟鸣。"鸟儿用我们也觉得美妙的方式歌唱，这不是很奇怪吗？"我说道，"它们不一定非要这样歌唱的。""是啊，不一定。"她说。"在我父母的花园里，有些鸟的叫声非常可怕。就是嘶哑难听的呱呱叫。还有海鸥也是这样，它们是我知道的最恶心的鸟，体型特别大的那些就像恐龙。它们是恐龙。"我说。"我知道，"她说，"但并不是所有的鸟都会让

六月／夏日午后

人产生这种联想。公园里的就不是。""不。"我说着，想象恐龙像小鸟一样歌唱。这将改变我们对它们的整体看法。但我什么也没说，而是点了一支烟，躺回草地上。几朵白垩色的云朵飘过蓝天。树叶在风中沙沙作响，此时正值午后，风稍稍变大了些。在秋天和冬天，白天在下午就接近尾声，迎面而来的是一堵黑暗的墙；春天的白天似乎变得稀薄了；而在夏天的下午，白天的色彩变得更深，更丰富。光线变得更加充足，天空的蓝色更加浓烈，在这片景色中，太阳的热量终日不散，在某些地方，如灼热的柏油路面或林间空地的空气里，太阳的热量会累积在一起。从海上吹来的微风让树冠缓缓摇曳，仿佛从睡梦中被唤醒，树叶沙沙作响，像哗哗流淌的溪水，又像一声长长的愉悦的叹息。"看那边，"她说，"在树上，你看到它是如何发光的吗？"我坐了起来，看着她示意的那棵树。这棵树长在狭窄河流的另一边，小河沿着公园的边缘淌过。河床太低了，我们看不到水。因此，在粗壮的树干上闪烁的光的反射，看起来脆弱而透明，似乎来自树本身。我们俩坐在那里看着它。光线像水一样流动着，摇晃着，细细流淌着。我在想，当世界如此平静而美丽，充满鸟鸣和阳光、流淌的河水和静止的树木时，怎么可能走进一所学校，向周围的一切疯狂扫射，杀死看到的每一个人，包括孩子和成年人。这一定是因为存在的和发生的遵循着两条不同的路线：一条是亘古不变、不断重现、永恒美丽的世界，另一条则是主要属于人类的行动和情感驱动力，两者擦肩而过。如果这些通道没有保持畅通，如果它们没有保持开放和自由，而是被堵塞和黑暗的，它们就会变成主导者，就会成为我们，我们每个人或多或少都会遇到这种情况。在这个世界上做人和不做人都是危险的。它一直是危险的，未来也将是危险的。这个夏日午后，当我看着水中的倒影在树干上来回滑动时，我就是这么想的。我知道我会永远记住眼前的一切，因为是和她一起看到的。

智力

智力是指我们理解语境的能力的术语。全人类都具有这种能力，而这种能力的首要特点可能就是它的有限性：每个人都能理解一些东西，但没有人能够理解一切。但是，每个人的理解能力的极限都各不相同，我们每一个人的理解能力本身也会有变化。痛苦的经历或对外界条件的高度敏感会降低理解能力，而坚强的意志则会提高理解能力，但这并不意味着智力是一个相对量，而只是说它是具有潜力的，即它可以被充分开发，也可以不被充分开发。智力的概念本质上是比较性的，因为如果理解语境的能力像挠痒痒的能力一样，对每个人都毫无差别的话，那么智力的概念就没有意义了。只有当你的智力比别人更高时，你才算得上更聪慧。由于智力本身也是一种语境，你只能以自己的能力来理解，所以那些比你更聪明的人往往很难甚至不可能被你看出来。更聪明的人会把你看得很清楚，你所有的思维局限对他们来说都显而易见，而你却不会把更聪明的人看成比自己更聪明的人，只会看到自己的思维局限所能理解的聪明人的一部分，这有点像狗把所有人都看成狗。在主张平等的社会中，智力是最矛盾的变量之一，因为智力所代表的差异是不可逾越的，而不可逾越的差异从根本上说是非平等的。从这个方面来说，智力类似于美貌，美貌在平等社会里也是一个有问题的变量。从过去到现在，解决办法都是假装它不存在，或者假装它不重要。这种游戏从学校就开始了，在学校里，智力和美貌的信息传递是悖论式的：一方面，我们被教导外表并不重要，重要的是内在，每个人的价值都是平等的；另一方面，这种每个人都认同的、渗透到所有知识层面的基本价值原则又不断与现实产生矛盾，无论在老师、其他成年人还是同学那里，漂亮学生总是会得到更多的关注和优待。智力同样也违背了平等的契约，但是以不同的方式，因为美并不构成威胁，也许是因为它是无法回避的，具有某种终极意味，而智力却是一种威胁，因为我们都知道如何思考，我们都能理解各种语境，而有些人思考得更好，有些人理解的语境更多，理解得更容易，这让人难以接受。这种威胁是持续存在的，但在学生时代似乎更加尖锐，因为这是人生中少有的几个阶段之一，在这段时间里，人们的智力和理解能力不仅要不断接受考验，而且还要分等级，这样人与人之间在这方面的所有差异都暴露无遗。与我一起上学的所有聪明人都曾一度试图掩盖自己的聪明，淡化自己的聪明，因为聪明的后果就是被排斥，不受欢迎，甚至是被霸凌。在我的同学中，漂亮的那些人从来没有遇到过这种情况，相反，他们都很受欢迎。我读高中时，最聪明的学生叫格尔蒙德，有一次课间休息时，我们用黑色记号笔在教室一整面墙上的告示板上写了几个大字：格尔蒙德是丑八怪。我们故意这么做，觉得这很有讽刺意味，因为小学生就会这么干，而我们现在是中学生，模仿小学生的行为让我们觉得自己改变了信息的意味，使其变得与众不同，无伤大雅。但对格尔蒙德来说不是这么回事。他看到后脸色煞白，眼泪在眼眶里打转。不过，他装作若无其事，这一刻就这样过去了，至少对我们来说是这样。但是没有人去把那些字擦掉，所以对他来说肯定是不一样的，因为在接下来的学年里，他不得不每天都看到这句话。我不知道他后来怎么样了，但我知道，成年后，社会对于智力的看法就会发生变化，因为即使是一个平等的社会，也需要有人以过人的智力脱颖而出，而学校的主要作用不是传授知识，而是筛选，让聪明的学生最终站到正确的位置上，而其他人则学会理解人与人之间没有区别，这样他们以后就可以接受聪明人的统治。

泡沫

一切都遵循着自然规律。空气之所以流动，是因为某处出现了大气压差，所有看不见的微粒都涌入巨大的空隙，将其填满。这种运动的力量推动着海洋表层的水流向前方流动，由于没有空腔可供水流进入，水流就会堆积起来，形成波浪。波浪在风的驱使下不断向前涌动，每次撞击海面时都会把空气拖拽下来。如果空气和水遵循其他的规律，人们可能会想象，被海浪拖拽下来的空气会积聚在一起，形成巨大的水下竖井，像洞穴一样的空气系统，但事实并非如此，因为空气轻而水重，所以水立即填满了海面下的所有空间。但这种运动是机械性的，空气与水无法融合，而是被挤压成越来越小的气泡，所有的气泡都是一样的形状，小而圆，被一层薄薄的水壁密封起来。这些气泡在几秒钟内就形成了巨大的结构，海浪将其推起并拱向前方，每当海上刮起狂风时，我们就能看到白色的泡沫尖尖在灰黑色或灰绿色的水面上出现又消失。它们发出嘶嘶、嘶嘶、沙沙的声音，像马头一样向前冲去，消失后又重新出现。这些泡沫的存在时间极短；当浪花被抛向前方并解体时，泡沫可能会在水中停留几秒钟，像一层白色的薄纱，但下一刻就会溶解并消失。让它看起来经久不衰的是，同样的事情一直在重复发生，这种难以理解的大量重复正是宇宙的特征。在一个大风天里，海面上会形成多少微小的气泡？在这种形态、结构、图案和形状的爆炸中，没有任何保留。这只是昙花一现，第二天海面可能水平如镜，所有的泡沫都消失了，但这种昙花一现只是对我们而言，就像宇宙中的形态、结构、图案和形状的爆炸对我们来说几乎是永恒的一样。它们不是以秒为单位，而是以亿万年为单位。但是，我们不难想象，有一种生物对时间有着不同的感知，对它来说，一秒钟就是永恒，因此，大海和它的泡沫在它看来是一动不动的、晶莹剔透的。如果我们进一步想象，不仅时间是相对的，空间也是相对的，整个宇宙都可以容纳在一个气泡中，那么对这种生物来说，气泡是永恒不动的，并由可以观察和记录但无法理解的规律所支配。也许这种生物最终会注意到，这个无限空间中的所有天体都在从中心向外运动，并得出一个必然的结论：宇宙在熵化，并不可避免地走向终结？宇宙大爆炸就像香槟酒瓶塞砰的一声，宇宙就像一堆气泡，沿过狭窄冰冷的瓶颈一直上升，落入等待着的香槟杯中，在某处公寓里，在人们干杯时闪闪发光？

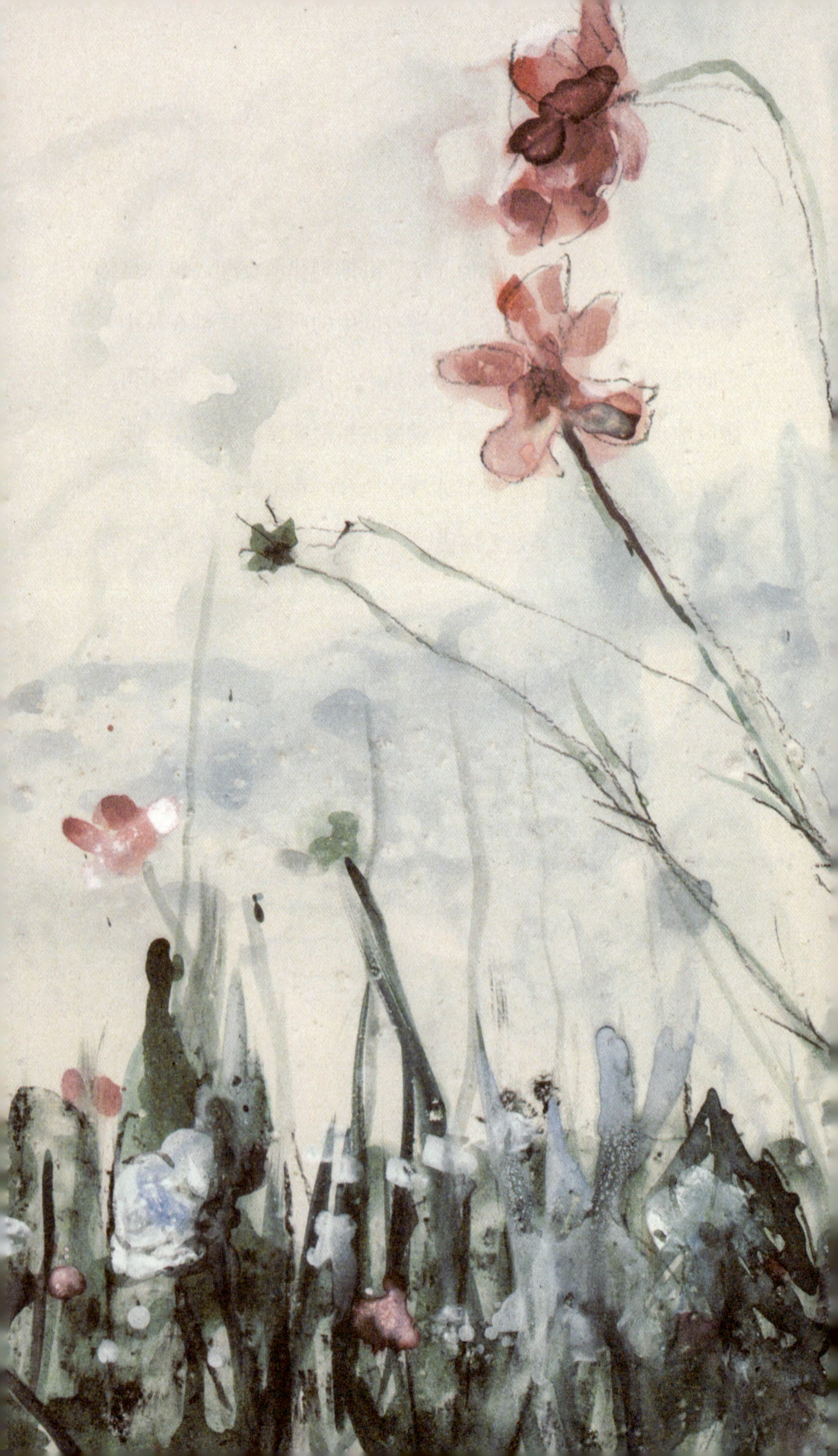

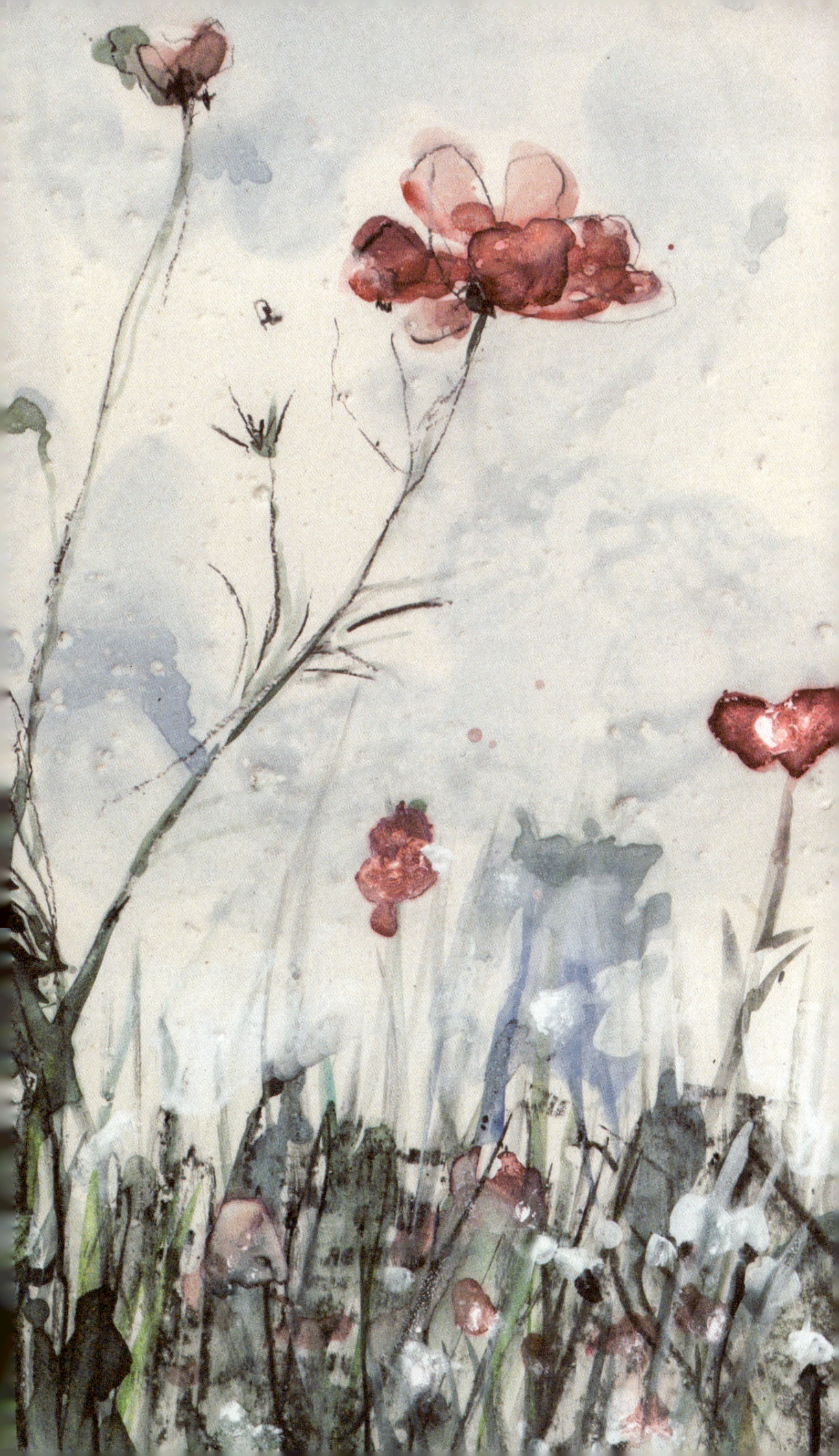

桦树

在森林颜色单一的庄严中，几乎所有的东西都是绿色或绿色的底色，比如云杉树皮的灰白色，白桦树以其洁白的树干显得格外突出，很容易让人联想到它们属于一种更高贵的物种，森林中的贵族，挺拔而时尚，美丽而高雅。但是，美和谱系都是人类的概念，对动物和树木都没有任何意义，所以当我们认为云杉忧郁沉思，松树骄傲而热爱自由，杨树焦虑不安，橡树威严，桦树敏感，也许它的本性更像一匹马而不是一棵树时，我们把它们变成了我们自己，我们把内在的自我移植到了外部的世界。尽管明知如此，明知生长在森林里的万物对我们和我们的想象毫无兴趣，包括达尔文的进化论和林奈的分类学在内，但看到森林里满地盛开的银莲花，我总觉得银莲花不仅美丽，而且善良，而看到白桦树，比如

六月 / 桦树

生长在花园里，就在我停车的地方旁边的那棵，我总觉得它很脆弱。当然，这正是因为白桦树与其他树木相比格外显眼，也因为我已习惯了这样一个事实：在人类世界里，格外显眼的人总是容易受到伤害。在我成长的过程中，我清楚地知道所有白桦树生长在哪里，它们就像公交车站、桥墩、突出的岩石、沼泽和池塘一样，以各自的方式定义了自己生长的地方。我也熟知白桦树的不同外观，冬天它们的体积会缩小，就像毛发蓬松的猫猫狗狗在被淋湿后会缩成一团，春天它们细细的树枝上会长满淡绿色的嫩芽，无论树龄有多大——其中有些树的年纪可能跟我祖父母一样——这些嫩芽都让它们显得年轻而害羞；夏天，它们小小的亮片状叶子密集地组成花环的形状，树叶就像礼服裙；而在初秋的暴风雨中，它们又像在风中绷紧了帆的船只，或是从水中升起时拍打翅膀的天鹅。桦树是为数不多的我们不会攀爬的树种之一，树皮光滑，踩在上头鞋底难以抓紧，树干通常要到稍高处才会分出较大的枝条。但白桦树并不只是用来观赏的——每年春天，我们都会选一棵白桦树，砍下一根树枝，把残存的树枝末梢插进一个瓶子里，绑紧挂在树上，直到第二天，瓶子里会装满清澈的绿色液体，喝一口像果汁一样甘甜。我不知道这种知识从何而来，但每个人都知道，那是1970年代，人们还会去采摘浆果，不只是出游的乐趣，也是为了补贴家用——钓鱼也是同理——孩子们的生活就和这个体力劳动的世界交织在一起。我们用柳枝的皮和蒲公英茎制作笛子，用幼龄的落叶树的枝条制作弓箭，我们喝桦树汁，用云杉树皮搭建小木屋，但我们也会坐在房间里听 Status Quo、Mud、Slade 和 Gary Glitter 的歌。不同树种深不可测的年龄与我们无关，但我们也与人类自己难以理解的年龄同样无关。对我们来说，一切只关乎此时此地，一切都在当下：白桦树、汽车、教室、森林、蓝莓灌木丛、音乐、鱼、船。从某种程度上说，这也是事实，因为除了高山大海，我们周围几乎没有任何东西的寿命会超过人的一生，白桦树也不例外，在极少数情况下，白桦树可以长到三百岁，但通常只能活到一百岁左右。但是，当我们听的音乐从英式华丽摇滚变成英式朋克和后朋克，我们的衣服从1970年代的喇叭裤和针织毛衣变成1980年代的黑色大衣和马丁靴，当我们搬走，而后来的孩子们不再被森林所吸引，白桦树还是保持着它在数百万年前的白垩纪初次出现时的姿势,一直矗立在此地。那时白桦树黑白色的树干和嫩绿的叶子开始出现在森林里,它在风中的独特姿态第一次登上世界的舞台。

蜗牛

软体动物、肺蜗牛、膀胱蜗牛、森林蜗牛、裸鳃蜗牛……在我看来，我们给这些细小、柔软、黏稠和阴暗的动物起的所有名字都有一种湿润和柔软的感觉，它们本身也喜欢在湿润的地面上缓慢地爬行。每次看到蜗牛，我都会被它所震撼，因为它颠覆了原本属于人类私密领域的，并表现出巨大美感的概念——裸体是脆弱的，柔软是令人兴奋的，肺是生命的精神，森林是纯粹的自然——然而蜗牛的裸体、柔软、肺和森林只会遭人反感，令人深深厌恶和不适。有壳的蜗牛没有蛞蝓那么令人厌恶，就像乌龟没有蟾蜍那么令人厌恶一样，这一事实可能表明，是裸体本身令我们感到厌恶——这听起来很有道理，因为老鼠最令人厌恶的不就是它无毛的尾巴吗？但还有很多其他动物，比如水母或蚯蚓，它们身体的外部和内部没有明显的区别,因此看起来应该让我们同样感到厌恶才对。难道是因为蜗牛比水母更像我们,更接近我们?正是因为它们有肺、有心脏、有眼睛,所以它们的裸体才令人厌恶?诚然,蜗牛的眼睛是完全不同的异形结构,它长在触角的末端,触角有两对,上面一对用来看东西,下面一对用来闻气味,可以理解为鼻子的延伸。它们在一夜雨后昂首挺胸地慢慢爬出来时,我们会看到什么呢?它们看着就像古代的君王,森林王国的统治者,腐烂树叶和潮湿泥土的君主。然而,这种惊人的尊严,本应令我们产生崇敬之情,就像埃及人对猫和印度人对牛的崇敬一样,但因为它们裸露的身体和黏滑的外表散发出令人厌恶的气息,这种尊严完全被忽视了。难道这种反差不具有某种挑衅性的意味,某种违背自然的东西吗?它们看起来就像身体内部的器官,肺、肝脏、心脏,都是光滑圆润、赤裸裸的,没有内外之分。这就是它们让人毛骨悚然的原因,它们看起来就像自己爬来爬去的小肺、小肝脏和小心脏,长着一对触角一样的眼睛?这就是为什么它们看起来有些挑衅意味的原因,它们如此违背自然,然后又如此自然地爬来爬去,进食,繁殖,一切都发生得如此缓慢,一切都发生得如此庄重——蜗牛到底以为自己是谁?它们在潮湿的草叶间、湿润的蕨类植物和柔软的苔藓上一毫米一毫米地爬行,像所有生物一样,与自己的能力和局限和谐相处。在我成长的过程中,所有的蜗牛都是黑色的,它们在暴雨过后出现,就像从地底钻出来一样,突然间到处都是,草坪中间、小路上,甚至住宅区的黑色柏油路上。据说踩到蜗牛就会下雨,所以我们都小心翼翼地避开。但有时还是会踩到,有时是不小心,有时则是故意:每个孩子一定都踩到过蜗牛,看到它柔软的内脏慢慢渗到柏油路面上的过程,黑色与橙色和白色交织在一起。曾经有一种新的蛞蝓物种入侵斯堪的纳维亚,人们称之为"杀人蛞蝓",是一种来自葡萄牙或西班牙的大型棕色蛞蝓,繁殖速度惊人,对花园造成了巨大破坏,因为它们会啃食一切遇到的东西。有一年花园里到处都是蛞蝓,像从天上落下来的雨一样。我的岳母经常召集孩子们去清理它们。他们带着水桶和锋利的园艺剪,在草地上走来走去,一旦发现蛞蝓,就把它剪成两半,然后把尸体扔进水桶里。我都不忍心看,更别说参与了,太可怕了。但是,这样一次突袭,也许能消灭二十只蛞蝓，但没有用，几天后还会出现同样多的蛞蝓。最后，在岳母回家一段时间后，我自己拿着水桶和园艺剪走了出去。我跪在一只棕色蛞蝓前，它有我的中指那么长，香肠那么粗，皮肤上有一些纵向的沟槽，宽宽的腹足是米黄色的，让我想起皮带。我把它举起来，它在我的手中慢慢地蠕动；我把它放在剪刀锋利的刀刃之间，它的触角动了一下；我把剪刀的手柄按到一起，刀片割进它的身体，我听到了它低沉而尖锐的叫声。

醋栗

醋栗是一种小而圆的光滑浆果，一簇簇挂在醋栗灌木的枝条上，通常每根茎上有五到十五颗。虽然茎细而有弹性，相当柔软，其本质更接近叶子而不是树枝，但它结出的浆果却非常坚硬。它们像弹珠一样，大串大串地聚在一起，因为果实经常挤在一起，所以在有些地方可能会并排挂着多达上百个浆果，就像树枝下的小袋子。这些口袋往往隐藏在深绿色的叶子后面，在满山的叶子中发现丰富的浆果矿藏是采摘醋栗的一大乐趣。采摘醋栗时要先掐掉顶部的茎，拿在手中有时很像一条毛毛虫，细细的绿色茎是腿，一串果实则是凹凸不平的身体。最常见的醋栗是红色的，但也有黄绿色和淡黄色的品种。未成熟的红醋栗最初是绿色的，然后变成粉红色，有时接近橙色，六月底和七月初达到成熟期，变成明

六月 / 醋栗

亮的红色，如果没有被摘下，它最后会变成暗红色。醋栗半透明的表皮闪闪发光，在阳光的折射下，浓烈的红色更加鲜艳，整个浆果看起来就像玻璃珠。咬一口红醋栗，紧绷的果皮会发出轻微的破裂声，然后牙齿才会咬到里面的果肉，汁水丰富，就像甜瓜的口感，只是醋栗浆果太小，果肉的量太少，与甜瓜相比太不对称，因为甜瓜典型的特点正是果实丰满，果肉量大，粗糙多汁。醋栗还很酸，当醋栗内部的果肉接触到你的舌头时，你的嘴巴会自动扭曲。再加上醋栗体积太小，这种酸味赋予了它一种独特的气质，并不容易买到，也不能大量食用。这给醋栗的性质或者说我们与醋栗的关系增添了矛盾因素，因为醋栗既娇嫩，又大量存在，几乎取之不尽，用之不竭。如果说醋栗是浆果中的公主，将其移植到人类社会中，那就好像每个国家都有成千上万甚至数以万计的公主一样。为了解决醋栗的高级气质与其大量供给之间的矛盾，我们的办法是将其捣碎成浆，加糖做成果汁或果酱。这样一来，醋栗就失去了它的优雅和精致，它不再像闪闪发光的小串红色珍珠一样挂在醋栗丛的绿叶间，也不再把酸涩像针一样扎进新鲜的果实里，而是变成了甜糯的一团，储存在地下室密封的玻璃瓶里，每到冬天就被涂抹在面包片上——面包的起源与此类似，从田野里浸透了阳光和热量的金黄色谷粒，变成白面粉，进而变成松软、略带湿润的硬皮面包；或是变成半透明的红色浓缩液体，略带黏稠，整个秋冬季节都储存在瓶子里，夏天的时候兑上水，站在厨房里喝，或是在外面苹果树的树荫下用餐的时候喝，那里离醋栗丛不远，但醋栗不再与它们联系在一起，而是与储存它的瓶子和被喝掉的夏天联系在一起。我们周围的一切事物都在进行这样的旅行，这种旅行在纯粹的地理意义上可能并不长，而是在不同的生命世界之间穿梭，就像是微型的大陆或星际穿越，一旦你明白了这一点，就可以在有一块草坪、几棵果树和几丛浆果的花园房子里享受最丰富的生活。

夏日的雨

2016年6月10日中午,当我坐在这里写作时,外面突然下起了雨;没有丝毫预兆,垂直坠落的雨滴在外面的空气里画下无数条纹。雨滴并不大,落在屋顶上没有太大的声响,而是轻轻地落在每一个表面,发出轻柔的低语。教堂的院子里,树木上方的天空是蓝色的,树后飘过的云朵仿佛是白色的,其中一些在阳光的照射下闪闪发光。这场雨因此而有了一种不真实感。天空和花园中的光线都与之相悖,也许这就是不真实的定义,即两个相互排斥的实体同时存在。不过,夏日的雨并没有什么险恶之处,它并不像我女儿一边走在石板路,一边同时出现在厨房里的那种不真实感——更重要的是这场雨的不真实感增强了感官的敏锐度,让雨以其独特的真实形式出现:这是第一次下雨。几分钟后,雨水倾泻而下，又急又快，草坪上空仿佛挂满了银线，然后又突然停了，留下的景色一如往昔，只是更加湿润了。石板路黑乎乎的，草地闪闪发光，水珠顺着柳树的叶子淌下来，一滴一滴地落在下面的地面。那天晚些时候，一切都恢复干燥后，雨又下了起来。这次的雨又不一样，开始时悄无声息，只有几滴，好像在摸索着赶路。我抱着小女儿坐在门厅里，正在给她穿凉鞋，门是开着的，我看到大颗大颗的雨滴打在外面的石板路上。雨点慢慢变得越来越密集，当我们走向汽车时，大雨倾盆而下。但它们彼此之间感觉相距很远，与此同时，阳光正照在草坪上。我走在小女儿的后面，她一边全力奔跑一边在喊：下雨了！下雨了！我想，这也是一场不寻常的雨。当我开车前往商店时，雨滴打在挡风玻璃上，虽然雨刷立即将它们扫到一边，但玻璃上还是铺开了一层水膜。商店外面，人们匆匆地在车子和商店之间跑来跑去，气氛很兴奋，欢声笑语不断，就像有时在连续几周的阳光灿烂之后会突然下一场雨一样，大家都知道雨很快就会停；这和秋日或冬日的雨是不同的，秋冬的雨会在社交空间里催生一种严峻的或是听天由命的情绪。我们走出商店时雨已经停了。柏油

六月／夏日的雨

路面上积了水，汽车引擎盖闪闪发光，一些过往的汽车还开着雨刷器。阳光明媚，但在东北方向林荫道两边的树木上方，天空几乎全黑了。我把购物袋放在车后座的地板上，把女儿在儿童座椅上固定好，坐回驾驶座发动汽车，倒车，朝着灰黑色的天空的方向驶上上坡的路，在天空的映衬下，路边深绿色的树冠格外耀眼。一声闷雷在远处响起。

蝙蝠

蝙蝠有很多与众不同的特性，因此很容易被认为是一个奇怪的特例，是与我们人类截然不同的生物时代中的幸存者，但事实上，蝙蝠的种类非常多——每四种哺乳动物中就有一种是蝙蝠——它更像是当代生物学的核心。我们对蝙蝠的熟悉程度不如对其他动物或鸟类的熟悉程度，比如老鼠、乌鸦、豚鼠、野鸡等，这不仅是因为它们是害羞的夜间飞行动物，毕竟猫头鹰也属于这一类，还与它们的内心世界有关，它们以特立独行的方式存在于这个世界上，把这个世界变成了自己的世界，而正是这个世界和我们的世界不可比拟。我们与猫头鹰而不是蝙蝠共享同一个现实。作为一种小型动物，蝙蝠的寿命长达四十年，这意味着它们的经历与老鼠这种只能活一两年的动物截然不同。蝙蝠是哺乳动物，而

六月 / 蝙蝠

其他所有会飞的生物不是鸟类就是昆虫，那么它们的飞行体验可能也不一样，如果说蝙蝠的飞行是世界上独一无二的体验，也并非绝无可能。许多生物也没有视觉，但它们通常只是缓慢地在地面上行走，生活的环境和行为模式都有利于其他感官，而蝙蝠则能利用声呐以极快的速度在开放和封闭交替的空间中导航，比如城市中的房屋之间或森林中的树木之间。在黑暗和声呐的现实中生活，也是蝙蝠独有的体验。我们住在马尔默的那几年，每年春天的傍晚都会有一只蝙蝠在墙壁和天花板之间来回飞舞，我坐在七楼的阳台上抽烟时就能看到它，有时它就在离我几米远的地方，以蝙蝠特有的、近乎生涩的方式在空中飞舞。也许它已经这样做了五年，也许三十年，我永远不会知道。我也不会知道它在飞行时经历了什么，脑子里充满了什么样的画面。它发出的声音，在我能听到的频率之外，从墙上反射回来，从声音的长短，它知道前方的空间是开放的还是关闭的。它看到了什么？不是砖块或水泥，不是水管或飞檐，只是一个必须避开的东西，一个障碍物。但是，蝙蝠的生物声呐一点也不粗糙；相反，它经过了极其精细的微调，因为它甚至能够定位空气中的小昆虫。这是否就像一个密集的网状结构，在这张网上，世界以反向的深度出现，就像那种装满小金属针的屏幕玩具，你可以把脸伸进去，看到自己的五官以凹陷的形式出现？蝙蝠不能像鸟类那样滑翔，它们必须扇动翅膀才能停留在空中，这需要消耗大量的能量，因此它们的心脏每分钟要跳动五百次。到了冬天，没有昆虫的时候，蝙蝠就会进入冬眠状态，在这种状态下，蝙蝠的新陈代谢会降到最低，接近死亡的边缘，因为这时它的心脏每分钟只跳动四次。当它在春天醒来，心跳开始加速时，它是否能立即熟悉自己和等待着它的生活？还是就像我们在长假后回到家里时一样，一切都带着淡淡的陌生感？它很可能几乎没有意识到自己离开过这个世界，很可能在一瞬间就又回到了自己的世界和存在。不过也许这已经足以让它产生满足感，甚至是愉悦感：它将再次投入声呐印记之网，飞越自己脑海中的迷宫。

叠接两头船

每种物品的形状都是由其必要性决定的，它们很快就会固定下来，最初阶段的实验被简化为一种标准形状，即被证明最实用的形状。如今，所有眼镜都固定在一根细杆上，这根细杆沿着太阳穴延伸，末端弯曲来贴合耳朵；单片眼镜和夹鼻眼镜已不复存在。所有的自行车都有两个同样大的轮子，前轮大、后轮小的旧式自行车很快就被证明是不实用的。同样的规则也适用于那些真正古老的东西，那些人们已经使用了几千年的东西，其形状一定是在很早以前就已经完善，然后在无尽的时间长河中一成不变地流传下来。烹饪和盛放食物的碗，储存水的罐子，切肉的刀，犁地的犁，在河流、湖泊和海洋中航行的船。无论是手桨、摇桨还是风帆，无论是大船还是小船，无论是载货还是载人，无论是用于捕鱼还是用于战争，船的形状都是一样的，前部收窄成船头，以尽可能有效地破开水面和波浪；底部收窄成龙骨，以在船体超过一定尺寸时保持稳定。发动机在很多方面都是一场革命，但对船来说却不是，它的外形已经非常完美，发动机只是与之融为一体而已。我们有第一艘船时，我并没有想到这一点，那是一艘木制的敞篷船，在春日里的一天，一辆卡车停在篱笆外的道路上，车载起重机小心翼翼地把它放到草坪的几块木板上。那艘船是我父亲买的。我们住在一个小岛上，也许他认为船是这里生活的一部分，或者说是他当时想象的生活的一部分。这艘船是一艘传统的叠接两头船，木质结构，内置沃尔沃潘塔发动机。它的船体相对比较宽，行驶速度较慢，发动机正常运转时发出令人安心的悸动声，全速运转时则发出近乎疯狂的噼啪声。我对它很熟悉，因为我和哥哥在第一个春天用三角刮刀刮掉船身的油漆和清漆，然后用砂纸打磨，父亲则在船体外面上清漆，在里面上油漆。这是一项枯燥而单调的工作，我们在工作时能听到其他孩子的声音和叫喊，当然，我们也完全体会不到从事一项古老的劳动——为下水做准备——所带来的特殊乐趣：孩子们的世界

六月 / 叠接两头船

只在当下，我们只想离开那里，像其他人一样玩耍。然而，六月的一天，还是那台起重机把船从花园里吊起，片刻之后放到了几百米外的水面上，我确实感到一丝与工作有关的微弱的满足感，因为木头已经预备完善，水无法渗进去，这感觉很好，但很快就被遗忘了。船很快就融入了我们的日常生活，偶尔还会打开奇妙的世界，比如当我们慢慢滑过狭窄的海湾，透过清凉的海水可以看到碧绿的海床；比如在峡湾口，有鱼儿上钩后，银色的鱼儿从深海中浮出水面，当它们拼命挣扎时，鱼线疯狂地抽动，我们不得不用力挤压它们光滑紧绷的身体，才能把鱼钩从它们的嘴里拿出来，然后它们又会突然瘫软下来。我父亲当时抽着烟斗，我记得他坐在船尾的坐板上，嘴里叼着烟斗，手里握着舵柄，小船在发动机的轰鸣声中慢慢驶出海峡。我还记得我当时在想，这不对，这船不太适合他，对他来说，船开得太慢了。我现在想，这是一个孩子理解他身上某些重要东西的方式。他内心的速度比他所过的生活更快，不对称的力量迟早会把他从这条包括了船、水管、房子和孩子们的轨道上扔出去，扔到另一个更快、更狂野的轨道上。

狼

我们与动物的关系表明,现实的变化远远快于我们用来描述现实的语言的变化,因为在我成长的 1970 年代,狼在文化中仍然是一个引人注目的存在,尽管它已经不存在于自然界,至少不存在于挪威的自然界。我记得有一天晚上,我坐在厨房里告诉妈妈我饿扁成一块搓衣板了,妈妈问我知不知道搓衣板的另一个意思是狼。我不知道,但我知道狼是什么。像摩根·凯恩(Morgan Kane)或尤拿·海克斯(Jonah Hex)这样一意孤行的人,人们会称他们为"孤狼"。对他们来说,孤独是件好事,狼不是孤独的象征,而是意志的象征。它是一种安慰,一种令人向往的东西。它又叫灰腿、灰爪或者灰狼,妈妈说。我知道狼是成群狩猎的,会对着月亮嚎叫。我还知道,在童话故事里,狼是冷酷无情的,狐狸是

六月 / 狼

聪明伶俐的,熊是善良又略带愚蠢的。后来我才知道,在北欧神话里,是狼带来了厄运,它的形象是可怕的芬里斯(Fenris),而半人半狼的狼人则是漫画、电影和书籍中经常出现的恶魔形象。不过,我从未接触过现实生活中的狼,也从未在有狼出没的地方生活过,所以几年前,当我开车穿过奥斯特伦的塔加普平原时,看到一只动物在废弃的老火车站外的麦茬地里蹒跚而行,我第一反应以为那是一只狐狸,因为这里有很多狐狸,但它又不像我见过的任何一只狐狸,奔跑的步态不一样,而且它是灰色的,腿很长,瘦骨嶙峋。不会是狼吧?那些日子的小报上流传着这样一则消息:斯科讷省出现了一只狼,它可能是从斯莫兰省下来的,人们可以追踪到它的行动路线,因为它每隔一段时间就会在该地区的农场里叼走一只羊。于是就有了类似的报道,照片上是残缺不全的动物和一脸沮丧、愤怒或绝望的农民。当我在田野里远远瞥见那只笨重的动物时,我最终意识到它就是这只狼。我以前只在动物园里见过狼。看到它在田野里自由奔跑,感觉完全不同,就像进入了另一个时代,那时森林深邃,人烟稀少,动物众多。多年后,在奥斯特伦淡蓝色天空下的田野上，这一切都很难与这只肮脏、瘦弱、长腿的动物联系起来，它在黄白色的田野上奔跑时动作看上去毫无多余之处。如果我看到的确实是狼。这只在斯科讷四处游荡的狼可能还很年轻，没有经验，在离开或是被赶出狼群后最终选择在此落脚，但这地方自19世纪以来就没有狼了。它一定是已经开始游荡了，然后在地形开阔、森林消失后又继续前行，尤其是因为这里有大量的猎物，它以近乎梦幻般的方式捕食猎物，没有遇到任何抵抗，从它撕裂的猎物喉咙里流出的温热的血液让它越来越兴奋，这种侵略性既来自于没有尽头的事实，即死亡并没有像它习惯的那样结束一切，还来自于鲜血带来的刺激。

在平原上看到这只动物之后，过了一段时间，我一大早接到一个电话。我们的一个女儿在她的同学家里过夜，是她母亲打来的，他们经营着当地最大的农场。她在电话里让我去接走我的女儿，当时才八点钟，但狼已经去过了，叼走了他们的羊。她的声音充满了压抑的愤怒，我能感觉到她的痛恨、悲伤和沮丧。在回家的路上，坐在我身边副驾驶座的女儿说，她希望他们不要射杀那只狼，这不是狼的错。我说，这话你没有告诉他们吧？没有，你想多了，她说。就这样，我们，文化工作者和他的女儿，这对生活在远离动物和自然界的人，成了爱狼人士；那些一辈子都在照顾动物和土地的农民，成了仇狼者，第二天的报纸上就刊登了他们站在残缺不全的狼尸前的照片；而那只在空旷的土地上蹒跚前行的小狼，对自己所代表的意义浑然不觉，直到几周后被射杀。

眼泪

眼睛的玻璃体和眼膜一直保持湿润，其上始终覆盖着一层薄薄的水膜，这样眼睛就不会干涩，也不会黏附灰尘和污垢。这些水来自眼角皮下一个小囊一样的空腔，通过一条狭窄的通道流向相对较大的眼球表面，均匀地分布在眼睑上，就像盖在窗玻璃上的一块湿布。或许用汽车挡风玻璃上的雨刷器来比喻更形象，因为这一切都是自动进行的，不需要我们计划或思考。水量由下丘脑调节，下丘脑控制着人体的自主行为过程，即与体温、昼夜节律、饥饿、口渴、思维和消化有关的过程。通常情况下，眼球表面的水量非常少，甚至不会形成水珠，而是微不可察地消失在眼球下的微小穿孔中。只有当特殊情况发生时才会形成水珠，要么是眼睛受到刺激——直接接触小树枝或稍大的灰尘颗粒，或是间接接

六月 / 眼泪

触到如洋葱切开时释放的气体——要么是咳嗽、打喷嚏或呕吐时。然后，在反射动作的作用下，眼睛突然被水淹没，多余的水积聚在眼角，从这个角度看上去，形成一些巨大的水滴，这些水滴或者顺着鼻根流到脸颊上，或者，如果头向前倾，就会散成一个个小团，如同雨滴般在空中落下。与雨滴不同的是，它们是咸的，我们把它们叫作眼泪。无论是这种液体所执行的持续的清洁与维护工作，还是反射作用下眼泪的出现，思想都没有发挥任何作用，一切都完全发生在身体自我维护的领域，我们的思想只能思考，无法渗透和改变。当你跪在马桶前呕吐，眼睛里充满了泪水，不管你愿不愿意，你看到的东西似乎都在流动和颤抖。这种无意识地向眼睛分配水分的现象是人类与所有哺乳动物的共同之处。人类的独特之处在于，强烈的情绪波动也会形成眼泪，并不依赖于这种机械维护系统，这在其他所有动物身上都是闻所未闻的。当我们感到悲伤、绝望或无能为力时，我们的眼睛里就会浸满咸咸的泪水，我们的内心世界也因此通过一种液体语言呈现于外部，这是我所能想象到的最美丽的自然现象之一。然而，正因为眼泪是一种语言，它们才被纳入文化的范畴，受到价值体系的规范和约束。

为了便于论证，如果你想象一个纯粹自然的人——这大概就是英国人所说的自相矛盾——他每次想哭的时候就会哭，公开地、无拘无束地哭，他内心的所有波动、所有情绪反应都暴露无遗，就像一个小孩子一样，最大的特点就是没有任何隐藏和秘密。既然社会和社会生活是围绕开放与封闭、秘密与可接触之间的动态关系构建的，在这种动态关系中，没有说出来的东西总是比说出来的东西更重要——就像没有使用但储存起来的东西总是比被立即用掉的东西更重要一样——那么，公开哭泣的人，展示全部的人，也就是一个未开化的人。在我成长的北方，不谈论情感、不流露情感一直是一种理想标准，之所以如此，大概是因为没有什么事情是立竿见影的，一切都需要计划、积蓄，几乎没有什么是可以直接享受的，而是一直被推迟，一直被储存。小时候我没能停止失控的哭泣，为一点小事无休无止地哭泣，这在他人看来是一个错误，因为这种哭泣表明我无法保留、推迟、等待，而是一下子浪费了一切，同时我也暴露了自己的秘密，从而表现出弱点。由情绪引发的眼泪也是机械的、自动的，它们也是自主释放的,因此,如果你要阻止眼泪流出,就必须学会避免进入这类情感,当它们累积到一定的强度时,就会自动触发眼泪。你要远离这类情感,就像从前的人们在贫瘠的年代里,即使遇到饥荒也要远离玉米的种子。只有到了适当的时候,悲伤显而易见,比如在葬礼上,你才能让泪水肆无忌惮地流淌。此时这种感情上的泛滥,与人们在隆冬时节的放纵大嚼并无二致,节衣缩食积攒了那么久,就是为了在圣诞节的时候能够尽情享受,那是一年一度从生活的束缚中解脱出来的奢侈。

搅拌机

几乎所有的人造物品都会以这样或那样的方式与自然界的某种事物类似——火车像毛毛虫或蠕虫,汽车像甲虫,房子像巢穴,直升机像某些落叶树的种子,绿色旋翼带着它们在夏末的空中旋转,吸尘器像大象的鼻子,马桶像壶穴[1],顺着光滑的侧面流下的水像瀑布。搅拌机像什么呢?它不像蜂鸟,虽然它们都可以在保持静止的同时快速运动;它也不像涉禽,虽然它们都有一样细长的腿——不,搅拌机完全是一个独立的存在,它是一种用于搅拌和混合的机器,有两根轴各自通过一个孔固定在一个小巧的立方体机器底部,末端有两个螺旋桨状的搅拌器,机器启动时,这两根轴就会开始

---

1 又称巨釜、冰川坑或冰河坑,是冰川下的水流或河床中旋转的砾石在冰川的坚硬岩石上钻出的圆柱形大坑。

旋转，运动随之传递到搅拌器上。搅拌器是金属制成的，形状像小笼子或是小球。立方体机身的顶部有一个手柄，可以用来控制设备。虽然搅拌机体积很小，比一只喜鹊大不了多少，但一旦开始启动，厨房就完全被它占据了，有时周围的房间也会被它那尖锐、刺耳的噪声占据，一时间在整个房子里形成一个听觉中心。对于小孩子来说，这种呼呼声可能很可怕，这也难怪，因为它是从一个本身看似无害的装置中突然发出的，而且因为搅拌器敲击的碗的材质不同，这种声音还会被放大——如果搅拌器敲击的是一个塑料碗的底部，有时还会发出一种高亢的、几乎刺耳的声音。为了在喧闹中让人听到，如果大人想说什么或者要传达什么信息，往往会提高嗓门，而孩子可能并不理解其中的原因。突然间，房间变成了地狱，孩子会开始哭闹也就不足为奇了。但这种恐怖感最终会消失，不仅因为孩子会把看到的景象与美好的事物联系起来：搅拌机是用来打软蛋糕或浆果的奶油的，或者是用来打烤薄饼或华夫饼的面糊的，尽管声音如同地狱，但它几乎总是预示着美好的事物。我自己已经不用搅拌机了，做华夫饼、烤薄饼或打发奶油时，我会使用普通的手动打蛋器，感觉更好：更安静、更方便。因为结果是一样的——华夫饼或烤薄饼变成可以烹饪的面糊，奶油变得蓬松柔软——手动效用和机器的效用是等同的，都变成了能耗问题，这其中的原理我从来没有真正理解过。搅拌机，或者说电动搅拌机，是厨房用具中的蜂鸟，通过一根电线与电网相连，让它运转起来的是其中的电流。搅打鲜奶油需要多少电力，是可以测量的。与手打相对应的电能来自水轮机、煤炭、风力或核电站，也就是来自水流、风吹、煤炭燃烧或受控核反应的力量。但是，电能在使用之前，必须先制造或提取，而我所做的微小努力并不会让人觉得它需要制造或是从什么东西中提取出来，它几乎是在不知不觉中进行的，是其他运动中的一个运动。当这项运动结束的时候，我既没有感觉到有什么东西被耗尽，也没有感觉到有什么东西被掏空，至多只有一点点僵硬，完全可以像之前一样继续下去。这种"继续"，换句话说，做某件事，总是需要消耗能量、燃烧燃料，在发动机被发明出来之前，这一点并不明显。从某种意义上说，发动机的发明，也意味着我们对自身的发明，我们的行为在消耗了一定的能量之后，与我们自身分离开来，并由此成为一个独立的实体，或是我们自身的功能之一。现在我们可以让水力打发奶油，用煤炭燃烧的能量清洗牙齿，让汽油载着我们去往各地，让风力帮我们洗衣服，让原子核能反应清扫家里的灰尘，这意味着我们节省了自己的运动，但节省下来的能量并没有让我们变得更强壮，相反，我们变得更虚弱、更胖，于是为了补偿，我们晚上离开家，在路上奔跑，这完全是一种毫无意义的能量浪费，能量从我们体内流走，没有对任何人产生任何用处。对此，我们可以说人类把自己逼入了绝境，或者还有一种相反的说法，没有什么比这更符合人类的本性了。它代表了人类成就的巅峰，使人类成为所有动物中的至尊：漫无目的奔跑的生物。

DAT ROSA MIEL APIE

日记

2016年6月1日，星期三

现在是晚上八点半刚过几分钟。阳光依然照耀着教堂院子上方的树木，我可以从这里的窗户看到树顶。东风吹了一整天，现在还是相当强劲。所有的树枝都在不停地摆动，好像在遵循着不同的节奏，有的缓慢起伏，有的断续抽动，有的在盘旋，而树叶在阳光下闪闪发光，来自背后天空的光线不规则地穿过树冠，不断地变换位置。这就像一个完整的交响乐团，花园里的树也是其中的一部分，低矮、凌乱的柳树——它的枝条如此茂密地垂落，有点像西班牙猎犬；几天前，当我修剪它一侧的枝条时，如果有一双眼睛躲在皮毛般茂盛的叶子后面，我也不会感到惊讶——而那棵高耸入云的栗树也整整一天都在前后来回翻腾，就像波涛汹涌的大海上的一艘小船。今天下午早些时候，当我坐在那里时，我的脑海中也浮现出大海的景象，因为急促的风声是如此响亮，让我联想到拍打着陆地的海浪，而树木，尤其是桦树，被风吹得伸展开来，看起来就像绿色的大帆。我喜欢这种想法，喜欢这种呼啸的风声，仿佛我被一种巨大的活动所包围，仿佛我周围正在进行着一项伟大的工作。我还喜欢鸟儿在这一切的中间鸣唱，但听上去又有些抽离，仿佛来自比平常更深远的地方。

你睡着了。我刚上楼去卧室拿我昨天开始读的书，斯威登堡的《梦的日记》(*Drömboken*)，当我走过你身边时，你这些日子最喜欢的那本书《马克斯的便盆》(*Max potta*)正盖在你的脸上。我把它拿开，你睁开眼睛看了我一眼，但没有任何认出我的迹象，下一秒你还是闭着眼睛躺在床上，平静地呼吸着。

我今天本来是要写作的，计划是写完那篇关于愤世嫉俗的文章，然后再写一篇，也许是关于蜗牛的，但他们从幼儿园打来电话，说你发烧了。他们还说你告诉他们你肚子疼。

六月／日记

你妈妈正在去往哥本哈根的路上，她与她的经纪人约了午餐会议，所以没办法：我开车去接你。你喜欢坐车，所以带你和我一起走没问题，而且你也喜欢表达自己，所以当有新事情发生时，你会觉得说出来很有趣。安妮生病了，要跟爸爸回家，你说，安妮肚子疼，要坐车，坐在安妮的座位上。

昨晚，你站在一旁看着我姐姐们卷睡袋，她们今天要去学校的夏令营。你说着爸爸卷！爸爸卷！昨天早上，大雨倾盆，附近电闪雷鸣，雷声在房子上空滚动，我们准备开车去学校时，门厅里的气氛相当激动，你喊着月亮！月亮！站在楼梯上，透过楼梯上的小窗户仰望天空。你已经意识到闪光和轰隆隆的雷声来自天空，而天空对你来说又和月亮联系在一起，你一定认为是月亮让这一切发生的。

事实证明，你并没有病得很重，发烧很轻，也没有其他症状。我把电脑搬到客厅，给你打开网飞上的《小鬼拉班》，并试着读我一个朋友的剧本，这并不容易，你想坐在我腿上，而我实在太困了，无法集中精力。我抱着你睡了半个小时，然后把你放到楼上的床上，我躺在里面的房间看书，后来我也睡着了。我们睡了两个半小时。当我醒来时，我必须把你叫醒，这样我们才能准时去学校接你哥哥放学。我换掉你的尿布，给你穿上内裤和新衣服——一件几天前在锡姆里斯买的小碎花衬衫和一件白色毛衣——把你抱上车，前往于斯塔德。我们带你哥哥去了理发店，理发师在两名客人衔接的缝隙腾出了几分钟时间，同意全速为他理发。她把他的头发剪得很短，用大剪刀把两边的头发都剪掉了，还把他的头发染成了绿色，这种染发剂洗一次就掉了，其实他更喜欢染成永久性的。你在游乐设施这儿玩了一会儿，我给你买了一顶小黄帽，开车回家之前我们在一家汉堡店吃了饭，你妈妈已经在家里等着了，我进来是为了回复堆积如山的电子邮件。

1743年夏天，斯威登堡在于斯塔德写下了他的日记，开篇概述如下：

1743年7月21日，我从斯德哥尔摩出发，途经泰利耶、纽雪平、北雪平、林雪平、格兰纳、永雪平等城市后，于27日抵达于斯塔德。在于斯塔德我见到了

六月 / 日记

德·拉·加尔蒂伯爵夫人，以及她的两位女士和两位伯爵，还见到了费尔森伯爵、兰廷绍森少校和克林根贝格教授。斯坦弗吕克特将军携子与夏赫塔船长于 7 月 31 日抵达。

斯威登堡在航行到今天德国的施特拉尔松德之前，曾于夏季在于斯塔德逗留过，那时的于斯塔德和今天我们早上散步时看到的于斯塔德并没有太大的不同。老城区的一些房子可以追溯到 15、16 世纪，还有许多建于 17 和 18 世纪。虽然沥青、水泥、汽车和摩托艇已经涌入城市，但它本身的结构并没有改变，港口就像一个舞台，房屋就像舞台下大厅里的座位，周围是小块的广场和公园。变化的是速度。从斯德哥尔摩到于斯塔德，斯威登堡花了六天，而我开车只需七个小时。他所经过的风景也不同了，那时的斯科讷被大片的落叶林覆盖，而不是今天的耕地。他在日记中尽职尽责，简要地记下了他做了什么，遇到了谁，以及南下欧洲途中经过的小镇上有多少座教堂。然后有什么事情发生了。原稿被撕掉了六页，之后他不再描写外部世界，取而代之的是一个迄今为止从未被记述过的内心世界，他对自己的梦境进行了炽热而狂野的描述，思考着这些梦境的意义。

从外到内的转换是如此突然，而内部世界又是如此混乱无序、意味深长，以至于读到的人一开始几乎无法确定自己的方向。

他的内心到底发生了什么？

今晚早些时候读这本书时，我突然意识到，在过去几年里，我的内心、我的自我认知已经发生了变化，我时常有一种"我谁也不是"的感觉，我只是一个思想和情感穿行的地方。我上一次有这种感觉是几周前在布法罗，当时我正在一家装饰艺术酒店里长长的、冷清的走廊里穿行，天花板很高，我要从房间走到街上去抽烟。我该怎么解释呢？这些想法和感受并不属于我，我对这些想法或感受根本没有任何自我意识？这是一种可怕的感觉，还因为它与我早期的生活体验大相径庭，那时发生在我身上的一切和我所经历的一切，尤其是在我的童年和青春期早期，对我来说都是如此重要，我所拥有的所有人际关系都意义重大——我的父亲和他在我生命中扮演的角色、我的母亲、我的哥哥、我的祖父母、我的朋友和熟人。他们对我所做的和所说的，以及我对他们所做的和所说的，在某种程度上都与我息息相关，而我也从中了解了自己。

现在，好像所有的绳索都已经松开，决定生命的部分只是存在于我体内的一部分，有点像一棵矮桦树矗立在小路旁，或是一块来自终碛的石头躺在旁边，周围长满了石楠，而石楠、石头或矮桦树对小路没有任何影响，小路、石头或矮桦树对石楠也没有任何影响，它们就在那里，并肩而立，它们所创造和构成的地方特性既独特又随机。

在我写这篇文章的时候，你的大姐姐从学校营地打来了两次电话，她想让我去接她。第一次她说那地方很冷，第二次她说她很害怕。她知道我不能来接她，她只是需要一个外部的人告诉她这件事，需要一个与她思念的家有关联的人安慰她。她十二岁了，她所经历的一切都让她感到紧张和重要，充满了意义。她开始思考自己是谁，她开始把自己当作自己，这既痛苦又美好，既可怕又快乐，她充满了生命力，充满了新发现的自我，我想，她现在正处于人类最脆弱的时候。

观察这一点的感觉很奇怪，因为我还记得当时的情景，同时我也从未远离过那时的我。也许这就是命中注定？就在孩子们开始长大，自我开始变得更有分量，将决定生命的部分吸引到他们身上的同时，父母身上决定生命的部分开始衰减，直至消失？意义在一个人身上衰退的同时，也在另一个人身上得到增长吗？

后天我要去看医生。我成年后只看过两次医生，两次都是你妈妈让我去的，这次也是。三周前，她读了我写的最新的一本书《在春天》，她想谈的第一件事就是我描述的一个场景，马桶里的血。她说："你必须检查一下。"我母亲读过这本书后，也跟我说了同样的话。"血，"她说，"怎么回事？你看医生了吗？"我没有，但我决定去布法罗的时候去看医生，因为新书巡回签售的起点就是布法罗，然后到纽约、圣达菲和芝加哥，我去洗手间的时候都会看到血，尽管痔疮可能是最微不足道的小事，但所有的血都会影响我的心情，在酒店的走廊里，在去剧院的车上，在舞台上，在餐厅里，在机场里，它让我更加远离我自己，远离我所处的环境。

现在已经十一点十分了，外面一片漆黑。不知为什么，你哥哥睡在床边地板上的床垫上，今晚是你妈妈哄他睡觉的。她也睡了，在最里面的卧室，我很快也要进去上床睡觉。

你的两个姐姐和她们的同学分别住在好几十公里外的宿舍里，在湖边的森林里。

教堂院子上方的树木在黑色天空的映衬下显得更加深邃，天空的底部与房子的屋顶、墙壁和草坪融为一体，难以分辨。灶台上风扇下面的日光灯管亮着，厨房的两扇窗户发出微弱的光，照亮了这座黑色山峰的中部。我一如既往地把它们看成眼睛，它们像我长大的房子里厨房的窗户一样，悲伤而沉默地眺望着黑暗，这是我从童年时代就保存下来的，对事物的生命的想象。直到现在，我所看到的每样东西都有一张脸，每样东西都散发着某种光芒，我认为那就是它的灵魂。我面前桌子上的杯子，是那么温和亲切；调色板靠着书柜立着，上面沾满了颜料渍，大拇指的孔像一只眼睛，下面的缺口像一张微微张开的嘴，轮廓就像鱼一样。

2016年6月2日，星期四

九点零七分，我正看着外面和昨晚一模一样的风景。天空的颜色是一样的，淡蓝色，接近地平线的地方几乎是白色，高处则是灰蓝色；树木、灌木丛和草地的颜色也是一样的，从树木的深绿色到柳树的浅暗绿色；夕阳的余晖也是一样的，在地面闪着灰色，在树梢则是金色的。唯一不同的是，从东边吹来的风更柔和，树木的摆动也更轻盈。我喜欢重复。重复将时间变成了地点，将日子变成了房子，重复构成了墙壁、地板和天花板。在这栋建筑里，在这个例行公事的网络中，时间仿佛不会流逝，因为每一个动作和运动都在重复之前的动作和运动，从而将它们固定在原地。奇怪的是，外面的时间过得更快。刚才是秋天，是冬天，是春天。那年我三十四岁，四十二岁，四十五岁。我开车接送你的姐姐们去锡姆里斯排练音乐剧，之后一起吃晚餐时，我注意到墙边餐具柜上的一堆纸中夹着一张照片，我把它抽出来，那是一张幼儿园时的合影，你的大姐姐笑得最灿烂，那时她应该四岁，小姐姐坐在上面一排，当时两岁多，不满三岁。我把照片给她们看，她们抢过照片，急切地、近乎贪婪地端详着。我看着她们，对我来说，当时的她们和现在的她们几乎没有什么区别，她们穿的衣服我也很熟悉，就好像昨天才穿过一样。而对她们来说，这是两个陌生人的形象，她们只能从其他照片上认出来。但是，例行公事能够使这种日复一日、年复一年的崩塌变得可控，如果一个人做同样的事情，坚守在时间的这个位置，在这间例行公事的房子里走来走去，他就几乎不会受到时间的影响，就像生活在河边的山坡上，仿佛时间只在外面流淌。在某种程度上，它代表了一种对时间的体验，这种体验是真实的，或者至少是有效的，因为灵魂不会衰老，它终生保持不变，而肉体却在成长、变化、衰弱、皱缩、松弛、弯曲。时间会撕裂肉体，这是日复一日地坍塌的变化，而灵魂只是见证者，就像透过窗户看到的东西，一条慢慢涨过河岸的河流，当它退去时，留下的是完全不同的风景。

在斯威登堡做这些几乎像是外来势力攻击的暴力梦之前，他和笛卡儿等许多近代哲学家一样，对肉体与灵魂、物质与精神之间的关系很感兴趣。斯威登堡不是从哲学而是从生物学的角度来探讨这个问题的。他从斯德哥尔摩前往于斯塔德，再前往施特拉尔松德和格罗宁根，是为了给他正在撰写的一部重要著作收集素材，这部著作名为《动物的国度》，他计划在这部著作中从解剖学的角度研究灵魂。

这些梦让他不知所措,但他还是继续研究灵魂的物质性,直到1745年春天的一天,他独自坐在伦敦一家餐馆的房间里用餐,突然看到房间的角落里坐着一个人,对他说:"别吃太多。"斯威登堡吓得赶紧跑了出去。当天晚上,那个人在他的梦里出现了,是上帝,他希望斯威登堡揭示《圣经》的真谛,当然,他的生活从此改变了。

对我来说,真正吸引人的并不是斯威登堡在伦敦接触到的灵魂和天使的世界,不是这个向他敞开的、他从日常生活中眺望到的平行现实,而是在此之前他所研究的东西,灵魂的物质性,精神的机械性,梦的物质起源,梦在肉体的立足点。巴洛克风格的科学,我想不出还有比这更荒诞的地方了。笛卡儿相信自己在解剖的牛眼中看到了固定的图像。还有和笛卡儿同时住在阿姆斯特丹的伦勃朗的解剖画作,尤其是那幅被移除的头骨顶部像碗一样被助手拿在手中的作品。手臂可以像树枝一样被砍断,但仍有知觉。我们看到和感受到的一切都通过成束的导线传递,血液在管道中流动,图像在我们睡眠时闪烁。

六月／日记

去年夏天，我参与了三次脑部手术。我看到颅骨顶部被锯掉，助手将它拿在手中，就像拿着一个杯子。我看到覆盖在大脑上的脑膜，下面好像被血浸透了，有点像破布，我看到大脑闪亮的表面，它在微弱地跳动。我看到英国神经外科医生亨利·马什将一根如毛衣针般的仪器插入大脑，当电源接通时，我看到病人的手臂举向空中。我看到他们是如何用金属钉将颅顶重新固定在头骨上，我还看到在他们切除病人大脑的特定部分后，第二天病人半边脸部和身体的一侧部分瘫痪。

大脑就像一只小动物，重量刚刚超过一公斤，在狭窄的头骨内长成褶皱状。我们现在对大脑的了解比斯威登堡和他同时代的人更多，但我们仍然不了解这种关联，斯威登堡将其比作有限与无限的关系，即精神与物质的关系，我们对此一无所知。精神才是房间里的天使，生命才是奥秘所在。斯威登堡从斯德哥尔摩到于斯塔德途中经过的大片橡树林，在施特拉尔松德看到的防御工事和港口，在德国各城市数过的教堂，以及旅途中遇到的贵族男女，这些都是奇迹。草和星星、树和人、树枝和手、石头和头、公牛和鸟、篱笆和牙齿。

你今天看到了这一切,你知道的。我开车送你哥哥去上学,送你妈妈去坐火车,你和保姆在一起,你们去下面的小操场散步,你坐在婴儿车里看向蓝蓝的天空,空气里透着夏日的温暖,太阳和树,马和房子,而我坐在这里写完一篇关于愤世嫉俗的文章。写完后,我把你放在车里的座位上,去接你的姐姐们放学。我们开车去了迷你高尔夫球场,在那里的快餐店吃了饭,然后去了海边,你和小姐姐坐在一起吃冰淇淋。干燥的、金黄色的沙子,深蓝色的大海,柔和的微风吹过脸颊。当你看到湛蓝的海水时,你说,大海。

夏令营结束后,你的姐姐们都很疲惫,我们开车回家的路上,气氛有些沉闷,但她们说玩得很开心,我想也是,尽管你的大姐姐被黑暗和孤独吓到了,一度打电话回家。

我今天想,我的记忆和思想与我不相关,它们只是穿过我,就好像我是某个驿站,这种感觉与我的年龄无关,和所有存在的维度也没有关系。我想到,今天,当我坐在露天咖啡馆喝咖啡时,你的姐姐们正在附近的一所学校里唱歌跳舞。树荫下的我有点冷,因为尽管今天的气温有二十五度,但夏天好像还没有完全到来，太阳一落山，空气就会变得寒冷，树荫下还是冷飕飕的。更有可能的是，这与我的工作有关：我写下我的想法和回忆，然后别人读到了它们，在我参加的所有活动中，我都会坐在那里向听众讲述我的想法和回忆。它们不属于我，这种感觉很合理，我已经把它们送出去了，而且还在继续送出去。在这种感觉中，我不再属于自己，也不再拥有自己内心世界的所有权，我的内心更像是一个思想和记忆经过的地方，而我却在一旁观看，这其中是否有某种自由？是的，有。这其中蕴含着巨大的自由。它就像我在写作中所追求的自由，这与进入一种无我的状态有关，那种状态下我写在纸上的东西，与我个人无关，它们不是我身份的一部分，而只是它的产物。但所有的自由也都有破坏性的元素。如果一个人在群体中是自由的，即不受他人束缚，他可能就会无所顾忌地对待他人。如果一个人的内心是自由的，即不受内在的束缚，他可能就会无所顾忌地对待自己。我喜欢无所顾忌，对我来说，无所顾忌是自由的象征，也是丰富的象征。

为什么斯威登堡会饱受折磨？

因为他受到了折磨。

他被内心的幻想所支配，它们以巨大的力量压倒了他，他当然不能忽视它们，它们的意义显而易见。不在于它们意味着什么，而在于它们确有其意义。

在很长一段时间里，他将它们定义为梦境，是他脑海中的图像，由他的灵魂或精神创造，或者像我们现在所说的，由他的潜意识创造。然后，情况发生了变化，因为这些图像脱离了他，变成了一种从外部向他袭来的东西，一种力量不断增强的趋势，直到他自己能够去到这些图像所来自的地方，一个完整的世界，一个与这个世界平行存在的完整的宇宙，那里的一切都与之相对应。

这并不难解释，这是他处理巨大压力的一种方式，把压力从自己身上转移到外部世界。我见过精神失常的人，他们就是这样做的，把自己的冲突和内心形象投射到一个外部世界里，然后与这个世界交流，在某些情况下，还会收到这个世界的指令。

但如果真的是上帝在伦敦的餐厅里向他显现了呢？如果真的存在一个只有少数人才能看到的平行空间呢？

没有任何迹象能够证明情况如此。但也没有任何东西能够反驳这一点。

至少我想不出来。

外面已经完全黑了。现在是十一点三十七分，你已经睡了四个小时。你今晚做了什么梦，没人会知道。如果你醒来后还记得它，你也没法用语言向我们传达，我想你也还不太理解梦是什么，它对你来说还没有被定义，你的头脑还没有掌握它，因此，它处于一个既不属于存在也不属于不存在的奇怪地带。

2016 年 6 月 3 日，星期五

现在是晚上十一点差十一分。几分钟前，我坐在客厅里，你哥哥正在看动画版的《星球大战》，我坐在他旁边，读着一本关于斯威登堡的科学观点和理论的书，这本书在我的书架上已经有好几年了，但从来没有打开过。外面的天似乎已经黑了，但是当我打开门走出来，你哥哥离开去浴室刷

牙的时候，我意识到光线还在，因为我头顶的天空虽然已经变暗，第一颗星星也亮了起来，但它依然是蓝色的。在我周围的花园里，有一种奇怪的气氛，因为它既不亮也不暗，或者说，同时既亮又暗。树梢是黑的，但树梢间的空气是亮的，树梢上的花朵是闪耀的白色。草是黑的，树篱是黑的。一切都静悄悄的，没有一丝动静。我从未见过这样的光。这一定意味着，我以前从未在六月的十点半到十一点之间，在一整天的阳光和晴空之后，到花园里来过，因为这种感觉我一定能记得。

有什么东西从我心中拂过。不完全是喜悦，而是一股美好的东西。我的心情仿佛调高了一个音阶。

现在外面一片漆黑，唯一的光亮存在于天空中，存在于微微泛蓝的边缘，然后在无限微妙的调制下融入上方的黑暗。院子里屋顶上方的几排树木，过去两个晚上一直随风舞动，现在一动不动地站在那里。我能看到七棵树。它们站在那里，好像在执勤一样，黑乎乎的，映衬着身后微微发亮的天空，树叶间不时闪现天空的碎片。

它们过着怎样的生活？它们为什么活着？

你睡着了。你整天穿着内裤跑来跑去,心情很好,没有发烧,只是流鼻涕和轻微的咳嗽。你一直在重复几乎每一个你以前没听过的词,好像你说这些词的时候,它们就变成了你的,变成了你的一部分。仿佛你抓到了它们。这种抓获过程会持续一生,因为一旦这些词出现在你的心里,它们就不会再消失了。然后我也会注意到它们,各式各样的词在我们之间的空气中流动。

当有人笑的时候,你也会笑。

今天早上,当我们站在门厅准备出发的时候,你姐姐问我们今天会有多热。她们最近开始问天气的问题,以此来判断能不能穿短裤,需不需要穿外套。我拿出手机,输入yr.no,调出格莱明格的天气预报,然后看着她。二十五度,我说。哦,好的,她说。就好的?我说。昨天是二十六度,她说。

你的哥哥姐姐们上了车,两个坐后面,一个坐前面,我把手机连上音响,点开我们这周一直在听的五十首热门曲目的播放列表,之前三个月我们一直在放《儿童金曲》,然后发动引擎,驶上公路。天空湛蓝,平坦宽阔的大地黄绿相间，东边的大海像一条深色的带子。夏季通常会像巨大的山脉一样悬挂在地平线上的奇妙云层还没有开始成形。不过，还有很多其他风景值得一看。丁香花墙正在盛开，北面平缓的山丘，最近几周被白色的苹果树和樱桃树点亮。风力涡轮机白色细长的叶片，在几公里外都清晰可见。独立农场汇集的岛屿、我们在这里住了两年才发现的小河，以及在地势开阔、通向大海的地方吃草的牛群，大概有六十多头，黄褐色，像骆驼一样。

你的大姐姐跟我说起音乐课上的一个小插曲，课上播放了吸毒艺人的音乐。她还说到她的老师，他不喜欢贾斯汀·比伯，但觉得这首歌很好听。又或者，这么想的人也许是她自己？

她到底在说什么？

我看着她。但有时如果让她重复某件事，她会变得很烦躁，所以我也就随她去了。

老师播放了吸毒者的音乐，并强调了这一点？

这不可能吧？

这首歌不错，我说，我也这么认为。

我们放了《爱你自己》(*Love Yourself*)，简单的吉他旋律朗朗上口。

我们驶入了通往于斯塔德的狭窄森林。

我答应十月去洛杉矶，我告诉她，你确定你要去吗？

是的，她说。

还没定下来，我说，但我会想办法安排。

车里一片沉默。

如果你们这些孩子想要一起来，也许应该为我们做点什么，我说道。因为我有点担心把她们宠坏了。

什么？她说。

你总能帮上忙的，我说。

两天前她说，每个人迟早都要喝醉，才能知道醉是什么滋味。

她突然到了谈论这些事情的年纪，突然对服装、化妆和流行音乐产生了兴趣。

我告诉她，等她再长大一点，每次聚会我都会去接她回家。

在旅途的最后一段，我们谈论了特朗普和美国大选，她对美国大选也很感兴趣，而另外两个孩子静静地坐在后座上，直视前方。

我在学校前面的停车场把他们放下，然后换了音乐，开车进入于斯塔德，一路去到离市中心几百米远的医院，停好车，打开车窗，点了一支烟，等待九点钟的到来，那是我预约的时间。

我刚在候诊室坐下，就叫到了我的名字，我可以进去了，有一位医生在走廊里等我，他个子不高，大概比我大十岁，东欧口音。

我们可以进来这里，他说，朝一扇半开的门做了个手势。

我们进去后，他说请坐，并再次伸出手，这次是一把椅子。

我坐了下来，他问我出血情况有多久了。我说有一年半了，但每次间隔的时间都很长。上一次持续了五天。那是多久以前的事？他问。我说是一个月前。他叹了口气，那时候你就应该来的，你还抽烟吗？是的，我说。一天抽多少？二十根。我撒谎了，事实是接近四十根，但他没必要知道。

我把衣服脱到腰部，躺在长凳上，白色的赘肉在腰带上隆起。他给我量了血压，血压正常。他用听诊器听我的肺部，让我吸气、呼气、憋气。一切正常。

现在你可以把裤子脱了，脱到膝盖，他说。

我照他说的做了。

内裤也脱吗？我问。

他点点头，没有和我对视。

现在仰卧，膝盖向腹部弯曲。

我照他说的做了。赘肉堆起，裤子缠着我的膝盖，这感觉不太舒服。

通过他的眼睛，我发现我的家伙看起来很小。

他开始用手揉捏我的肚子，我想，它真的那么小吗？

如果我有一根令人印象深刻的大家伙，感觉会有多好。

一切都会变得多么美好。

疼吗？他说。

不疼。我说。

还有牙齿要漂亮。

我丑陋的牙齿让我很烦恼，我几乎不能和别人说话，我总是想着我的牙齿。

好了，他说，现在侧躺，膝盖往上。

像这样？我一边说一边侧过来。

是的，他说，这不会疼，但也不会很愉快，你和我都是。

他笑了一下。

我也笑了一下。

现在你会有感觉了，他说。他在我的肛门上抹了些湿润的东西，然后把一根手指伸了进去。

这可能不太舒服，他说。

的确，我说，有点不舒服。

疼吗？

他的手指在我的肠道里前后移动了一下。

不疼，我说。

好了。他说着，迅速抽出手指，递给我一张纸巾。

你可以用这个擦一下，他说。

我照做了，把纸巾扔进垃圾桶，穿上裤子。

完事了吗？我可以穿衣服了吗？

是的，可以穿了。你只需要去另一个房间再做一次血液检查。

我穿上衬衫和西装外套。

他说，你没事，就我所知，没有痔疮，没有息肉，也没有肿瘤。但我们还是要做直肠镜检查，因为你妈妈得过肠癌。这不是遗传病，但你们生活在同样的环境里，吃的是同样的食物。所以我们会检查的。

什么都没有？我说，那我为什么出血？

只是出血，他说，是有可能的。比如可能是因为硬的粪便。但你当时应该马上来，那样我就能看到了。

所以我没事？

一切都很好。

出门后，我戴上太阳镜，扣上外套最上面的扣子，向停车场走去。气温已经超过了二十度。我开车到城里，去取我送去装裱的一幅画，那是我在路易斯安那州采访安娜·比耶格尔后，她寄给我的一幅素描，《在春天》收录的插图之一，那个穿橙色毛衣的女孩。收到它的时候我很高兴，现在再次看到它，我又一次感到很高兴。然后，我在意式咖啡屋喝了一杯咖啡，坐在露台上，望着洒满阳光的宁静广场，建筑物的影子在广场上延伸。我给盖尔打了个电话，聊了聊他的书，我已经读了三遍。他给我读了一段他正在写的新书，是前往阿富汗的途中，在土耳其机场发生的插曲。当我回到车上时，我收到了你妈妈的短信，她问我进展如何，我回答说很顺利，我什么事都没有。在出城的路上，我给我妈妈，也就是你的祖母打了电话，我知道她很担心，告诉她一切都很好。

我到家的时候，你正站在门口，我抱了你一下，又跟你妈妈说了一些看医生的事，你去了游乐场，我就坐在这里写一篇关于蜗牛的文章。写到一半时，我回复了邮件，然后准备去小睡一会儿，但我刚要躺下，埃里克来了电话。他说我们的鹈鹕出版社在海关还差两万七千克朗的关税，如果周日前不能付清，三本书的印刷版就会滞留在边境。我又回到这里付了钱。然后，我屈服于诱惑，读了今天发表的《在春天》的书评的开篇。其中一篇写道，前两本书《在秋天》和《在冬天》从整体上看并不有趣，另一篇写道，《在春天》像一个诗意的宝妈博客。

我又在关于蜗牛的文章面前坐了一会儿，但我无法集中精力，所以当我收到蒙克博物馆的卡利发来的邮件，看

六月 / 日记

到附上的最新展览品清单时,我花了一个小时看画和展厅的布置,思考可能的调整。然后我睡了半小时,起床后开车回于斯塔德接你的小姐姐和哥哥。你的大姐姐要在朋友家过夜。原本计划给你哥哥买辆新自行车,旧的那辆对他来说太小了。但我告诉他不能把电脑带到朋友家时,他有点生气;当他意识到我们不是去买上一辆自行车的那家小店,而是去一家更大的仓储式商店时,他开始拒绝配合,我也有点生气了,我本以为这对他来说是件大事,结果他只是绷着脸在一排排自行车中间不高兴地走来走去。最后我们回家了,什么都没买。我把他送到他朋友家,你姐姐和她的朋友在花园的草坪上玩耍,天气温暖无风。我写完了蜗牛这一篇的最后一部分。你在我的办公室里待了一会儿,这里乱糟糟的,让你激动不已,你几乎每走一步都会碰倒什么东西,一摞书或文件。还有地上的垃圾!瓶子、纸箱、盒子、烟盒、报纸、期刊、塑料袋、杂志。我去接你哥哥和他的伙伴,你姐姐和她的朋友被她爸爸接走了,所以我们只有五个人一起吃晚饭。我们在室外用餐,就在夏屋后面的院子里,虽然我去年清理过,但那里几乎还是杂草丛生。我告诉你哥哥,在我十二岁之前，从来没有朋友来过我的家里。他问为什么。我告诉他，我父亲不允许。他继续问为什么。我说我觉得我父亲不想让其他人接近他。然后我告诉他，我的父亲是个老师，很习惯和孩子们相处，只有在家里才会这样。你哥哥说我父亲应该去当作家，那样他就可以一直一个人了。

是的，我微笑着说。

那他为什么不是作家？他问，他不想当吗？

我想，也许他想，但做不到，我说，当作家是很难的。

他大笑起来。当老师更难！他说。

不，我不这么认为，我说。

当作家很容易，他说。

没那么容易，我说，只是你认识的大人都是作家。但实际上，并没有多少人是作家。但他是个很好的老师。我认识一个人，他说他是他遇到过的最好的老师。

他是不是很严厉？

是的，我说，我也认识一个人觉得他很可怕。我父亲曾把他挂在走廊的衣架上。

你哥哥难以置信地看着我。

是真的。那是1970年代的事，很久以前了。

现在已经不允许了，他说。

嗯，我说，从很多方面来说，你们生活在对孩子来说最好的时代。

等我们把他的朋友送回家，你也上床睡觉后，我和你哥哥坐在客厅里看电视，你妈妈则在房子的另一头用电脑看电影。也就是说，他在看电视，我躺在沙发上翻阅关于斯威登堡科学著作的书。他把脚放在我的脚上，这让我很开心，我还在为我们失败的购买自行车之行感到内疚，因为我否决了他。然后，这本书很有趣。斯威登堡几乎在所有科学领域都发表过著作，数学、几何、物理、化学、解剖学、生物学。他的理论无所不包，并绘制了几项机械发明的草图，其中包括一架飞行器。他还设计了一种新的数字系统，用八进制代替十进制，并将其呈献给瑞典国王查理十二世。但他的主要理论是关于震颤的，震颤波在人体内传播，就像涟漪在水中或声音在空气中传播一样，所有的身体运动、所有的思维运动都是通过这种震颤波产生的，震颤波从神经系统传到四肢，从外部世界传到神经系统，这是一种流体机械系统，肉体和精神在其中相互融合。当他遭遇梦境危机，一切都被推翻的时候，他正在撰写一篇论文，论述灵魂的物质形态、灵魂的位置以及灵魂的组成。奇怪的是，所有这些多年来一直是他生命的全部，是他赖以生存和呼吸的东西，但在短短几个月的时间里，这一切都失去了意义和相关性，而在他的余生中，他所研究的东西，至少从外表上看，与之前完全相反。

我在这里找到了斯威登堡的另一本书，《心灵日记》，我随手翻了翻，看到了以下的章节标题：那些以世间和天堂的华丽和荣耀为目标的人，那些以世间的财富和利益为目标的人，那些以博学的名声为目标的人，他们既看不到也找不到文字中真正的真理。在这里，他写到了他在灵魂世界遇到的一些人物，这些人以为自己会像天上的星星一样闪耀，因为他们遵守了上帝的话语，但在他们的灵魂被审视之后，却发现他们这样做是出于自爱和野心。不难看出，他在这里写的是他自己，这就是他的人生危机所在。外在真理之路和内在真理之路，积极生活和沉思生活，这两条道路仍然是我们面临的选择。

2016年6月4日，星期六

今早我醒得异乎寻常的晚，已经十点多了，我为自己昨晚写的东西感到强烈的羞愧。我从未为我所想的任何事情感到羞愧，也从未为我自己是谁而感到羞愧，而只是为我所说、所做或所写的东西感到羞愧，换句话说，就是为我身上被别人看到的东西感到羞愧。这很奇怪，就像是一种双重标准，只要隐藏起来不被人看到，一切都好说。写作是穿越这道栅栏的一种方式，因为写作是为了表达内心的自我，只有当你忘记自己是在写作时，才有可能做到这一点。忘记写作中的技巧、修辞、编排和语调的调节，写作才会成为可能，因为所有这些都属于交流，是指向他人的交流，因此就相当于是含蓄地向看到的人敞开了内心，从而带来了羞耻或羞耻的可能性。只有忘记自己是在写作，才能给内在的思想赋予外在的表达，而不会像其他所有外在表达方式一样，被羞耻感所左右或阻碍。

我觉得有趣的是，你可以想任何被禁止的想法，这不会对你的自我形象产生任何影响。也许我们的一切想法都是我们的一部分，就像一个社会是由社会中的所有个体组成的，精英们可以鄙视愚蠢的人，讨厌琐碎的人，痛恨笨拙的人，同时也知道他们和自己同样拥有生存的权利，社会是由所有成员共同定义的，而不仅仅是某些人，最底层的人的存在并不会减损或改变整体，也就是社会本身。一个白痴生活在挪威，并不意味着挪威就是一个白痴国家。

然后，内在自我的元素彼此之间是绝对熟悉的，没有什么是陌生的，一切都被同情包容；愚蠢的想法就像一个小弟弟，邪恶的想法就像一个叔叔，愉快地说出他对移民的真实想法。如果这个内在的自我属于一个反移民的人，那么我们必须帮助那些需要帮助的人的想法，就是这个叔叔的角色。在我们的内心深处，每个人都是自己人，即使不能做到绝对支持每个人，我们也会同情他们。是的，有时内心世界就像一家受保护的公司，生产的东西没有人需要，但这并不重要，重要的是生产的过程本身和它所供应的群体。

今天早上醒来时，令我感到羞愧的是什么呢？

是我写的关于"小鸡鸡"的内容。

我的第一个念头是，我真的写下来了吗？

为什么，哦，为什么？

我不仅写下来了——我本可以删掉它，把它忘得一干二净——我还像对自己写的所有文字的处理方式那样，把它寄给了我的编辑。

他会怎么想？

我为什么要写呢？

没那么小吧？

是不是很一般？

也许比一般还要大一点？

只是这样想，对我自己来说，没有任何意义。但写下来就有了意义。不仅因为这是隐私，所以不合适，还因为它很平庸，不值得作为文学文本因此更显幼稚。把它写出来，就表明我不仅考虑过它，还赋予了它重要的意义。它是我身份的一部分。它让我成为一个小人物。我很难想象，海德格尔会写下他阴茎的大小，并推理这如何塑造了他的自我形象的，或者在他无限缓慢、无限冷静、无限丰富地书写前苏格拉底哲学时，仍在持续思考这个问题。又或者他一进公共浴池，就会不由自主地盯着其他男人的阴茎看，看它们有多长，当他看到一个人的阴茎比自己的还长时,就会充满羡慕。

但我就这么做了。

我刚在屋里哄你哥哥睡觉——给他读《哈利·波特》,直到他睡着,我才不得不失望地放下书,因为我自己也想知道后面的结局会怎样——然后我和你的小姐姐坐在沙发上,她在看《老友记》,也快要睡着了,我看到她的眼皮耷拉下来,像两扇小车库门,然后在她快要入睡时,又如何突然蹦跳起来,因为她还不想上床睡觉。当我走到黑暗中时,我又猛然想到了我正在写的东西——我在做什么,如此要命的愚蠢、如此可怕的幼稚、如此不体面,我为什么要继续写我的阴茎来折磨自己?

现在是十一点十四分,你在漆黑的二楼仰面睡着了,至少按你的标准来看,这是漫长而多事的一天。你还分不清大和小,无聊和有趣,重要和不重要。几天前,当我们走过一个柏油铺设的广场时,你停下来,弯下腰,你发现了几只蚂蚁,它们完全吸引了你的注意,你完全忘记了我们是在去接你哥哥姐姐的路上。

今天比昨天更热,我几乎整个上午都在车里度过。先是

六月 / 日记

你哥哥、你妈妈、你和我去了一家自行车店，然后我开车送你到城里的一家咖啡馆，又去了你大姐姐过夜的朋友家，然后我又回到城里接你哥哥，去取我们买的自行车，给它安装车灯和车锁，然后我又回城去接你，开车送你去海滩，接着开车送你哥哥去格莱明格的一个朋友那里，然后再回到海滩，你大姐姐发现她买的比基尼太大了，所以我又载她回城换了一件，当我们回到海滩时，你的小姐姐打来电话，她和昨天过夜的朋友还有对方的家里人在另一处海滩，想让我去接她，我去接了她之后，又不得不开车送你大姐姐的朋友回家，因为她要在我们家住一晚，需要回去拿一些东西，但她没有钥匙，所以我们只能开车去酒店，她爸爸正骑着他的载货自行车在那里等我们，车上载着他的小女儿，去过她家里之后，我又回到海边接你和你妈妈回家，回到家后我又马上和你的小姐姐去了一趟博尔比镇，我们买了比萨和其他吃的。买完东西后，我们骑车去接你哥哥，他刚好可以试骑一下他的新自行车，太阳正在西沉，天空还是蓝色的，我们沿着田野一路骑回了家。这一天的前半段酷热难耐，我又气又恼，主要是因为前一天晚上写的那篇文章让我羞愧难当。到处都是长长的车龙，找不到停车位，婴儿车不停地搬进搬出，自行车放在后座上，成堆的孩子们，还有全程都在关注你们的行踪——你在哪里，你哥哥在哪里，你姐姐们在哪里，是这里还是那里——因为我害怕再次把你们当中的谁忘在某个地方，尤其是在你出生的第一个夏天，有一天下午我把你忘在了车里，当时我们正要去一家餐馆，要不是一个朋友问起你，我可能会把你忘在车里很久——而车停在烈日下的停车场里……

这一天的后半段下起了雨，远处传来雷声。傍晚时分，天气转晴了，但气温却比几小时前低了十度。这就是六月：变化无常，冷暖交织，干湿交替。

但是，一桩简单的小事、一个不起眼的心情密度提升的瞬间，就可以弥补这充满压力、不如人意的一天，就像晚饭后，你的大姐姐和小姐姐还有朋友坐在房间里，我沿着走廊过去，听到她说"爸爸来了"，她们都笑了。我在她们面前停下脚步，她们心情很好，在谈论男孩，我懂的。你的小姐姐和一个男孩在一起已经有两个星期了，你的大姐姐也喜欢上了一个男孩，而且那个男孩会喜欢她这件事也不无希望。她们聊得真开心！

今天我什么也没读,什么也没写,除了我做的那些实际性的事务,也什么都没想。但至少我看到了一些东西。当我在车流里排队等待驶上主干道时,我的视线滑过森林边缘一块纪念碑上的牌匾,上面写着,从尼布鲁海滩一直延伸到于斯塔德的桑德森林是卡尔·冯·林奈授意种植的。我知道这件事,但不知道具体日期。原来是1749年,也就是斯威登堡来到这里的六年之后。

2016年6月5日,星期日

现在是晚上十点零六分。虽然太阳已经落山,但外面的天还亮着。从我所坐的小房子外面的蹦床上传来尖叫声、叫喊声、歌声和笑声;这是你的姐姐们在为一个月后开演的音乐剧排练。今天上午,我开车送她们去锡姆里斯排练,三年来我每年夏天都这样做,过三个小时再去接她们。除了中午花了一个小时写一篇关于自行车的文章,下午睡了一个小时,其余时间我都坐在房子之间的石子路边清理杂草,中间开车出去了几次——你哥哥要去他朋友家，他今天要在那里过夜，你的大姐姐要去拜访朋友，我也要负责接送她。在路上，我看到了一只野鸡、一只野兔和一只小狍子，我开车经过的时候，那只狍子正在田野里迷迷糊糊地跑来跑去，先是朝着我的方向，然后转了个圈，又跑到另一边去了，在身后留下一团烟尘。在低垂的橘黄色阳光的照耀下，温和而肥沃的土地宁静地向四面八方延伸。这种安宁与美丽，让我想起几周前拜访安娜·比耶格尔时，她说过的一段关于美的话。美是她的绘画作品里非常明显的特质。这与色彩有关，因为她就是人们所说的色彩大师，仅仅通过色彩组合就能让画面生动起来，同时她又大胆而自信，这二者正是直觉的两个伴侣。我问她美是否重要。她说，她所接受的训练让她对美一直保持怀疑和警惕。我也是如此。我们文化的信条之一，认为美，至少那些显而易见的美、吸引眼球的美、田园牧歌式的美，以及戏剧性的美，代表着艺术的低级趣味，代表着低劣和平庸。对此唯一适当的反应就是反讽。反讽是距离，是共鸣和存在的反面。比耶格尔画作中最引人注目的一点是，它们都是根据照片绘制的，其中大部分不是她自己拍摄的，而是在旧期刊、手册和杂志中找到的。它们的真实视角就属于他人，一个匿名的实体，而视角通常可以揭示制作图像的人与画中人的关系，无论是画家还是摄影师。这使得比耶格尔的画作有些冷漠，在某种程度上有一种陌生感，一种非个人的、笼统的感觉，几乎就像通过一种文化或一个时代的视角看到的事物。艺术家的个性和存在感会体现在色彩中，那种通过可见的笔触或流动的颜料所传递的个人的信号如此明确，理应会消除现实主义，但在她的画作里并没有，也许是因为她作品中的张力和特质所源自的二重性：非个人化的摄影写实主义，和强调个人存在的绘画写实主义。因此，如果她画的是田园风光中的夕阳，她会根据已有的照片来画，我们就会同时看到夕阳和自己对夕阳的凝视，也会同时体验到美和对美的怀疑。

但为什么要对美产生怀疑，难道美不好吗？我认为，"美"意味着简单的、不抵抗的、表面的，换句话说，是再现的，我们不需要真正看到它就可以将其辨认出来，因为对于美的凝视在我们之前就已经存在了。艺术的任务就是如同初见一般，看到事物的真实面貌。如果我们认真地去观看，那么观看的人也是观看的一部分，因为没有完全中立的凝视，也没有完全中立的风景，总会蕴含某种潜在的倾向。爱德华·蒙克描绘的就是这种倾向。通过脱离再现，或者说转移了再现的焦点，他给草图和未完成的作品赋予了更高的价值，与此同时，作为对象的绘画本身，即其绘画性的一面，被赋予了更大的分量。通过这种方式，他与他再现的现实拉开了距离——他从未放弃过再现的想法，这种想法在他心中根深蒂固，这也难怪，他出生于1860年代——他所画的一些风景画几乎不能算是风景，而只是在画布上的几笔色彩，通过这种方式，他也在接近另一种现实，我们可以稍嫌隆重地称之为世间灵魂的现实。蒙克已然逝世七十多年了，自那时至今，艺术发生了很多变化，但人却没有，因此，艺术仍然只有三条道路可走：走向外部、走向内部、走向自主。美被排除在标准之外其实并不意味着什么，因为如果出现了一位重要的艺术家，这位艺术家会按照自己的意愿行事，如果是为了表现美，表现它的全部和深度，那么它就会自然而然地、显而易见地、完全自主地发生。归根结底，艺术只是一个权力问题，每个艺术家都知道这一点。因此，关于艺术的评判，留给我们的是三个失去信誉、疑点重重、陈旧过时的分类：力量、灵魂、美。为什么它们会失去资格？因为艺术的意义在于接近。穿透我们所有的体系和观念、态度和偏见、习惯和常规。灵魂以其19世纪的崇高、高贵和唯天才论的喧嚣，创造了一种距离；美以其传统守旧的装置创造了另一种距离；而权力的概念让人们开始接受对软弱的蔑视，这就创造了与真相的距离，因为真相就是人类是软弱和有缺陷的，就像一根冻僵的芦苇。艺术也可以是美的，如果你能设法接近它，扫除所有假装成其他事物的东西，这意味着几乎要扫除一切，因此需要力量才能穿透。

但是，晚上九点钟，在我开车去接你大姐姐的路上，我看到的景色非常美，美得不合时宜：太阳几十万年如一日地在大地上落下，浓郁的色彩在空气中流动，干涸的浅棕色土地上遍布长长的犁沟，夕阳给它们镀上了一层金色，树木在房屋周围和溪流沿岸静默伫立。噢，夜幕，噢，黄昏，噢，生命无情的终结！噢，羊群，噢，牛群！噢，狭窄道路上低矮的汽车！噢，山上的水塔！噢，白色风车的翅膀！噢，那一排橡树，树干参天，树皮虬结！

我记得我第一次写下这样的感叹句时,我是多么地享受。因为通过这种古老的形式,这种赞美开辟了反讽的空间,同时它也是真诚的,是一种冲动的喜悦的爆发,仿佛毫无掩饰,意义像山谷中的回声一样回荡。对我来说,这种旧文体除了愉悦,并无其他意义。我从未想过为什么旧体会给人带来愉悦。但我喜欢看古代主题的巴洛克绘画,比如洛兰的画,或者后来透纳的画。我也喜欢阅读古代的文字,但我在那里找不到同样的、几近永恒的平静,除了维吉尔的《农事诗》,但《农事诗》的平静也许更多地是在于它的意味而非主题。卢克莱修的《物性论》我很喜欢,但相比它的实际内容。我更喜欢的应该是它的理念。我读过亚里士多德的《论灵魂》、西塞罗的演讲、修昔底德的历史和奥维德的《变形记》。我们在学校里没有学过任何关于古代的知识,我第一次接触古代是在大学的文学课,我们听了关于希腊社会的讲座,了解伟大的悲剧是如何在希腊诞生的,它们所产生的巨大影响,以及它们对当代冲突的衡量。从荷马到但丁的史诗是另一个系列的讲座。我没有仔细研读过,只有一些碎片式的了解,与其说我在追寻古代,不如说我在寻找古代的感

Ecstases feminines

Mechthilde de Hackeborn
Marie des vallées

Thomas

觉。在维尔纳·海森堡的自传中,我印象最深刻的莫过于他描述的一次森林漫步——在1920年的德国,与一群同龄的朋友一起,他们都是高中生,懂希腊文,在讨论柏拉图和希腊的原子理论。从古希腊哲学到战时欧洲核物理,这种联系是多么令人兴奋。事物的本质,原子的粒子。海德格尔对前苏格拉底的解读也属此列,1920年代正是原子物理学炙手可热的时期,即使是平庸的科学家也能做出划时代的发现——一种文化在它的巅峰时期也是如此——同时代的哲学思考几乎是无限缓慢和错综复杂的。

你听过海德格尔读希腊文吗?一个月前,当我到巴黎郊外拜访安塞尔姆·基弗的工作室,为本书挑选图片时,他不知为何问了我这个问题。

我回答说没有。听起来如何?

他说,非常美。然后他发出了一些奇怪的声音,自己也笑了。

我很少像当时那样强烈地希望自己能够明确表达某些感受,希望自己能够说一些关于海德格尔和古代,卢克莱修和核物理的东西,说一些关于事物的物质性和光辉之美,以及关于时间的无限深度的东西。但我说不出来，一个字也说不出来，我只能微笑着低下头，他不太成功的模仿让我有点尴尬。

这就是我在基弗的画作中感受到的，时间在物质世界和人类世界中不同的流速，以及对表面深度的不断探寻，这是所有画家的诅咒，但基弗似乎对其痴迷不已。我们唯一所知的深渊是时间的深渊，但这并非来自我们自身的经验，因为我们周围的一切事物都与我们同时存在。时间就像死亡，我们被它拒之门外，只有成为它，我们才被允许进入。时间之门打开时，我们就已成为它的一部分，因此无从体会。也许正是因为如此，基弗才会对古老文化的两种艺术表现形式——文本和建筑——如此感兴趣，因为这是时间深处我们唯一能够辨认的东西，也是唯一能让我们正确说出"我们"的东西。在基弗的艺术中，我还感受到了他对事物、对象和物质本身的兴趣，以及对转化原则的兴趣，即事物的本质是命运的结果，只要一个小小的举动就可以变成另外一种样子。

但在那个巨大的、几百米长的飞机棚式建筑最里面的工作室里，我和他一起坐在沙发上，周围摆满了各种形状和大小的艺术品，却什么都没有说。工作室位于二楼，如一栋建筑中的建筑，三个挑高大房间的墙壁上挂满了他正在创作和一直在创作的画作。画室里弥漫着一股浓烈的颜料味道。这些画比我看到过的他之前创作的所有作品都更轻盈，色彩也更丰富，画的是河流和树木，草木丛生，水域开阔，透着微光。

在我四处参观的时候，他骑着单车从大厅穿过，穿着一件蓝色的连身工作服，看见我的时候他说："哟，我们这儿来了一个维京人拜访！"我们交谈了几句，他又骑着单车离开了，我则继续在里面参观。隔壁的另一栋楼里挂着一幅画，至少有二十米高，在它旁边的地板上放着两架完整大小的战斗机，上面插满了干花。一个人竟然能够产出数以千计的作品，实在让人很难理解，不可思议的并不是数量，而是它们所代表的意义，它们共同组成的整个宇宙。如果我知道自己当天要创作一幅六米宽、四米高的崭新亮丽的画作，早上一睁眼就会觉得疲累不堪了。一个人一生中每天都要爬上爬下做这样的事情，所需要的那种力量必须是非常特别的，顽固倔强，对其他一切都视而不见，因为在他的生命中已经没有空间留给其他事物了。

蒙克也有同样的经历，从十六岁起直到去世，他每天除了画画就是画画。即使他只是偶尔创作不朽之作，他也同样创造了一个属于自己的、奇特而强大的宇宙。安娜·比耶格尔也是如此，每天都在画室，每天都要从无到有地创作新的画作。

基弗可能是世界上最富有的艺术家，至少是作品报酬最高的艺术家。似乎所有的钱都用来为他的工作打造一个避风港。他睡在自己的工作室里，雇有专门为他做饭的厨师，十几个助手，一个秘书，还有一个高级顾问，据我所知，几乎替他做了所有的决定。

"你会开直升机吗？"我们一起吃饭的时候他问道。

我摇了摇头。

"你一定要去试一下，太神奇了！有机会你一定要来开一趟！"

他会开着自己的直升机去旅行，比如去伦敦、普罗旺斯或是葡萄牙。他喜欢花，在他拥有的所有地方种花，一朵也不扔，全部晒干。他有一个大图书馆，还给孩子们买了马，这样他们来看他时就有事情做了。所有这些华丽的表象，这些宏伟的姿态，可能会让你觉得他是艺术家中的王子，但这并不是他的本质，甚至并不重要，至少这是我们共度的几个小时给我留下的印象。一切都关乎他的工作，他的绘画，他的作品。它们从何而来？是什么造成了这种痴迷、这种对其他一切事物固执地视而不见？这是一种应对方式，别无他想，他一定是在某个时刻找到了一种方法面对内心的贪婪，这种贪婪永远无法被填满或满足，只能得到暂时的压制。他告诉我，在他成长的过程中，他不认识其他孩子，只认识他的祖母，战后几年他们住在德国黑森林地区。告辞之前，我最后看了一眼那些数量惊人的艺术品，我突然在他的所有作品中看到了树木和森林。树木和森林、时间和死亡，而他的个人经历就像一条细细的、几乎看不见的线，贯穿着这一切。

穿过阳光普照的平原，海边升起一片低矮山丘，你大姐姐的朋友家就在这里，我把车停在房子前面，两只大公鸡盯着我看，羽毛华丽，脖子笔直的大公鸡，我也直直地看着它们。它们周围四散着几只棕色的母鸡，体型小得多。我打开大门，就在这时，房子的门开了，一只方头大耳、肌肉发达的大狗冲了出来，后面跟着一只毛茸茸的小狗，对我狂吠不止。我知道它们并不危险，但当我看到那只巨犬湿漉漉的嘴里露出的牙齿，我的心跳还是开始加速。我恭恭敬敬地拍了拍它的头，尽管我非常不喜欢狗。你大姐姐出来的时候弯着脖子，似乎想在离别的时刻把自己变小一点，让离别过得快一点，或者尽可能地小一点，我猜想着，至少我一直是这么觉得的。

我们沿着来时的路开车回家，穿过傍晚时分宁静的田园风景，这里现在是我们的家，对她来说也是她的故乡。阳光照在她的脸颊上。如果我会画画，我一定会把这一幕画下来。

2016 年 6 月 6 日，星期一

几分钟前，你的小姐姐来到草坪上，她把手机放在厨房

窗户下的桌子上，让它靠着桌上的一个杯子，开始对着手机跳舞。她在排练音乐剧。这是她参演的第三部音乐剧，但与前两部不同的是，前两部我有时会坐在活动场地里等着排练结束，而这一部我还没看过。她的头来回摆动，双手在空中画着图案，嘴里哼着音乐或是数着拍子。然后她拿起手机，坐在草地上察看录像。我坐在窗户后面，结束后她瞥了我一眼，我向她挥手致意，她也挥了挥手，然后又溜回了屋里，跟她出现时一样突然。

现在是晚上十点差六分。今天是瑞典的国庆日，孩子们都放假了。今天一整天我都有一种星期天的错觉，收到那么多电子邮件让我十分惊讶，我的收件箱在周末通常几乎是空的。

早上八点钟我被你的声音吵醒，听起来异乎寻常的近，我睁开眼睛时，发现你正躺在我们的床上。我隐约记得是你妈妈把你抱过来的，因为你在婴儿床上哭得很伤心。

你对我微笑，然后开始说话。你说我们得开车去接你哥哥。我点点头说是的，但也许不是马上。嗯，不是马上，你说。我说我们下楼去换尿布好吗，你说好的。安妮需要内裤。是的，没错，我一边说一边抱你下楼，但忘了给你换尿布，因为我把你放到地板上时，你直接跑进了客厅，我进去的时候你已经打开了电视，正在往沙发上爬。我煮了咖啡，在书房抽了根烟，然后和你一起吃早餐，我们面对面坐在桌子旁边，每人一碗 Special K 牛奶谷物葡萄干麦片，你妈妈起床后，我来到这里写一篇新的文章。我写了三个不同的开头，然后放弃了。我通常不会这样，但自从我开始在傍晚和夜里写日记后，我不再像过去几年那样每天早上四五点起床，也就没有了在黑暗中、黎明和清晨的独处时光，这让我很难进入创作。这就好像在我起床时，我是从零开始，当我集中精力，就会从空白慢慢变成有物，集中精力实际上是一种精神重置，头脑中的印象、感觉和想法越多，需要清除的也越多，然后才能专心致志于工作。

我走到外面，从夏屋的门廊里把割草机拽出来，推到草坪上，启动之后开始推着它穿过草坪，绕着花园的边缘一圈一圈慢慢往里转。你妈妈去幼儿园了，这个周末轮到我们打扫卫生，她承担了这项任务。大约十二点的时候，你的小姐姐有朋友来拜访，她们玩蹦床，坐在上面聊天，骑自行车在附近转悠，坐在房间里玩手机，还在花园里做侧翻。她们认识五年了，同校了一段时间，后来你的哥哥姐姐们转学去了于斯塔德，但她们一直保持着联系。你的大姐姐一直在睡觉，直到一点半我才把她叫醒。通常我不会让她睡那么久，但我昨天答应她今天想睡多久就睡多久。她整个周末都和朋友们在一起，还参加了音乐剧排练，长时间和其他人在一起会让她受不了，她会变得烦躁或疲惫，渴望一个人待着，或者和我们在一起放松一下。

她们的不同之处令人惊叹，而我爱她们每一个人的样子。

我给花坛和浆果灌木丛除了草，但我并不很清楚哪些是杂草，哪些是观赏植物，所以我只除去了我绝对确定不属于那里的蒲公英和一种非常顽固的攀缘植物，这种植物缠绕在其他植物身上，很难在不伤害它们的情况下将其除去。现在，这里所有的植物都在开花和生长，爬满了所有的墙壁和屋顶，浓密而翠绿。为了除掉羊角芹，我该死地铲掉了一块草坪，扯出它们纠成一团的白色根系，然后再把那块草坪重新种好。我以为那团根系就是全部，但现在它们又爆发式地冒了出来，在割草机清除不到的地方长得密密麻麻，就像一片小森林。

每隔一段时间，我就进屋去看看你，你不是在和你姐姐和她的朋友玩，就是一个人在玩，或者坐在电视机前看《小鬼拉班》。后者让我感到内疚，尤其是因为你才两岁半，已经能在台词出现之前就把它们说出来，但每次和你玩超过十分钟对我来说就是耐心的考验，我觉得我必须做点什么，最好是写作，如果不能，那就收拾花园或者清理屋子。以前我不是这样的，那时我可以连续好几个礼拜整天睡觉，整晚看电视，在外面漫无目的地彻夜游荡，也不会感到内疚。现在，如果我看半个小时的电视，我就会觉得自己在浪费时间；就连作为我工作一部分的阅读也变得微妙起来，如果它与我正在写的东西或将要出版的书没有直接关系，我心里就会充满负罪感。

这并不是什么神秘的事情，这只是我的一种应对方法，它很有效，所以我认为没有理由停止使用它。所有问题都是在与他人的关系中产生的，如果你把与他人的关系降到最低，你的问题也会降到最低。但人类从根本上说是一种社会性的存在，不与他人接触就会灭亡，人际关系不能说断就断，必须用别的东西来代替，而很少有什么东西能比写作更令人满意地代替他人的存在，同时还能为反社会行为开脱，因为每个人都知道，写作的人非常需要独处。

以前的夏天总是最糟糕的时候，夏天总是伴随着人们对愉悦和欢乐的期待，呼朋引伴地一起去游泳、划船、度假，而我却在克里斯蒂安桑或卑尔根，在我母亲家或在我租住的小房间里，外面阳光明媚，我却不知道该去哪里，也不知道该做什么。一个人不会独自去游泳，独自去划船，独自躺在公园里，也几乎不会独自坐在露天咖啡馆里看书，至少在你还是一个二十二岁的年轻人时不会。这让我非常苦恼，它不仅标记了别人眼中的我的样子，也标记了我自己眼中的我，在很长一段时间里，这两者基本上是一回事。当然，我本该坚强起来，不再为此烦恼，也许还可以在租屋里自学希腊语、希伯来语、拉丁语或其他我可以用得上的东西。但我并不坚强，我被它击垮了，夏天我无处可去，无人相伴。从我开始写第一部小说的那一刻起，这个问题就不复存在了。我不需要其他人，也不需要其他地方，我可以一个人坐在租屋里写作。只要我这样做了，除了与小说本身有关的问题之外，再也没有其他问题了。从那时起，我就一直这样做。孩子们出生后，孤独的问题彻底消失了，因为在孩子们需要的时间之外，我所剩的时间已经不多了，但那时写作已经深深地扎根于我的心中，成为我解决所有问题的方法和途径，所以我不仅继续写作，而且在最初混乱的婴儿时期过去之后，还加强了写作，直到我成为现在的我，我仍然觉得自己必须一直做些什么。

这样下去，人会变得僵硬，不仅是外在的姿态，还有内在的姿态，这一定就是很多老年人无法应对变化的原因，他们已经形成了自己的方法，像骡子一样弯着脖子，时间太久，以至于再也抬不起头来。

我有一位曾叔祖父就是这样，脖子僵硬，但后来他老糊涂了，僵硬完全失去了对他的掌控，包括他的思想和整个身体，他又变得像个孩子，脸上永远是不确定的微微笑意。

每个人都必须有自己特有的形式，我们称之为身份。如果内在的形式薄弱，如果一个人性格敏感而难以捉摸，他就需要一个外在的形式。养育孩子其实无非就是帮助他们解决这个问题，为他们提供一些固定的结构，让世界和他们自己成为可以管理的实体。对孩子来说，最可怕的噩梦就是自己决定一切。这种模式在社会的宏观层面上也同样存在，社会的混乱程度决定了人们对一只强有力的手、一个明确的领导者、一个强者的渴望有多强烈。

奇特的是，强者往往也会表现出软弱的一面，某种无助的、自我矛盾的东西。今年春天我去美国时，通过电视观看了共和党总统候选人唐纳德·特朗普的几次演讲。他身上散发着一种缺乏男性气概的虚荣，一种略带女性化的东西，你可能会认为他的选民，那些同情他的简单解决方案、把偏见当作真理的人，不希望看到这种东西，你会认为他们更喜欢强硬、连贯、统一和明确的东西，而不仅仅是这种可以轻易看穿的强硬姿态，但事实显然并非如此，似乎没有人对特朗普的模棱两可的肢体语言和外表感到困扰。希特勒也是如此，虽然我不想做这种令人反感的比较，但他的举止也是含混暧昧的，他身上也有一些虚荣和缺乏男子气概的东西，这种模糊性本应削弱他所传达的信息，但却没有，恰恰相反。

奥巴马的个性则调和得很好，他自信满满，坚定沉着。

在美国之行中，我遇到了《纽约时报》的一位编辑，他之前曾建议我报道竞选活动，我拒绝了，我无法忍受身为欧洲人，旁观这一切的感觉，但在那里待了一周后，我看了所有电视转播的演讲和直播的辩论，也与那些支持特朗普的选民交谈过，他们一谈到他就十分激动，对移民、宗教和政府充满愤慨，我告诉他我会考虑一下。

他说："你想见见特朗普吗？"

我吓得浑身发冷。

"不。"我说。

"好吧。"他说。

为什么我一想到要见他就浑身发冷？

权力、名声、对人性的蔑视？

是的，都有，但主要是他的专制。以我对权威的恐惧，我想象不出比这更可怕的遭遇了。我会不会试图讨好他？会不会为了让他喜欢我放弃我信仰的一切？

很不幸，会的。

现在离十二点半还有八分钟，我要去睡觉了。半小时前，你的大姐姐来找我，她在一楼床边的床垫上睡着了，上次过夜后那个床垫就一直放在那里，现在她醒了，想让我帮她把床垫搬到二楼的床上。我照做了，我抱着床垫从你哥哥旁边走过，他仰面躺着，胳膊紧贴着身侧，好像正在从跳水板上跳下来一样，羽绒被掀在一旁，而你，小家伙，侧着身子躺在床上，羽绒被夹在你的小腿和小胳膊中间。六个多小时后，你就会醒来，快乐而满足，准备迎接新的一天，什么都不会惊扰到你。

2016 年 6 月 7 日，星期二

今天我睡到七点半才起床，只来得及在这里喝杯咖啡，抽一根烟，就要开车送你的哥哥姐姐们去上学了，我们会在又一个阳光明媚的宁静早晨穿过田野，你妈妈则会推着坐在婴儿车里的你去幼儿园，然后乘巴士去于斯塔德，再坐火车去马尔默。回来后，我写了一篇关于游乐场的文章，发给了我的编辑。几分钟后，他就打来了电话。我们聊了聊最近的几篇文章，也稍微聊了聊整本书；他提出了一些我喜欢的

建议，但我没有写下来，我想我的潜意识会处理好相关的事情。然后他问起我过得怎么样。尽管我现在写的所有东西都是自传体的，在某种意义上都是关于我的生活，但生活本身是完全不同的东西。它发生在别处，一个完全不同的地方，在写作的背后，像一座黑暗的山峰，文字只是在短暂而有限的闪光中瞥见它，就像手电筒的光一晃而过。我们最近一直在讨论一个问题，那就是如何讲述一个你亲身经历过的故事，而不给出你自己的版本，也就是说不是用"我"的视角来写，只讲述这一段经历，这听起来像是在吹毛求疵，但其实不然，区别是巨大的，当我的编辑第一次和我谈起这个问题时，就好像围绕着我想讲述的东西打开了一个充满可能性的空间。这些就是叙事的可能性，面对它们，虚构和非虚构的概念就显得不足了，它们太过粗糙，也不够中肯。争议不在于此。人们常说，虚构可以比现实更真实，真实在某种意义上是一种升华，一种结晶，一种普遍的东西。过去人们称之为诗意的真实。现实的真相，也就是事件的发展过程，是由讲述它们的"我"锁定的，这就带来了种种限制。我相信这一点，事情就是这样，诗意的真实即使算不上更伟大，至少也比现实的真实更重要。但你不必写太多个人的经历，就能意识到诗意的真实的原则同样适用于此。这不是指添加或编造，而是关于故事是如何形成的，关于你会优先考虑哪一个版本的故事。这几乎就像一个等式：当普遍的真实增多时，个人的真实就会减少。更重要的是，这是一个如何构建叙述空间的问题，在"我"的周围有多少事物可见，以及叙述者在多大程度上认同故事中的"我"。如果完全认同，这种叙述在个人意义上就是真实的，但如此一来，所表达的东西也只有真实，这也是文学中的一条古老要义，即文学应当是个人的，但不是私人的。私人的东西只与写作者本人有关。这就出现了一个悖论，即为了表达某种对他人来说真实的东西，作者必须牺牲个人的真实，创造一个自己并不完全认同的自我。我偶尔会与一位工作伙伴讨论这个问题，他认为，这使得真实的概念失去了意义，因为这种表达必须"加糖"，在他看来，这就是撒谎。他还说，我写作的主要目的是让人喜欢。这不仅是一个文学问题，也是一个社会问题，因为在社会领域，每个人都有一个与内心不完全相同的外在形象——或者更简单地说，我们总有言不由衷的时候。为什么呢？我们不想伤害别人，也许这比说出真相更重要，或者我们认为开心更重要，或者我们认为真相无论如何都不会改变什么，因为人是无法改变的。或者我们认为，如果我们卸下包袱，说出真话，别人就不会喜欢我们。所以我们假装。但文学不正是一个不必套用社会游戏规则的避难所吗？写作是为数不多的发生在社会之外的社会行为，文学不正是唯一可能做到绝对真实的地方吗？文学难道不是残酷的吗？残酷难道不正是文学的核心和权利吗？是的，这也是为什么在文学史上，小说一直是首选的方法，因为它将自我的真实抽离出来，在社会背景下展示为另一种真实。易卜生的戏剧是残酷的，因为它们展示了人们在角色背后的真实面目，以及社会在舞台背后的真实面目。培尔·金特一种是一种结晶，布朗德也是一种结晶，两者都是易卜生本人，但不是他眼中的自己，而是他通过他人的眼睛，从外面看到的自己。这样，他就可以写出更真实的自己，而不是一部完全自我认同的戏剧。这是因为自我不是一个孤立的实体——我不是在思考孤独或人类的孤立，我是在思考自我是如何构成的——而是指向他人的，是一种探究，正如语言是一种探究，文学也是如此。从某种意义上说，书写自我是共情的反面，因为共情是由外而内的，而书写自我则是由内而外的。然而这两个过程的目标又是一致的：深入了解，并通过深入了解获得理解。当书写自己的人走出自我，将外界的目光纳入其中时，一种奇特的客观性就产生了，这种客观性同时属于内在和外在，这种客观性使得在自我中移动成为可能，就好像这也是属于他人的自我一样，于是我们完成了一个闭环，因为这种移动要求共情，或者说，换位思考。一个人独处时的自我显然不需要任何共情，因为没有距离，没有可以渗透的"内部"，这时的自我就是自己。但是，一旦你离开这种环境，进入下一种环境，就会产生距离，产生某种客观化的东西，使自我在保持不变的同时，又变成了另一种东西。这些微小的差异会随着时间的推移而不断扩大，并可能代表许多不同的、相互矛盾的事物，以至于自我无法容纳它们，否则就会变得功能失调——因为自我也是我们的行动框架——对此我们需要压抑和遗忘，但也需要记住。记忆构筑了我们关于自己的故事，这个故事也许是我们身份最重要的部分。记忆之弦维系着这个故事，使其成为一个整体，而压抑和遗忘则使记忆之弦保持纯粹与可控，杜绝冲突与矛盾。有些人的叙事与现实格格不入，他们最终无法维持自己的身份，身份的崩溃让他们变得精神错乱、狂躁、抑郁，或是确诊为职业倦怠而卧床不起。精神分析实际上就是要找到一个更真实的故事，这也是为什么精神分析经常会试图揭开古早的、也许是被压抑的记忆，并专注于与人际关系相关的情绪，因为情绪的语言不同于思想，它不会轻易改变或表现为其他东西。有时它们也会，比如抑郁，它只是一种凝固不动的愤怒，是在气温骤降时冲击海岸的浪潮，停住了前进的脚步，冻结成冰。如果一个人发现了一个更真实的故事，一串相关性更强的记忆，那么来自外部世界对自我的压力就会减小，即使没有实现宁静与快乐，至少也会有一个合理的可控的日常生活。因此，对他人而言，自我的结构是一种询问，类似于"探究"这一词语的基本含义，而对自己而言，自我的结构则是一个故事，由一串记忆组成。后者与维系夫妻关系的机制并无二致，他们也有一个互相讲述的故事，构成了他们的夫妻身份，如果这个故事离现实太远，迟早也会崩溃。夫妻的故事需要不断地进行重申，自我的故事也需要不断地进行重申，因为夫妻和自我都包含了太多的东西，而且往往有许多是矛盾的，所以必须用几个简单的序列、几句简单的格言来进行简化：这就是我们，这就是我。因此，如果自我是一种叙事，那么它只是众多可能叙事中的一种。我的编辑最新的小说讲述的是一对夫妻感情破裂的故事，在小说中，他们其中一人，也就是那个男人，开始幻想这段关系里另一个男人的出现，还为此编造了相关的故事，女人听了这些故事并且乐在其中，两人的关系就从这里开始出现裂痕，走向崩塌。这是他们在一起的方式之一，他通过一个想象中的替身来爱她。然后，这种想象成真了，她遇到了另一个人，和另一个人在一起了，这个故事对她是开放的，但对他不是，她抛弃了他，把他拒之门外，开始了一段新的故事。小说里，男主人公设身处地想象她的想法、感受和选择，试图理解她。奇怪的是，这种对她的开放与对另一个男人的开放是相关的；小说里所探讨的人与人之间的界限的缺失既具创造性，也具破坏性。这种人格特质，心理学家可能会称之为自我弱点，也可以将其看作从内心深处理解其他人的渴望，或者视为对自我所有可能性的彻底开放，他的几本书里都可以找到这种人格特质，书中的一些人物在不同身份之间转换，就像一个人在一所房子的不同房间之间移动，我对这种人格特质很感兴趣，因为它是所有小说、短篇和戏剧的基础。最好的例子可能是莎士比亚，他对人的一切是那么开放，而人的一切也一定都包含在他的自我之中。所有伟大的作家都是如此。但这是一种内在的开放，对外部世界没有任何影响，一切只在书里发生——让这种开放、这种从内心深处理解他人的渴望、这种对身份界限的无视，在一个人的生活里、在一个角色中、在一个人身上发挥出来，完全是另一回事。读一本好小说，就像看着潮水退去，风景慢慢显露，这片领域介于自由与空虚之间，非常有趣。一个可以是任何人的人，是空洞的，他什么人也不是。一个具体的人也随时可以成为另外一个具体的人。我经常思考这个问题，是因为它与我现在的处境息息相关。我是说，人生的位置。我快五十岁了，只比我父亲去世时小四岁，我同时还是四个孩子的父亲，一个两岁、一个八岁、一个十岁，还有一个十二岁。当我看着他们，看到生活在他们面前铺开，就像曾经在我面前铺开一样，我很难不在内心自问，为什么一切会变成现在这样，因为与孩子们生活在一起，看着他们成长，我也观察到，除了他们自己的独特个性，天性、遗传和社会环境也共同在形塑他们，还有他们内心燃烧的光芒，以前人们称之为灵魂的东西。从理论上讲，我理解一个人的内在自我是如此丰富，以至于它可以改变和活出自我的其他方面，走向全新的方向，但在实践中，我的经验是，我还是老样子，还是像我一直以来那样做着同样的事情，有着同样的想法和感受。在和你妈妈一起参与的一次治疗中，我说我已经找到了一种方法，很适合我，我不想也不敢改变它。治疗师笑着说，这个方法根本不管用，因为我是一个极度孤独的人。但如果孤独的感觉很好呢？她说孤独从来不是好事。我认为她错了，但也可能是我错了，因为如果承认她是对的，就会威胁到我的故事，威胁到我对自己的定位，无论风霜雨雪，我都要坚持的东西，即使这意味着每天早上都在沮丧中醒来，即使内疚和羞愧一直困扰着我，因为不管怎么说，它是有用的，就像小蟹在海底的黑暗中侧身爬行时，壳对它是有用的，就像顺从对狗来说是有用的，这也是一种形式，一种固定的东西，它可以将自己交付其中。作为我的身份的叙事，这个蟹壳一样的外壳，这套我不去挑战的观念,是文学的反面。虽然自从十几岁时起,我对我自己的自由和生活就不感兴趣,但自由是文学的一切,是它的本质,这就是为什么我写到,残酷是文学的核心和权利,因为自由和残酷是一枚硬币的两面。在文学中,简单的自我叙事与复杂的现实相遇,这种相遇是小说的基本结构之一,就像堂吉诃德和艾玛·包法利建立在文学基础上的浪漫的自我形象与他们身处其中的现实的相遇一样。

今晚我问你哥哥想不想去骑自行车。他说想。我建议我们骑车去城堡,那里离这里只有三公里多,他也同意了。他的自行车有点大,我觉得买一辆小的儿童自行车没什么意义,因为到秋天或明年春天他可能就骑不了了,所以这辆车给他带来了一些麻烦,好像他的所有动作对自行车来说都太小了,不过一切都很顺利,我们骑车爬上教堂旁边的山坡,左转,穿过大路,上了通往城堡的路,这条路一直向西,朝着太阳低垂在地平线上的方向,尽头是宽阔的平原,平原在我们面前延伸开来,绿意盎然,洒水器四处分布,几辆拖拉机突突作响,房屋周围是成片的树木,曾经是为了防风而种植的，秋冬季节，风从海上吹过平原，威力巨大。我告诉他，五百年前的夏天，世界上最著名的天文学家之一就住在城堡里。他叫什么名字？他全神贯注地骑着自行车，大声问我。我突然记不起名字，也就没有回答。他叫什么名字，爸爸？你哥哥问。第谷·布拉赫，他是丹麦人。斯科讷省当时属于丹麦，你知道的。我们停了下来，他要脱掉外套。我让他把外套系在腰间，他照做了。我们再次开始蹬车，他摇摇晃晃地骑到路上。骑了几米后，他又停了下来，外套系在腰上他骑不好。我把它拿过来，系在我的车把上。我们继续前进了几百米，他又停了下来，他觉得轮胎可能没气了。我摸了摸两个轮胎，都硬得像石头一样。我们又继续前进。我们冲下一个小山坡，骑过一座桥，然后开始爬另一边的山坡，他骑得越来越慢，最后几乎完全不动了，他向一侧倒去，摔进了一条沟里。幸运的是，那里的草长得又高又密，肯定高到他的大腿，所以他没有受伤，相反，躺在那里看起来还挺舒服。在道路两边的一些树下，事实上，在我视线所及的所有地方，都长着一种类似大黄的植物，朴实平凡，茎秆粗壮，叶子宽而扁平地伸展开来。这些植物的数量非常多，厚厚地覆着地面延伸开来，郁郁葱葱，即使植物本身并不美丽，但这个情景非常漂亮。我们推着自行车上山，到了山顶，他说他累了。我问他想不想回去，他摇了摇头说想去看看城堡。我想你以前去过那里，我说。我知道，他说，但我现在也想去看看。于是我们继续往前走，沿着长满高草的草地，走到两三百米外的森林边缘，那里的树木在阳光下闪耀着金色的光芒。那里有野猪，我知道，但没跟你哥哥说，他可能会害怕，因为这个地区有野猪袭击骑车人的故事。他又说他累了，但现在我们快到了，所以他会坚持下去。下了一座山，经过三座与城堡有关或曾经有关的砖房，再上山，经过属于城堡的一个小墓地，然后沿着围墙爬上一座陡坡，这里有一座教堂，也属于城堡，然后是城堡本身，作为一座城堡，它又小又不显眼，厚厚的、歪歪扭扭的黄漆城墙建在护城河的后面，是 13 世纪的风格。那就是城堡，我说。那是城堡吗？但我们是要去格莱明格吗？不，我说，我们要去托斯特鲁普。格莱明格离这里有两公里远。

我惊恐地看到他开始哭泣。泪水顺着他的脸颊流了下来。

"你有那么失望吗?"我说。

他点了点头。

"我们在这儿坐一会儿吧,"我说,"我们要去的是托斯特鲁普,不是格莱明格。"

"但你说的是格莱明格!"他抽噎着说。

"我没有。"我说。

"你说了,"他说道,"我问你了,你说是。"

然后我明白了。我们在屋外的路上骑行时,他说了些什么,我没听清,只是点了点头,也许还说了"是"或"嗯"。

"我现在好累,骑不动了。"他说。

"你不想去城堡看看吗?"

他摇了摇头。

"我们只能骑车回家,"我说,"没有别的方式可以回家了。"

我抚摸着他的背。泪水还在顺着他的脸颊往下流。他的眼泪和他不愿意骑车回家的事实都让我有点恼火,但我尽量掩饰我的恼火。

"我们就坐在这里休息一会儿吧。我相信会没事的。"我说。

"好吧。"他说。

这也许是今年夏天迄今为止最美的一个傍晚,天气温暖,空气非常静谧,太阳在深蓝色的天空中闪耀着明亮的黄色光芒。森林里的树木一动不动,美丽极了。

"好了吗?"过了一会儿我说,"你准备好了吗?"

他点点头,站了起来,用脚把自行车的支脚踢开。

"你先走,我跟着你。"我说。

他骑上那辆稍大的自行车,沿着陡峭的山坡向下,但不知怎么没骑稳,失去了控制,径直朝路边的沟里冲去。

"用刹车!"我在他身后喊道。

但他惊慌失措,没有拉手刹,而是一脚踩在地上,不仅没有减速,反而加速了。他尖叫着操纵着自行车冲到了路边的沟里,周围尘土飞扬,我喊着用刹车!用刹车!但他慌了神,几秒钟后他摔了下来,自行车压在他身上。

我骑车来到他身边。

"怎么样?"我把自行车搬开。

他大声抽泣。

"让我看下。"我把他扶起来。

他的裤子在一边膝盖的位置破了个洞,伤口在流血。除此之外,他看起来没什么大碍。我把他紧紧抱在怀里,他手脚并用地缠着我,就像一只熊猫挂在树上。

过了一会儿,我把他放在一块石头上。

"自行车没事,"我说,"这就很好,不是吗?"

他流着泪点了点头,身体在颤抖。

"你也做得很好,"我说,"不然可能会弄坏哪里,你知道的。"

"是的。"他说。

"但我们现在该怎么办?你不能骑车回家了吧?"

他摇了摇头,新一轮的哭声又来了。

"你能坐在这里等吗?然后我骑车回家取车?"

"不行。"他说。

我可以理解,在他的眼里,我们离家很远,而且周围一个人都没有。

"没有别的办法了,"我说,"我会尽可能快地骑车。"

最后他同意了。

"那你哪儿也不要去,就坐在这儿等我回来,好吗?"

他点点头,我开始骑车回家。我的体能太差,无法用尽全力,但路程并不远,应该不会有什么危险,我边骑边想。我气喘吁吁地把自行车停在汽车旁边,坐进车里,迅速原路返回,头盔都忘了摘。幸运的是,他仍坐在那块石头上,我把他抱到前座,把自行车放到后座,然后我们就开车回家了。清理和包扎他的伤口,然后我从冰箱里拿冰淇淋给他吃。

现在他睡着了,离你睡觉的地方只有三米远,等他明天醒来,就可以给他学校里的朋友们讲我们骑车的故事了。

我突然想到,也许这将是他童年最深刻、最清晰的记忆之一,和爸爸一起骑自行车的失败经历。我相信他也注意到了我的愤怒,愤怒会一直留在他的记忆里,还有我让他陷入恐慌和沮丧的记忆。

当我问他为什么不用手刹时,他说他听说如果用手刹刹车,人会被甩出去,所以千万不能用手刹。

2016 年 6 月 8 日，星期三

　　傍晚时分，你的大姐姐正在屋外自拍。她坐在厨房外的桌子旁，双手举着手机，边唱边拍。她要么是在为音乐剧排练，要么是在使用一种 App，通过模仿歌曲或台词来制作视频。用这种方式制作的一些视频非常有趣。这些孩子和她们的伙伴们在图像中遨游，她们已经是处理图像的高手，能以最狂野的方式将图像组合在一起。她们与朋友通话都是通过 Facetime 或 Skype，这样她们就能在通话的同时看到对方。有时她们会坐在沙发上一边看电视一边使用 Skype，有时她们还会拍摄我们，这样她们的朋友就能看到她们身边的场景，有时也会拍摄我们正在看的节目。她们可以好几分钟一个字也不说。就好像她们的朋友就在自己房间里，又好像你的姐姐们就在她们朋友的房间里。当她们做一些事情时，比如在草坪上或蹦床上翻筋斗，她们会把练习过程拍下来，然后自己欣赏。她们用手机当镜子，拍下无穷无尽的自拍照，也会拍下或录下周围的一切。我记得，大约三四年前，他们拍摄

六月 / 日记

了一个叫"老马娅"[1]的短片；你的小姐姐扮演老太太，大姐姐负责拍她，告诉她该说什么。我不知道这会对她们产生什么影响，但既然这是她们生活中如此重要的一部分，那它一定会塑造她们，影响她们对现实的理解。在我的成长过程中，动态影像只是我们在电视上和偶尔在电影院里看到的东西，从来都不能代表我们或我们的现实。我想在我二十九岁首次以作家身份亮相并第一次上电视之前，没有任何关于我的影像记录，而我 1970 年代的童年照片最多不超过五十张。我本能地不喜欢这样，因为这个视觉世界，屏幕上发生的一切，仿佛把我们从物理的、物质的现实中抽离出来，而屏幕世界中的很多东西都是关于脱离现实，得到即时的满足和持续的娱乐。我希望他们只是到处奔跑玩耍，爬树，在湖里游泳，夏天从早到晚都在户外活动，踢足球，打网球，骑自行车，击剑，摔跤，搭建小屋，收集瓶子。我希望如此的理由当然是因为那就是我童年的样子。但这只是表面现象，我的童年

---

1 瑞典原文 Gammel Maja，是瑞典青少年文学作家约斯塔·克努特松（Gösta Knutsson）创作的"无尾猫派勒系列"（*Pelle Svanslös*）中的角色。1980 年代改编为动画。

还充满了孤独、绝望和无助，我通过阅读来逃避它们。尽管文字比图像更费工夫，但效果是一样的，我内心的某种东西从想象的现实中得到了满足和娱乐，而这种想象的现实与我周围的实际现实几乎毫无关系。当你的哥哥姐姐沉浸在图像中时，我在做什么？我坐在这里，书写这个世界，书写这个世界上所有的事物，动物和植物，但却没有参与其中。

屋外你的大姐姐穿着一件粉红色的毛衣和一条白色短裤，尽管天气相当冷，是一个刮风的阴天。在我写这篇文章的时候，她的妹妹走近她，俯身看着手机上播放的视频。这两个浅色头发、笑声轻快的女孩居然与我有关，实在令我费解。但我很高兴事实就是如此，很高兴能陪着她们一起成长。事实上，你的小姐姐今天心情不好，已经有一段时间了，她比平时安静多了，也更经常一个人待在房间里。不管我怎么问，得到的回答都是没什么。这也是她们必须学会的，把事情藏在心里，隐藏自己内心的一部分。而我也必须学会让她们安静独处。

你，我的小宝贝，什么都藏不住，你会即时表达你的一切感受，你从不怀疑自己是快乐还是悲伤，是痛苦还是享受。你最不喜欢的事情就是我拿走你的 iPad，或是关掉你正在看的电视。你根本无法理解我为什么要这么做，因为对你来说，我只是一个粗暴无情地拿走你喜欢的东西的人。

难怪你会生气，开始乱扔东西。

2016 年 6 月 9 日，星期四

今天早上，我在去学校的路上看到海上有一艘奇特的船。它又大又方，就像一个巨大的金属盒子，但它离我太远了，我看不清任何细节，只看到湛蓝的海水上有一堵黑亮的墙。海边的路只有几百米，然后就消失在森林中，所以我只看了它几眼就看不见了。在回来的路上，我又看到了它，已经在更远的地方了。它有些气势汹汹。我曾想过停车，下去仔细观察一下，但这似乎有些过分，那只是一艘船，可能是一艘驳船，船上的货物掩盖了拖船的痕迹，我这样想着，继续沿着连绵起伏的绿色田野回家，有些地方的田野已经染上了一层黄色，那是谷物已经开始成熟了。

到家的时候，钟点工的车就停在我们家门口马路对面的小巷子里，每个周四我送孩子们上学回来时，它都会出其不意地出现在那里。我总是在那里拐弯，以便倒车进入房子旁边的车道，这对我来说已经是机械式的动作了，所以每周四我都要踩刹车，以免撞上那辆被一人多高的树篱挡住的蓝色沃尔沃。

"你好！"我一进门就喊道。"你好！"她从浴室里喊道，浴室总是她最先开始清理的地方。

"没事吧？"她走到走廊时，我问。

"都很好。"她说。

"你喝咖啡了吗？"

"是的，我喝了一些。"

"我再去煮一点。壶里的咖啡已经淡了。"

"好的。"

她进了厨房。她比我小十岁，有三个孩子，一个人生活，但她想谈的总是她最近演的各种广告和短片，要么是临时演员，要么是配角，偶尔会有一个重要的角色，通常是在学生作品里。有时她会给我看她手机里的片段。她是我这几年里见过的最积极乐观的人,因为她的工作很累,我想一个人带三个孩子也会让她吃不消,但她精力充沛,充满勇气,不断迎接新任务,每周四她都会兴奋地跟我谈这些事。

咖啡喝完后,我来到这里,写了一篇关于红醋栗的文章。我会时不时靠着椅背,向右边的窗外望去,那里是我几年前种下的醋栗灌木丛。浆果还是绿色的,很小;这些灌木一天中的大部分时间都被罩在几棵大树的树荫下,外行如我,种下它们的时候还没有意识到这一点。在写作时,我还想起了外祖父和外祖母的小农场,因为那里有很多醋栗灌木丛,每年夏天,我和哥哥都会去帮忙摘醋栗。我们每摘一桶就能拿到钱——在我的记忆里,一桶红醋栗是十克朗,一桶黑醋栗是二十克朗。我猜这些醋栗是卖给当地的果汁和果酱生产商的。由于我是用孩童的眼光来看待那里的一切,而且外祖父和外祖母上了年纪之后,农场的工作也停了,他们去世后我几乎没有再回去过,所以我对那里发生的一切所知有限,也很模糊。夏天在那里的时候,我没有质疑任何事情,没有试图去弄清楚事情之间的联系,也没有想过要去探究事物和事件的背后是什么,只是将眼前的一切视为理所当然。浆果是其中之一。提着空桶走到一排灌木丛前，拿起一根枝条，折下一簇结满浆果的茎，把浆果扔进桶里，一簇又一簇覆盖了桶底，然后慢慢升高，直到桶满，这可能需要一个上午的时间。把桶拎到房子那边，沿着斜坡来到下面的地窖，那是一个阴凉、低矮、黑暗的房间，地面和墙壁都是水泥的，里面堆满了工具、纱线和罐子，还有一个冰柜。将醋栗倒进罐子里，里面可能已经装了成千上万颗红色浆果。它给人一种丰收的感觉，一种大自然无限重复和挥霍的感觉。满满一桶浆果倒进去，罐子里似乎不会发生任何变化。我喜欢那个房间，尤其是在炎热的夏天，从外面的烈日走进这个房间，就像进入了另一个世界，但我也害怕它，那里有某种我害怕的东西，不是死人或鬼魂，而是那里进行的工作，因为对我来说，所有的现实工作都有一种残酷和轻蔑的意味，艰苦而麻木。外祖父在这里给鱼开膛破肚，在外面的院子里清理渔网，鱼和浆果一样，都是丰盛的收获，它们也来自外面，只是更远，来自峡湾表面下隐秘的世界。每天清晨和傍晚，他都要在牛棚里挤奶，然后用手推车把牛奶桶运到路边，放在一个木质的平台上，运奶车会来运走它们。割下的草挂在干草架上，或放进筒仓，干草放在牲口棚，这些工作中唯一的机械化部分是由一台小型二冲程拖拉机完成的。他们没有汽车，也几乎从未出去旅游过，需要什么东西的话，外祖父会开着那辆拖拉机，去三公里外的杂货店购买；它的速度实在太慢，甚至可以小跑着跟它并行。

这就是1970年代末到1980年代初，那块小农场里的生活。除了电视和超市、洗衣机和洗碗机，那里的生活和第二次世界大战期间并无太大区别。孩子们现在一听到我谈起我成长时期的东西就会尽快打断我。让我的童年与他们的童年产生巨大差异的重大转变出现在1980年代的末期，从那时起，变化加快了。问题是，这些变化是否实质性的，是否带来了本质性的不同？或者说，外祖父和外祖母在接近五十岁的时候是否也有这种感觉，他们成长过程中的生活与他们的孩子所了解的生活已经截然不同了？

我的外祖父出生在克努特·汉姆生出版《秋星之下》的第二年，也就是《贝诺尼》出版的前一年。《大地的成长》出版时他十七岁，《流浪汉》出版时他二十七岁，《在杂草丛生的路上》出版时他四十二岁。因此，汉姆生对他来说是一位当代作家。我知道他读过汉姆生的作品，也很喜欢他。汉姆生经常描写自己小时候的世界，也就是1870年代的世界，我想我的外祖父和外祖母对那个世界也有所认知，那是他们的祖父母所熟悉的世界。当我读这些书时，其中的风俗习惯和一些思想是陌生的，但并不像我今年春天在日本所经历的那样陌生。也许我们就应该这样看待我们的长辈，他们就像来自外国的移民，多年之后已经习惯了周遭的事物和观念，他们理解，但缺乏一个人对自己祖国的事物和观念的那种熟悉感。当我看着我的孩子们和他们正在做的事情时，就是这种感觉。

我的外祖父总是讲述他自己生活中的故事，讲述他遇到的人和他们所做的事。其中有一个故事给我留下了深刻的印象，自从我第一次听到这个故事，我就一直觉得我应该把它写出来。去年秋天，我在哈拉尔德·埃亚[1]那里做了一次性格测试，后来，他们在演播室的台上、在听众面前公布了测试结果，对我来说没有什么大的惊喜，我的抑郁程度远远高于

1　Harald Eia，挪威社会学家、喜剧演员和电视名人。

平均水平，比正常人更内向，虽然我的想象力一般，但我的感知力却远远高于平均水平。换句话说：我不善于想象，却善于感受。如果我想在写作时体现到这一点，我就应该将故事设定在我熟悉的地方，让它在我熟悉的人之间展开，以我自己见过的方式进行。这就是为什么我在写小说《万物皆有时》时，将《圣经》中的一些故事作为主题，与我自己的生活场景混在一起，这也是我把这些《圣经》故事的场景设定在挪威西部的原因，那里是我外祖父母家，一个我从小就熟悉的地方。因此，如果我要写我外祖父讲过的故事，那它必须发生在我熟悉的房子里，人物的性格特质也必须来自我认识的人，或是我自己。故事发生在第二次世界大战结束前的最后几个月，讲的是一个峡湾边偏远处一个村庄里的女人和驻扎在那里的一个奥地利士兵的故事。他们两个外祖父都认识，跟士兵更熟悉一些。这名士兵在他成长的时候，有几年夏天来过挪威，还会说挪威语。1940年4月德军入侵挪威时，外祖父第一次被动员去了沃斯，但他们没有武器，人们都喝得酩酊大醉，所以他就回了家，并最终与来做客的奥地利士兵成了朋友。外祖母不喜欢这样，不喜欢他，但善于交际的外祖父却很喜欢这个朋友。不过，故事中有趣的还是那个女人，正是她的角色让我对这个故事产生了浓厚的兴趣。那件事流传很广，1980年代还有人就此写了一本书；外祖父的书架上就有这本书，后来我自己也买了。那是一部非虚构作品，作者与相关人员进行了交谈，但其中仍有漏洞，没有人真正知道发生了什么，只能靠猜测。知情人只有来自外松恩的女人和来自奥地利的士兵。战后，他们一起生活在马尔默，我也曾在这座城市生活过，对那里相当熟悉。因此，我现在打算彻底改变"我"的内容。到目前为止，"我"在文中代表的是一个四十七岁的挪威男人，住在瑞典，有一个妻子和四个孩子，而在这句话结束后，"我"就是一个七十三岁的女人，在一个夏日的傍晚，坐在马尔默一间公寓的书桌前。坐在这里感觉很陌生，我已经很多年没有写信了，也从来没有写过日记。我不太确定我现在在写什么。我想，这是一封写给你的信，亚历山大，写给你，我的朋友。你看，过去的事今天困扰着我。四十多年来，它每天都在困扰着我，但它只存在于我的感觉和梦境中，而不是我的思想和现实中。我仍然心有余悸。当我把手举到面前时，它在颤抖。这并不是因为我老了。

这里和你上次来时一模一样。没有一件新家具，连一块新桌布都没有。

我真希望你现在就在这里。最重要的是，我想——现在别生气——因为我已经习惯了你。除了那件事，我们其实并没有分享太多。尽管我们从未谈论过它，但它一直存在于我们之间。

当我给你写信时，你好像就在这里。你出现在我所有的思绪中。也许这就是你对我来说最有生命力的地方？

我还记得你的背，你的脖子，当闹钟响起后，你坐在床边，双脚踩在地板上。我记得你总是低着头，用手在脸上抚摸几下，然后就这样坐着，脸埋在手心里。我想到的是秋天或冬天的早晨，窗外一片漆黑。

你叹了口气，这是你的习惯。然后你起身穿衣，我去厨房热了些面包卷，拿出奶酪和果酱，煮了咖啡。

我们知道我们和别人不一样。

因为我们不一样，不是吗？

我们吃过早饭，你在走廊里穿上大衣去上班，我把窗户推开一条缝,点了一支烟,在我的思绪里这仍然是秋天或冬天,所以天还是黑的,下面的街道被路灯和在那里排队的汽车的灯光照亮。骑车的人,行人,在上班或上学的路上。

然后我自己也去工作了。

你当然知道那是怎样的,你知道我们是怎样生活的,我想我写的任何关于你或我们的东西都不会让你感到惊讶。不是说你想过这个问题,而是如果这样一封信是我写给你的,你一定不会觉得奇怪。

我写这些,是因为我不想写我们的来处。

但我不得不写。正如我所说,往事今天萦绕在我心头。事实上它按响了门铃。我当时坐在阳台上,收音机开着,我正打算去上厕所,当我走进客厅时,门铃响了。这种情况并不常见,我有点焦虑,但我突然想到,我没什么可焦虑的,那会是什么呢,你已经死了,不可能是死亡的讯息。

我打开门。一个年轻人站在门外。

他说:"是雅各布森太太吗?"

我已经有四十年没听人叫过这个名字了,但我还是点了点头,因为那就是我真正的名字。——现在又是我本人了,你们可以想象"我"写作的样子,就像那天下午晚些时候她坐在马尔默公寓客厅的书桌前一样,也许就在王子大楼附近的公寓里,离大公园不远,只有几个街区。孩子们对那些年的记忆并不多,他们当时还太小,对我们做的所有事情和去的所有地方只有短暂的一瞥。他们不记得你的两个姐姐坐的是双人婴儿车,也不记得我和你妈妈带着大包小包的冰盒、泳衣和毛巾,甚至还有一把遮阳伞,我们总是拖着它在夏日炎炎的城市街道上穿梭。他们不记得里贝斯博格人山人海的城市海滩,也不记得长长的木质栈桥尽头的海水浴场,那里还有一家我们经常光顾的餐厅。

但我想他们会记住今天的。今天下午我给他们拍了大概三十多张照片,这些都是今天的记录。你的哥哥姐姐们穿着最漂亮的衣服站在花园里,我给他们拍照。这是学期的最后一天,毕业典礼在于斯塔德中心地带的教堂举行。你在最后一张照片里,其他人身边的一个小不点。我早早地去学校接他们,我们准备给你哥哥买一件衬衫,给你小姐姐买一件牛仔夹克,给你大姐姐买一双鞋子。我不在家时请来帮忙的保姆,在我们出发前两小时就到了,她来帮女孩们做头发。我们进城时，女孩们穿着白色和粉色的连衣裙，你哥哥穿着蓝色的西装外套，感觉就像我们要去参加婚礼什么的。我们在教堂前遇到你妈妈，她是从马尔默赶回来的，你的哥哥姐姐和各自的班级一起坐在教堂的前面，而我们则坐在后面很远的地方。每个班都唱了一首歌，然后是校长致辞，接着是更多的歌声，然后就放暑假了。我们去一家寿司店吃了饭，开车回家，我坐下来写这篇文章。你早已进入梦乡，你哥哥也上床睡觉了，但另外两个女孩还在兴奋地享受她们的自由。对她们来说，这将是一个令人兴奋的夏天，我有预感——在车上的时候，有人提到了一个名字，你的一个姐姐顿时眼睛一亮，她笑得合不拢嘴，我看得出来她在努力收敛，但控制不住自己。她的笑是发自内心的：她坐在我旁边的座位上，笑容满面。你的另一个姐姐也有情况，她一直提到一个名字，我想就是她晚上发短信和聊天的那个人。但我什么都不知道，我只是猜测，在这些事情上我总是最后一个知道的人。

2016年6月10日，星期五

写了一篇关于夏日的雨的文章，看了欧洲杯揭幕战。爸爸是在法国最近一次举办世界杯的那个夏天去世的，从那时起，我对世界杯和欧洲杯总是怀着矛盾的心情，因为我确信他是一个人坐在祖母家的客厅里看比赛的。不是他的死亡让足球比赛变得毫无意义，而是反过来，是足球比赛让死亡变得毫无意义，变得如此渺小。与此同时，我仍然会被比赛吸引，比赛的激情很容易把我卷进去，并迅速控制我的情绪，包括怀旧的情绪：在我成长的夏天，充斥了整个客厅的喧闹声。当然，足球并没有意义，但另一方面，又有什么是有意义的呢？

2016年6月11日，星期六

雅各布森，我想这是我祖母的娘家姓。当我需要为马尔默的老妇人取一个名字时，它一定会从我的潜意识中升起。我的祖父年轻时姓彼得森，他和兄弟上学之后，他的家人就改用了我现在的姓氏。我外祖父姓哈特勒于，这也是我母亲和她兄弟的姓。我曾经想过要用这个姓氏；如果那样的话，我就会叫卡尔·哈特勒于，和我曾外祖父的名字一样。这是个很美的名字，但我记得我似乎觉得这个名字在某种程度上有点软弱。我需要一个更硬朗的名字，因为我自己也很软弱，而克瑙斯高有一点硬朗的感觉，岩石[1]的质感。名字就像一个袋子或者一个手提箱，里面装着一个人的全部身份。当我们死后，剩下的只有箱子，里面是与我们这个人相关的所有思想与情感。

我不知道我外祖父的母亲的娘家姓什么。她在我外祖父年幼时就去世了，我从未听说过关于她的任何事情，只知道她的离去让我外祖父在年轻时就学会了做饭，这在当时的男人中并不常见。我的外祖母卧病在床，做不了事情的时候，他又开始负责做饭，直到生命的最后阶段。外祖母的娘家姓奥达尔，这是她的家乡约尔斯特的一个地名。这个家族也有一部分人姓米克勒比斯特，是约尔斯特湖另

---

1 克瑙斯（Knaus）在挪威语里意为岩石。

一边的一个小村庄。

在我成为公众人物之后,为了摆脱我的名字及其引起的所有联想,我一度考虑过用笔名出版下一本书。我又想到了卡尔·哈特勒于,但我的舅舅也是一位作家,他的名字叫谢尔坦·哈特勒于,这会对他有所冒犯。因为这本书会有宗教主题,是一部惊悚小说,所以我想到了克里斯蒂安·哈德兰(Kristian Hadeland)。我现在意识到这不是个好名字,但克里斯蒂安(Kristian)的意思是基督徒(Christian),而哈德(Hade)则暗指冥府的哈迪斯(Hades)。

奇怪的是,你总能看出一个名字是不是杜撰的。如果作者特意找了一个普通的名字用在小说里,比如伊娃·维克,读者马上就能感觉到。又或是雅各布·汉森?甚至约德高?它们散发着浓浓的虚构的气息。

卡尔·哈特勒于?

哈特勒(Hatl)的意思是榛子,所以哈特勒于在挪威语里是一个长满榛子树的岛屿。我最喜欢的,也是我认为最美丽和最神秘的东西莫过于树了。但在我成长的过程中,我的父亲和母亲都改了名字,我不喜欢这样,这给人一种不稳定和不确定的感觉，就好像有什么坚固的东西悄然离去了。

我外祖父的名字叫约翰内斯。你大姐姐的名字是伊万的昵称，伊万是约翰内斯的俄语变体，而你哥哥的名字是约翰内斯的简称。孩子们受洗后很久我才发现这些。

时光短暂，孩提时代的视野并不宽广。对我来说，我祖父母的童年是遥不可及的，是我一无所知之事；而对我的孩子来说，我父母的童年才是遥不可及的！他们对曾祖父母在挪威西部的生活一无所知，而我小时候的每个夏天都是和他们一起度过的。我告诉他们这些也无济于事，他们根本无从知晓，故事里的人都已经去世了，对孩子来说，他们的一生都是逝者。地窖的水泥墙壁、总是湿漉漉的地板和排水孔、装满闪耀的红醋栗的白色盆子、巨大的牛奶罐、小小的拖拉机以及所有其他在我记忆中闪闪发光的东西，对他们来说都毫无意义，因为世界是从内部被照亮的，事物和地方的意义也来自内心。一想到此时此刻我们周围的一切，有朝一日也会对你和你的哥哥姐姐产生同样重要的意义，我就会觉得害怕，因为它可能与我擦肩而过，而我可能对它漫不经心。几天前和你哥哥一起骑车就是一个很好的例子，对我来说，那只是又一个夜晚，尽管其中发生了一些让我记忆犹新的戏剧性事件，但那仍然只是我观察到的事情，而不是我深入其中的事情，但对他来说也许很特殊，或者日后会变得特殊。

对了，昨天他在客厅里喊我，我当时在厨房，他想给我看样东西。我就去找他了。那是 YouTube 的一个视频，一个年轻人在玩电脑游戏，屏幕右上角是这个玩家自己的图像。你哥哥满怀期待地看着我。"现在好戏开始了，"他说，"现在！"他笑起来，抬头看着我，想知道我是否也在笑。

他这么做的理由很简单。我一直不喜欢他只是看别人玩，我觉得这样太被动了，他什么也不做，只是盯着别人在做的事情。当他自己玩的时候，我会比较和气，但还是觉得有问题，这样也很被动，难道他不应该出去玩吗？

他当然了解我的态度。他能感觉到我不喜欢这样，我认为他最喜欢的东西并不好，这对他来说是一种持续的压力，这种压力并非总是有意识的，但不用我说，他也知道。

几天前，他坐在我旁边的沙发上看 YouTube 上的一个游戏。我看了一会儿，觉得非常滑稽，就开始笑。有一个人骑着一辆自行车，车上载着一个小孩，他必须戴着头盔，载着小孩和其他东西，在骑行中克服各种障碍。如果他犯了错，后果将是灾难性的、血淋淋的，他会失去胳膊和腿，有时还会被砍掉脑袋。这两个层次的反差让我忍不住笑了起来，然后他撞到了什么东西，小孩被甩了出去，撞到了墙上，最后血肉模糊地躺在地上，这让我忍不住大笑出声。你哥哥也笑得前仰后合，停不下来。我们坐在那里看了大概十分钟，然后我就回去做事了。

这就是他所记住的东西，也是他叫我的原因，他想让我看更多。

这是我第一次意识到，我对电脑游戏的不赞同对他有多大影响。我看到，当我也喜欢一个游戏，而且和他一起看视频的时候，他是多么开心。

之后，我们一起去骑自行车，就在附近转转，什么也没发生，但我还是很高兴，因为这次是他提议的，这说明上次骑车掉进沟里的遭遇应该没有太吓到他。

他是我的儿子。我倾向于认为我了解我的孩子们，知道他们是什么样的人，对他们来说，我觉得我应该还算个好父亲。这件小事让我意识到，我依然是自我封闭的。我从来没有设身处地为他想想：他是如何经历这些的？相反，我从外部旁观这一切，想到的问题一直是：这对他有好处吗？不，不是"对他"，而是"对一个孩子"。这对孩子好吗？就好像情况是客观存在的一样。但事实并非如此，因为是我，他的父亲，说这对他不好，而这一部分与他和我有关，肯定更为重要，也应该是显而易见的。更何况我自己也有父亲，我至今还记得他的认可有多么重要。

当父亲和我们一起去挪威西部看望我的外祖父母时，一切都不同了。那里最好的地方就是我们可以做自己想做的事情，如果我们做错了事，也没有人会生气。那是一个自由之地。但他在那里的时候，感觉就不是这样了。

我知道有一次我哥哥被他打了一顿。饭桌上有人说了些什么，父亲什么也没说，假装毫不在意，和其他人有说有笑。但外祖父母一去午休，他就把我哥哥推出去，狠狠撞到墙上。我不记得这件事了，也没听人说起过，直到最近才又重新想起。

我印象最深的是他在那里的一段插曲。我们一起在牧场里散步，其他人都在午休，我和他并排走着，他穿着高筒胶靴，我记得当时觉得这和他穿着的漂亮衬衫和裤子完全不搭调。我不记得我们要去哪里，但一定是他叫我一起去的，否则我绝不会走在他旁边。我们什么也没说，但我的胸腔里还是涌动着欢乐，因为我们在一起，只有我们两个人。欢乐中还掺杂着痛苦，但不多，也许是他对某些事情感到不满，也许他觉得我话太少，也许他不喜欢这种状况。

农场对面的山上长满了云杉，在灰色天空的映衬下呈现出墨绿色。山脚下有一个小湖，漆黑如夜。

"你愿意住在这里吗？"他说。

"愿意！"我说。

"也许有一天我们会接管这里。你的外祖父和外祖母都老了。"

"我很乐意。"我说。

他看着我。

"是的，这里很不错。"

我是不是表现得太热情了？他有没有意识到，为了取悦他，我什么都愿意说？

我的记忆仅限于此。但是，当我们在散步，外祖父母在午休，外祖父可能在沙发上，外祖母可能在二楼的卧室里，妈妈可能在厨房里洗碗，英韦可能在用随身听听音乐和看书的时候，我前两天写到的那个女人，那个来自峡湾边更远处的村庄的女人，有一天在公寓里接待了一个访客的女人，她一定也在这个世界上的某个地方，因为她是真实存在的，不论战前还是战后，外祖父都知道她是谁。她很有可能在马尔默，因为那是她生活的地方，是她生命结束的地方。除此之外，我对她的身份、长相和思想一无所知。当我在下一个句子中再次让她取代文本中的"我"时，我要描述的并不是她，而是她的故事，这个故事从她公寓的书桌前开始，然后退回到几个小时前，故事暂时结束的地方，有人按响了门铃，她打开门，站在门外的男人称她为雅各布森夫人，这是她以前用过的名字。也许他以为我会惊慌地后退，或者砰的一声把门关上。又或者，他以为我会像电影里那样，崩溃地把脸藏在手心。

我并不勇敢，亚历山大，别这么想。这么多年过去了，时间在我和当时发生的事情之间筑起了一堵墙，但我并非完全不受影响。

在我的内心深处，一切都在崩溃。但与此同时，我仿佛能从外面看到这一切，仿佛我站在自己之外。而那一部分，那一部分没有被触及。

"什么事？"我说。

他做了自我介绍，并伸出了手。我握了一下。他说他是来自挪威的记者。我说我想到了。

"我很想采访你。"他说。

"很遗憾，我没有时间。"我说。

"但你明白我想和你谈什么。"他说。

"我没什么好说的，"我说，"你还是走吧。"

我关上了门。我几乎以为他会伸脚拦住我。

"我会在城里待一段时间。"他在外面说。

我站不住了，靠在墙上。我从外面看不到任何东西，你知道的，我的内心也没有任何东西告诉我该怎么做。

如果你在这里，会发生什么？

那一定会更可怕。我们曾经是同谋，我们从来没有说起过曾经发生的那件事，就算是现在我们可能也不会谈论它。但它一直横亘在你我之间。

现在只剩下我了。

我躺在床上,我一定是真的睡着了。因为我睁开眼睛,已经是傍晚了。

你知道这里的日落有多美。夏天的时候,我们坐在阳台上,夕阳西下,那也许是我们在马尔默度过的最好的时光。

我来到客厅,太阳低低地挂在丹麦的天空,整个傍晚阳光都直射进来,客厅里热得像桑拿房一样。

我想,我必须给你写信。

所以现在我就坐在这里。

这让我觉得好点了。看,你还能帮我!

有一次我在街上摔倒了。你不在了,我孤零零一个人,我的胸口疼得厉害,那种疼痛无法形容,我以为我的死期也到了。不,我知道的。我想,我要死了。奇怪的是,这种感觉很好。我满脑子都是美好的想法。我想起了我的童年,它在我心中闪耀,就像家乡的山一样清澈翠绿。那是我记忆中的夏日。镜面般的峡湾。一切都静止下来,一日一日,既深且长,你知道那是什么样的感觉。我想我过得很好。我对此充满感激。

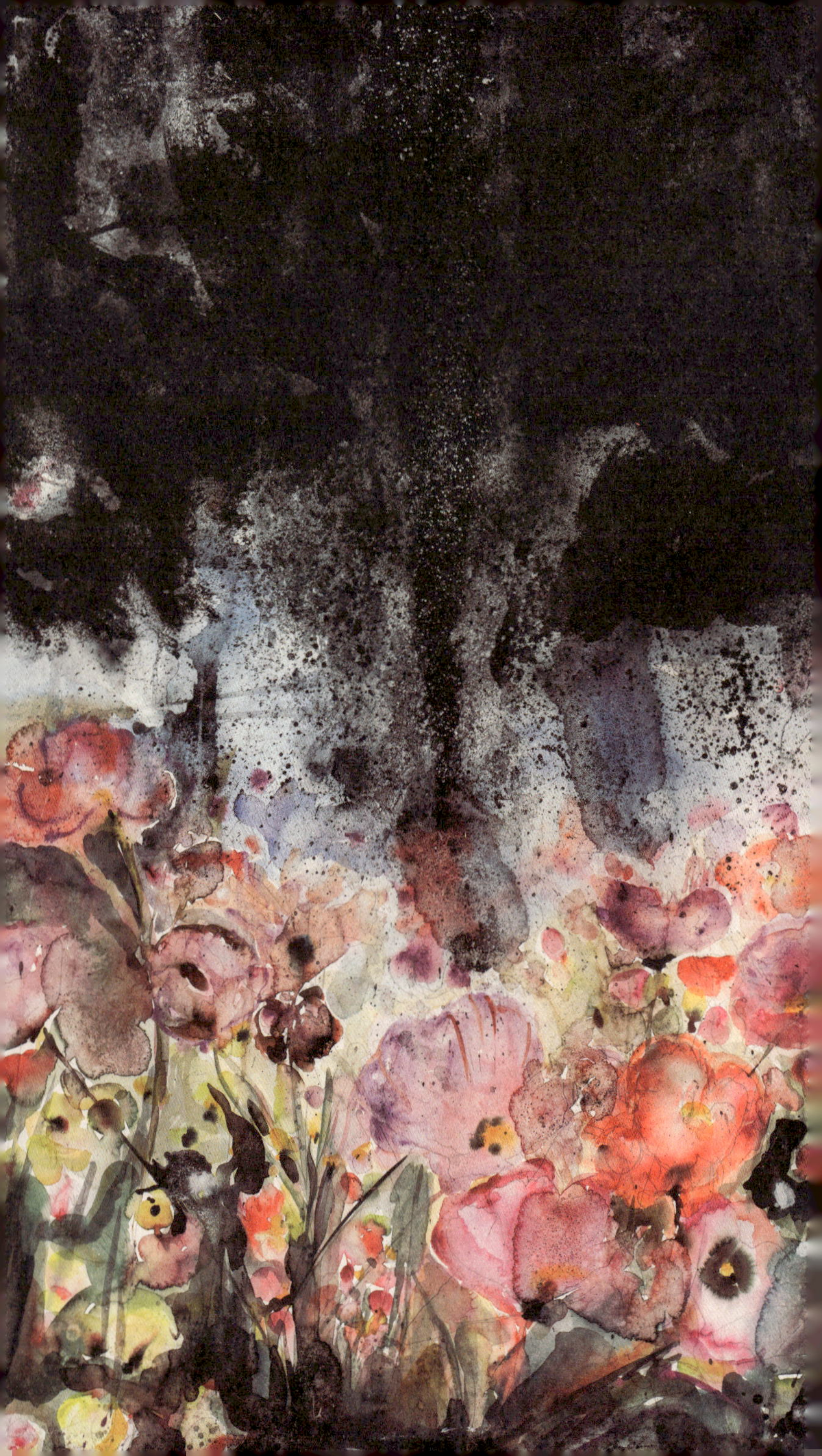

当我躺在那里，疼痛难忍，以为自己就要死了，只有童年还存在，其他的一切都消失了，我什么都不再记得。

这是多么仁慈啊，亚历山大。

后来救护车来了，他们救了我。我的背痛了很久，但我觉得它会自己好起来的，所以我没有去看医生。

当我在麻醉后醒来时，曾经的奇异经历也只剩下了回忆。

你觉得是为什么呢？

大脑会不会释放一些物质，让死亡变得更容易？

我们都会快乐地死去吗？

2016 年 6 月 12 日，星期日

手推车停在房屋之间的石板路上，枯萎已久的干掉的杂草装了半个车斗。地面上散落着各种工具，旁边还有一个蓝色的塑料桶——我猜一定是你翻出来的——石板间有些地方长出了新的杂草，在灰色的石头和锈迹斑斑的手推

车之间，显得格外翠绿清新。差不多两周前的一个傍晚，我除掉了大约十平方米的杂草，我本来很确信我第二天下午会继续除草，于是就把所有东西留在了原地。每次看到它，我都会想起自己未完成的工作，这当然很烦人，但也有令人愉悦的地方，因为被遗弃的东西拥有一种奇特的美。傍晚路过的工地，挖掘机的抓斗靠在地上，工人宿舍冷冷清清，新挖的沟渠旁堆放着水管，黏土上也许还插着一把铁锹。夏日傍晚训练结束后的足球场，洒水器有节奏地在草地上喷水，小球门在场地长长的边缘上一字排开，横梁上挂着被人遗忘的运动服外套。或者是冬天的露营地，小卖部的门被木板钉死了，小木屋空荡荡、黑漆漆的，路标上标明的活动已经不复存在。

我不善于观察活动，我不会注意到它们，只有当活动停止，只剩下形式，我才会注意到它。不是修剪树篱的女人，而是她收工后躺在树篱旁的园艺剪。不是在峡湾观景台旁的野餐区坐着吃东西的一家人，而是在下雨天空无一人的时候，那张带长凳的木桌。

几天前，我给一位瑞典科学记者写了一封信，问她是否有认识的非洲古生物学家，可以让我联系一下，我打算去非洲，肯尼亚或埃塞俄比亚，跟踪考古发掘，写写几百万年前起源于非洲平原的最早的原始人，他们不是猿类，但也不是人类。

她给了我三个名字，并祝我好运。

这些化石的发掘关系到终极问题，但它们埋在泥土里，只不过是骨头而已，当时没有什么了不起，现在也没有什么了不起，动物园里的活猿和那时的早期原始人的存在一样神秘，这就是我想去的地方，去寻找微小的、当地的和具体的东西。这些前人类的数量并不多，活动的范围一定也十分有限。让人难以理解的是将我们和他们分隔开的时间，数百万年意味着无穷无尽的日日夜夜。

我打算八月底去那里看看。

昨天，你大姐姐朋友的父亲来接她，她在这里过了一夜。我们在花园最里面的桌子旁坐了一会儿，喝着咖啡，吃着冰淇淋。他们是一年前搬来的，在城里的一个住宅区买了一栋建于1950年代的房子，坐落在一个小花园中间，所以我们聊了一会儿，聊了聊苹果和李子的世界、除草和杂草、修剪草坪以及突然出现在我们生活中的蔬菜种植。今年春天他修剪了苹果树，两年前我也修剪过一棵树，但他跟我不一样，他在网上做了研究，知道自己要做些什么。而我只是爬上树去剪了剪。

我们坐在那里的时候，你小姐姐来了，她从公交车站一路走了回来。那天早上，她打扮整齐，和你妈妈一起进了城，你妈妈去了一家咖啡馆，而你姐姐独自去见一个男同学。

我能看出来她回来的时候很开心。

他们离开之前，我带他看了看那棵栗子树，并告诉他邻居来过，说那棵树快要死了。这棵树的树干在几米高的地方有四个枝桠，其中一个枝桠已经死了，没有叶子了。这让我非常难过，尤其是因为这棵树给整个花园增添了特色，它矗立在院子中间，高高地耸立在房屋之上。那天晚些时候，我打车去了于斯塔德，遇到了另一位父亲，这次是你小姐姐朋友的父亲，我们一起去酒吧看英格兰对俄罗斯的比赛。这是一场精彩的比赛，但他真正想要的似乎是聊天，他不停地提起一个又一个话题，而我则交替看着他和我们面前墙上的屏幕。每场足球比赛都有它自己的戏剧性，对我来说，只有当我从头到尾关注整场比赛并沉浸其中时，它才会变得有趣。这样，即使是一场零比零的比赛也会变得激动人心。但我也明白，这种专注的状态与在酒吧里和朋友一起观看比赛是不相容的。因此，我放弃了观看比赛，只是在我们聊天和喝啤酒时断断续续地看几眼。他是德国人，和他的祖父很亲近，他的祖父参加过侵略俄国的战争，在那里经历了最可怕的事情。他还告诉我们，他的父亲战后几年在废墟中玩耍的时候，经常会发现武器，遇到死人也是常有的事。他是一名家政服务员，但在那之前他是一名警察，以前在德国的一所大学学习历史，尤其是前苏联历史。他说他不喜欢学术，所以放弃了求学的道路。他的脸看着很豪爽，眼睛看起来比他的脸还要年轻。他已经五十岁了。他谈到了从德国来到这里有多么不容易，这里的文化有多么不同。在他的家乡，每个人都喜欢社交，那里的人都很开放、很豪爽；而在这里，人们都独来独往，外来者几乎不可能融入瑞典人的生活。他在这里最好的朋友来自克罗地亚。他说他读过基思·理查兹的自传，非常想学弹吉他，于是买了一把开始学。

十二点半，他送我到出租车站，然后骑车回家。那里没有出租车，当我呼叫时，他们说最快也要一个小时后才能叫到车。那天是星期六，高中生们正在庆祝毕业，就像电话里说的那样，所以为数不多的几辆出租车可能都在接送狂欢的学生们。

一辆黑色汽车停在我身边，车窗摇了下来。

年轻的黑发司机问："打车吗？"

我想，为什么不呢？

"去格莱明格桥要多少钱？"

"你想给多少？"

"我不知道。你想要多少？"

"你想给多少？"

"三百？"

"上车吧！"

"但我没有现金。只有卡。"

"我们会解决的。上车吧！"

我们穿梭在街道上，夜里非常静谧，于斯塔德的夜晚并不是非常热闹。他在一个自动取款机前停了下来，我取了钱给他。我们没有说话，他打开了音乐，听起来像是土耳其语。

我问:"这是哪里的音乐?"

"土耳其,"他说,"我来自巴勒斯坦。"

"你在瑞典住了多久?"

"三年。"

"喜欢瑞典吗?"

"这是我一生中最美好的时光。"

剩下的路途他一直在聊天。他告诉我他在巴勒斯坦的生活,他曾和他的兄弟一起做水管工,兄弟一家都还在那里。他结过婚,有一个孩子,住在于斯塔德郊外的一个村庄里;我看到仪表盘上挂着他妻子和孩子的照片,背景是一张皮沙发。我意识到这里的生活也很艰苦,他告诉我他的所有开销,他所做的所有工作都没有申报。他在其他村庄有朋友,来自伊朗、叙利亚和巴勒斯坦。他说,许多来到这里的难民并不是直接从叙利亚来的,而是经由其他国家来的,他们在那里生活得很好。我时不时地问几个问题,越过他,仰望淡黑色的夜空,灰色的云朵缓缓飘过宁静的大地,仪表盘在半明半暗中闪闪发光,车前灯的灯光似乎要将前方黑色的柏油路面撕裂。他开得很快,十分钟后我们就到了。我让他在消防站停车，自己走完了最后一百米。我已经很久没有出门见人了，感觉就像从国外回到家一样。

今天，我开车送你们去尼布鲁海滩的室外游泳池，你和你的哥哥姐姐在游泳的时候，我用手机观看了克罗地亚对土耳其的比赛。我以前都不知道这也可以！你在小小的儿童游泳池里游泳，上次我们来的时候你拒绝下水，但现在没问题了，你在水里嬉戏，玩耍，欢笑。我们准备离开的时候，你不肯走，我把你抱起来，一路抱到车上，你又叫又闹。你姐姐坐在车旁边的地面上等我们，低着头在看手机，她其实并不想来，有点不高兴，但你看到她后就不闹了，我把你系在安全座椅里，然后开车回家。晚上我带你一起去了博尔比的商店，你喜欢开小车，也喜欢坐在购物车里被人推着逛商店，所以你玩得很开心。在回家的路上，你睡着了，手上还黏着你缠着我买的棒棒糖，我把你抱上楼，给你换了尿布，放在床上，然后我从车里拿出手提袋，把东西放到厨房的橱柜里。

现在你在睡觉，而我坐在这里听平克·弗洛伊德。现在播放的是《Meddle》，我在听 Midlake 的现场录音时想起了这张专辑，那场演出有一首歌就是这张专辑里的。在我成长的时候，我的父母经常播放平克·弗洛伊德的音乐，尤其是我的父亲，这给其他孩子留下了深刻的印象，因为没有别的父母会听这种音乐。高中时，我和希尔德、埃里克还有托马斯一起听平克·弗洛伊德的歌，通常是在希尔德家的地下娱乐室里，晚上我们围坐在一起喝茶或喝酒，放唱片，看录像，有很多是巨蟒剧团的录像，或者只是聊天。《愿你在此》(*Wish You Were Here*)、《闪耀吧，疯狂的钻石》(*Shine On You Crazy Diamond*)，这并不酷，平克·弗洛伊德实际上是酷的反面，所以当我和埃斯彭以及他的朋友们在一起时，我会保持沉默，我们听 Violent Femmes、REM、Imperiet、Waterboys，有时听 U2、Wall of Woodoo、Stan Ridgeway、Prince、Green on Red，基本上是音乐杂志上推荐的所有音乐。

我已经很久没有想起那段时光了。

在一次文学活动中，我和一位年长的女士聊天。她说："你可能觉得人生苦短，但你才四十多岁。我已经九十多岁了，我可以向你保证，生命很长。生命非常漫长。"

在浩瀚无垠的时间深渊的另一端，那些几百万年前生活在非洲大草原上的原始人，我想他们很难活到九十岁，但他们中的一些人可能像某些类人猿一样，活到了五六十岁，他们的记忆能力可能跟我们不同，但他们一定也对时间和生命的各个阶段有所感知，一定也能以某种方式，感受到生命的充实？

我希望那位年长的女士说的是真的。

2016年6月27日，星期一

我正坐在里约热内卢的阳台上，隔着一条马路，眺望酒店对面的海滩。来自大西洋的海浪拍打着陆地，在夜色中的沙滩上显得格外明亮，它们飒飒的声音一路传到十九楼的高处，忧郁、低沉、急促。你哥哥正坐在门内的床上，玩着今天早上在凯斯楚普买的新iPad。我答应给他一个iPad，因为在这里我要工作，他不想要保姆，只想一直和我在一起，所以要给他找点事情做。今天早上在家里的时候，他担心闹钟不会响，五点半就把我叫醒了。我定了六点的闹钟，一切都在掌握之中，但我还是起床了，洗了澡，从烘干机里取出衣服装进行李箱。他洗了澡，我给他洗了头，然后我们吃了早餐，上了车，我用钳子转动钥匙点火。这把钥匙五个月前就坏了，但还能用很长一段时间；金属部分卡在锁里，只要把黑色塑料部分套上去转动就可以了。在我们出发去巴西的前两天，我的母亲——我不在家时她来帮忙——从于斯塔德的停车场打来电话，说她无法启动汽车。黑色塑料手柄已经无法转动钥匙了，容纳金属部件那里的开口随着使用越来越宽，所以当你试图转动钥匙时，手柄会滑动，旋转起来。现在他们正坐在了回家的巴士上。我从厨房的抽屉里拿出一把钳子，叫了一辆出租车，站在屋外热烘烘的马路上，一边抽烟一边等车。我本以为这很容易，只要用钳子转动钥匙就可以了，但事实并非如此，发动机无法启动。仪表盘上显示"未检测到钥匙"。我又花了半个小时才想出一个可行的办法。我用胶带把塑料手柄粘在金属上，这样可以让钥匙在锁里转动一半，从而接通电源，但无法转到底，因为阻力太大。但是，如果这时我以最快的速度取下塑料手柄，用钳子扭动钥匙，汽车就会中计，顺利启动。然而，这并不是一个万无一失的办法，并不总是奏效。因此，当我把车开回家后，我们决定租一辆车，我不在的时候，我妈妈和保姆可以用车。今天早上，汽车第一次尝试就启动了，仪表盘上没有显示"未检测到钥匙"，只有显示汽车需要维修的常规警告，在过去的六个月里，每次我启动汽车时，这排字都会亮起。这是一个奇妙的早晨，非常安静，阳光洒满田野，天空湛蓝，路上没有汽车，到处都是金黄翠绿。我想起了十一二岁时骑车去草莓园的夏日清晨，那一定是七点钟左右，空气和光线都预示着即将到来的炎热，薄雾笼罩着天空，露珠在草地上闪烁，但沿路仍有凉爽的空气，像一条走廊。在去工作的路上，我有一种自豪感，一种自己挣钱的自豪感，只要一想到我将把钱花在什么地方，比如买一双回旋滑雪板，就足以激励我在五个小时的时间里弯着腰在草莓丛中拼命干活，即使实际上我对此难以忍受。难以忍受的不是无聊，而是束缚，是即使想做别的事也做不了的事实。今天早上开车上路时我并没有想到这些，我只是感觉到了什么东西：这一系列的记忆以一种特定感觉的形式出现，夏日清晨的感觉，持续了不过几秒钟。记忆的逻辑与梦境大致相同,让我们产生一种与现实时间脱节的持续感:从在梦中听到一个声音到被它惊醒,时间只过去了一秒,而在梦中,这一秒钟的时间里可能发生了一系列的事情,持续好几个小时。

我们从凯斯楚普飞往巴黎,再从巴黎乘飞机前往里约。当大巴停在跑道上巨大的喷气式飞机前时,我觉得它就像一艘船。它像一艘船一样准备就绪,乘客们像登船一样登上飞机,而这艘船将把他们带到另一个大陆。飞机沉重而缓慢地在跑道上滑行,虽然速度一定很快,因为它终于升离了地面,在空中滑翔,但给人的感觉还是很慢,整个起飞过程都违背了自然规律。你哥哥坐在那里看向窗外,巴黎郊外的风景与他成长的地方很像,只是更壮观一些。田野连着田野,土地连着土地,绿色与黄色相间。我喜欢长途飞行,因为在飞机上,没有任何要求,没有任何事要做,我可以静静地坐上几个小时,睡一会儿,看一会儿电影,读一会儿书,然后再睡一会儿。当我们即将降落时,我总是希望我们能继续飞行。我们飞越西班牙和葡萄牙,在那里我们离开海岸,在海面上滑翔。我们经过了加那利群岛,就像古老的乘船旅行一样，在美洲大陆出现在另一边之前，它是我们看到的最后一片陆地。我看到了深绿色的森林，云层下时不时闪烁的水光。夕阳西下，西边的天空一片通红，我们脚下的景色越来越黑，然后一切都暗了下来。当最后一缕阳光映照在云层上时，你哥哥醒了，我告诉他我们在丛林上方，他的眼睛贪婪地望着远方。但那里只有云，他说着又躺下继续睡，用一种我一直很喜欢的方式蜷缩着，一边膝盖顶着小腹，头靠在胳膊上。当他再次醒来时，机组人员打开灯，准备为他提供旅途中的最后一餐，他的脸色煞白。他有点发抖。我恶心，他说。他拿起呕吐袋，放在腿上准备着。没事的，我说，你经常恶心，但你几乎从不呕吐。我想起他总是会在床边放一个桶，但从来没用过。但这次我错了。就在推车停在我们身边的时候，他拉过袋子，打开，然后把袋子压在他张得大大的嘴上。一开始什么都没有，只有清喉咙的声音和一种低沉的呻吟。然后，呕吐物喷进了袋子里。空姐无奈地看着我们，倒了一杯水递给我。我递给了他。你可以把袋子拿到厕所去，空姐对我说。在整个旅途中，我一直觉得她对我们有意见，因为在第一次供餐时，你哥哥没有拿她递给他的盘子，让她很生气，而她显然够不着你哥哥的桌子。拿着盘子！她当时的声音有点大，有点太紧张了。我当时想，别那么急，他才八岁，但当时没说出口。现在，我站起身来，手里拿着吐得满满的、温热的呕吐袋，带着它去了厕所。当我回来时，他已经拿到了一条用来擦脸的毛巾。现在好点了吗？我问。嗯，他说。没有什么比刚吐完的感觉更好了，我说。是的，他说。哎呀，你饿了吗？我问他。不饿，他一边说一边看着我，好像我疯了一样。我们飞越里约热内卢时，他蜷缩着身体靠在窗边，看着窗外，里约热内卢的灯火在黑暗中闪烁着光芒。这是我第一次来南美，但南美大陆的神话对我来说一直很重要，就像一股渴望的暗流贯穿我的生活，显然这也是因为我读过的与它有关的一切：我渴望或着迷的不是现实，而是现实的色彩。在我看来，这里的色彩与众不同，更鲜润，更丰富，也更热烈。

经过半个多小时的车程，我们到达了我现在下榻的酒店。现在是午夜时分，气温和斯堪的纳维亚的夏夜一样。海浪很大，滨海步道的灯光密集又昏黄。在酒店后面，几个街区之外，有一座树木覆盖的陡峭山坡拔地而起。它矗立在公寓楼群中，显得十分奇特，让人想起建筑物出现之前的时代，这里还只是一片海岸，森林一直延伸到海滩，除了海浪无尽的冲刷，这里空无一物，只有鸟兽和巨蜥的眼睛曾经看到过它。

2016 年 6 月 28 日，星期二

今天早上，当太阳升起，黑暗慢慢散去，那种感觉就像黑暗从内部被掏空，表面被掀起，我看到未开发的丘陵和山脉，有的绿树成荫，有的岩石裸露，它们是这座城市节奏的一部分，因为陡峭的山坡每隔一段距离就会升起一座，远远望去，其中穿插着建筑物，成千上万的白色盒子和立方体在山坡上延伸开去。

整个上午，酒店正上方的空中都盘旋着一些巨大的热带鸟类。它们的翼展很大，翅膀很窄。大约有二十只，在上升的热气流中飘浮着。我在城市上空还看到了其他几只，它们是远处的小圆点，或是划过山坡绿地的黑影。很难将

它们的原始面貌与它们脚下的生活相协调，对鸟儿来说，在街道上行走的人们，就像走在山间的谷底，到处都是狭窄的沟壑和深深的切口；那些在露天的酒吧和餐馆里聊天、看壁挂电视的人们，还有海边公路上的车水马龙，这一切对它们来说一定毫无意义，或者说，对它们的意义相比对我们而言完全不同。

你哥哥在玩的时候，我在房间里做了几个电话采访，然后我们去了海滩。那里人不多，沿着海岸挂着红色的警示旗，由于暗流很强，不建议大家游泳。但我们还是下水了，大浪拍打着我们，你哥哥大笑着，我拉着他的手，以免海浪退去时他也被一起带走。水很温暖，咸得让我们的嘴唇感到刺痛。之后，我们在酒店吃了午餐，并在屋顶泳池畅游了一会儿。这里的景色令人惊叹。城市在绿色山峦的映衬下白茫茫一片，海浪空旷而机械地拍打着千米长的海滩，形成层层叠叠的白色图案，鸟儿在蓝天下翱翔，有直升机嗡嗡飞过。一切都是开放的，城市中央的满布森林的绿色山坡将过去带入了现在，海浪拍打着沙滩，白色的泡沫在阳光下闪烁，也以一种类似的方式向未来敞开，因为它们的运动是永恒的。在这一切正在发生的同时，当你哥哥因为这里的水比海里的要冷得多而举着双手在泳池里颤抖着走过时，我站在一旁举着手机把他拍了下来。也许所有徘徊的思绪、所有艰难的关系和所有的人际问题，也是一种让我们停留在自己的时间里的方式，一种让现实缩小的方式，从而使现实变得可以掌控。

晚上我们出去，我想去三公里外滨海步道尽头的一家餐馆，虽然你哥哥说他可以很轻松地步行来回，但我们还是先去找了一台自动取款机，取了钱准备到时候打车回来。你哥哥说，这里的街道让他想起了斯德哥尔摩，这很奇怪，因为我很难想象还有哪个城市能与斯德哥尔摩有更大的区别。对他来说，这两座城市的相似之处一定在于它们都是大城市。我喜欢这里的氛围，隐约的葡萄牙殖民地风情，1950年代的感觉，路灯昏黄的灯光只是部分地驱散了黑暗，黑暗仍然无处不在。但十分钟后，他想回酒店了，他说酒店的饭菜不错，尽管我在一家又一家餐厅前驻足，这些餐厅虽然破旧，但都很漂亮，有铺着马赛克的地板和深色的内饰，但他只想回酒店，于是我放弃了，我希望他在这次旅行中越开心越好，所以我决定不去纠正他的想法，尽可能让他随心所欲。于是，半小时后，我们坐在空无一人、毫无新意的酒店餐厅里，各自吃着巴西牛排配薯条和米饭。之后，我躺在床上读一部手稿，这是托雷的新书，但白天所有的印象和所有的光线，再加上完全的黑暗，对我产生了影响，我穿着衣服就睡着了。几个小时后，当我醒来时，你哥哥已经在另一张床上睡着了，他脱了衣服，刷了牙，轻手轻脚地在我睡着的时候爬上床。电视开着，他可能找不到遥控器，我想了想，在被子下面找到了遥控器，关掉电视，打开 Mac，开始打字。

2016 年 6 月 29 日，星期三

从里约出发，我们乘坐大巴沿海岸线向北行驶了七个小时，于今天下午晚些时候抵达帕拉蒂。我一生中从未见过如这次旅行中这么多树。所有的山丘都覆满了树木，无论是陡峭高耸之处，还是向蓝色的远方延伸开去的缓坡，在国内也是如此，但在这里，树木长得密不透风，这给它增添了一种

不同的气息，它似乎有一股独立的力量，贪婪而又坚实。在里约郊区，我们驶过贫民窟、棚屋、流浪狗、垃圾、站在街道中央的瘦马、破败的工业区、杂草丛生的荒地，然后水泥路从一条河上通过，尽管停滞的水面上堆满了塑料垃圾，人类在那里留下的所有痕迹都是贫穷和破败的，但它仍然有一种奇特的美。肮脏的河流在阳光下闪烁着灰绿色的光芒，深绿色的植被遍布整片地区，清爽崭新，丝毫不受道路、水泥、栅栏和垃圾的影响。这里的衰败与别的城市里的衰败颇具差异，比如底特律，底特律的衰败似乎是不可逆转的，是一种无法克服的破坏力，一面倒的惨淡灰暗，而俄罗斯北部的大型工业城市，如摩尔曼斯克，一切都荒芜而无望。车窗外的贫困景象令人感到怪诞，但它周围强烈的生命力，这大片的丰盛的绿色，却指向了另一种东西。还是说，这种丰饶的、挥霍无度的生命力，也适用于人类的领域？

我和你哥哥谈起了我们所看到的一切，谈起如果他出生在这里，他的生活会是怎样，比如他可能无法上学。他想知道为什么这里贫穷，而我们国内却不贫穷。瑞典和挪威都是小国，组织起来要容易得多，我说，瑞典和挪威的贫富差距曾经也很大，但工人们团结起来了，而且由于工人人数更多，他们获得了力量和权利。而现在，这种进步又要再次消失了。

我喜欢和你哥哥聊天，我喜欢看到他身上不同的部分如何不断整合到一起。大陆、国家、城市，还有过去的帝国和历史时代。他对两次世界大战非常了解，因为他最好朋友的父亲对战争很感兴趣。他知道罗马帝国、中世纪、苏联和中国长城。他还知道很多太空和恐龙的知识。继《星球大战》之后，这可能是他最喜欢谈论的话题了。当大巴在出城的路上隆隆行驶时，我们开始谈论鸵鸟。

"鸵鸟很危险，"他说，"它们能用爪子把人撕成碎片。"

"但你知道饲养鸵鸟的人是怎么防止它们攻击人的吗？"

"不知道？"

"鸵鸟的大脑很小。它们很多东西都不懂。"

"嘿嘿。"

"所以如果你拿一根棍子举过头顶，鸵鸟就会觉得你比它大，然后就不敢攻击了。"

"嘿嘿。"

"如果你在它头上套个黑袋子，它就会以为是晚上，然后睡着。"

  但大部分时间都是他讲我听。在家里，他一般说得不多，因为没有太多空间，他的姐姐们占据了很多空间，但当你和他单独在一起时，他就会开始说话。他几乎总是心情很好，如果没有人阻止他，他可以不停地说上一个小时。我妈妈，也就是你的祖母说，我在他这个年纪的时候也是这样。滔滔不绝，天上地下无所不谈。当我到了青春期，撞上一堵名为羞耻的墙时，一切就戛然而止了。我希望他永远不会遇到。尽管他可能会让我想起我在他这个年纪时的样子，但我在他身上看不到自己的影子。从外表上看，他是一个八岁的男孩，我很喜欢他，经常想抱抱他，但要看清他，看清他是谁，看清他的感受，需要一种态度，而这种态度在日常生活中没有太多机会拥有。就像我的机械比较粗糙，只能做大动作，而他的是经过精密校准的，因此经常无法被我捕捉到。没关系，我并不认为大人应该时刻与孩子亲近，恰恰相反，他们需要独处，但在那次骑车之后，我清楚地看到了自己的粗糙，看到了自己与他所重视的东西之间的距离，我决定花更多的时间与他在一起。于是这次旅行如期而至。

经过大约一个小时的车程，我们离开了这座城市，在接下来的旅程中，沿途的风景都是相同的主题：一边是大海，海浪卷着泡沫拍打在海滩上，撞击在峭壁上；另一边则是有建筑物的森林带，宽度大多不超过一公里。我们的车就行驶在大陆的边缘，大陆是如此辽阔，以至于我的思维无法掌握。我继续读着托雷的小说，完全沉浸其中，而你哥哥则坐在一旁看着窗外。有时他会玩他的新 iPad，但电量不足，只能节省着玩。我忘记了自己身在何处，也忘了我正在读的书是托雷所写，我已完全消失其中。

帕拉蒂位于一片山与海之间的入海口平原上，建于 18 世纪，最外围的部分仍是保留着当时的面貌：街道上简单铺设着鹅卵石或铺满沙子，两侧是白色砖房，建有类似南欧风格的小教堂和一个公园，在这一切旁边流淌着一条河，而在河流的尽头，向着大海的方向，则是一片有些像沼泽的区域。海面像峡湾一样延伸开去，两边都是陆地，几个岛屿四散其上，从旅馆后面的路上望去，远处是灰白色的阴云密布的天空，水面呈深灰色，几近于黑，我看到的景象很像挪威西部。当我转过身，看到白色殖民风格的建筑时，我仿佛进入了一个梦境，一个日常逻辑暂停的地方。

现在外面已经完全黑了。我坐在一楼的桌子旁写作，你哥哥在二楼玩耍。门外有一个大庭院，种着棕榈树和绿色灌木丛，酒店客房就坐落在庭院周围，庭院中央是一个游泳池，有一个酒吧和一个餐厅。我们刚到时在那里游了泳，水很冰，大概不超过十六度。这是我第一次意识到这里是冬天。现在我们要出去吃饭了，街角就有一家比萨店，然后我们将进入第三个南美之夜的梦乡了。

2016 年 6 月 30 日，星期四

今天早上，我们像往常一样早早起床，等了将近两个小时早餐室才开门。我们是第一批客人，快吃完时，我听到一个熟悉的声音在我身后打招呼。那是亨利·马什，去年夏天我在阿尔巴尼亚遇到的英国神经外科医生。我问起他的近况，他说他还在为英国投票脱离欧盟而感到震惊，我们聊了

一会儿,然后约定找一个晚上在这里共进晚餐。半小时后,我到泳池边抽烟时又遇到了他,我们坐着聊了一会儿。亨利·马什长着一张圆脸,脸上有岁月留下的柔和褶皱,圆眼镜后面是一双善意的眼睛,又有点心不在焉,嘴唇很薄,嘴角有些锋利。他中等身材,瘦削,双手有力,上面经常有细小的伤口。他的言谈举止带有明显的英国风格,有教养,讨人喜欢,懂得谈话的艺术。而我不懂,这也许就是为什么我们很少谈及一般性问题,而是谈了很多私人问题的原因。我每次见到他都是这样,他向我倾诉。但我们并不十分熟悉,年龄和文化都有距离,这是另一回事。今年有几个我不算是真正认识的人向我吐露心声,他们告诉了我一些秘密,这些秘密他们没有告诉过其他人,或是只告诉了他们最亲密的朋友,就好像他们跳过了链条中的一环。有时我很难接受他们的倾诉,不知道该如何处理,我是否也应该像他们一样倾诉呢?他们向我倾吐,是因为从我的书中认同了我的为人吗?他们都是公众人物,其中有些人的位置让他们无法信任很多人,如果他们告诉了错误的人,谣言就会传播开来,但同时,我也能感觉到,他们又非常需要倾诉。往往是亲密的事情，或是未听说过的事。当他们看到我时，他们所看到的我一定与我自己眼中的我完全不同。我内心深处有一种冲动，想把他们告诉我的事情写出来，那将是一篇充满张力和巨大吸引力的文字，但这种张力和吸引力不是来自文字本身，而是在读者的认知里，这些人自身的光环。这样的事情过去也发生过，那是在我成为作家之前，我特别记得有一次，我从奥斯陆乘夜班火车去卑尔根，和一个比我大几岁的年轻人同坐一节车厢，我们聊了起来，当火车在夏日的黑暗中翻山越岭时，他向我讲述了他生活中最私密、最隐私、最戏剧性的事情。我是个陌生人，这是关键所在，他知道我们再也不会见面了。大概过了两个小时，他看着我说：那你呢？你的生活怎么样？我犹豫了一下，说没什么可说的。他说，但一定会有什么的吧？我说没有。他叹了口气，或许更像是嗤之以鼻，然后摇了摇头。这可不行，他似乎在说，我已经把一切都完全坦诚地告诉你了，而你却什么都不肯说？于是我屈服了，尽可能坦诚地向他讲述了我的生活，也就是说，没有考虑到牵涉其中的那些人，因为这就是坦诚的代价。这并不重要，我们再也不会见面了，但那天早上离开火车站回家睡觉时，我还是感到很内疚，就像我每次越界时总是会感到内疚一样。现在，我已经想不起当时他说过的话了，记忆中只剩下支离破碎的插曲。他是一名麻醉师，我记得这一点，他曾在一家直升机救护服务公司工作，这我也记得这一点，因为他谈到，在峡湾沿岸或是峡湾通往大海的岛屿上的微型社区里降落时，有时会遇到绝望和恐慌的情绪。然后他告诉了我一些事情，我已经记不清楚了，只记住了其中的一部分，因此也不再有意义。但是在他们拜访过的一所房子里，直升机就停在外面，可以假设是在秋天的雨中，也许出现了一个不存在的人。这个人是出现在照片上而不是现实中，还是反过来，出现在现实中而不是照片上，我不记得了。我只记得他坐在那里，坐在车厢的地板上，周围是昏暗的夏夜光线，手里拿着一瓶啤酒，而我侧卧在上铺，用手撑着头，看着他。他没有看我，只是目视前方。车轮撞击着脚下铁轨的接缝，发出"噔—噔—噔—噔"的声音，有一种在山水间飞驰的感觉。他说到雨和黑暗，说到直升机的着陆，说到一切发生的速度。还说到那个死者，似乎还活着。

我已经完全忘记了他告诉我的那些令我震惊的生活经

历。但我猜想，如果我是在今天听到，就不会如此震惊了；那时我才二十出头，天真得几乎不可原谅。

也许我在亨利·马什的眼里也还是这样？

他坐在躺椅上，膝上放着笔记本电脑，穿着一件浅蓝色衬衫，头顶的天空是几近白色的淡灰，眼前的池水像玻璃一样透明。他刚写完一本新书，之前给我寄过前面几页，是从尼泊尔寄来的，据我所知，最近几年他曾在尼泊尔工作过几个月。有一次我收到他从那里发来的一封电子邮件，他写道，他有几个病人去世了。这句话里所包含的黑暗，有种切开颅骨、吸出脑浆的中世纪色彩，在我和他相处时，这种黑暗完全不存在，我从来没有想过会有病人在他的手里死去，当我在阿尔巴尼亚看他做手术时，死亡也从来没有出现过，死亡不在手术室里，如果死亡在那里发生，在所有的灯光下，在所有的仪器和屏幕的包围下，死亡更像是一个故障，一辆拒绝启动的汽车。只有在语言中，在来自尼泊尔的那个句子里，才有死亡带来的黑暗。就好像死亡本身什么都不是，只是一个概念，它以不同的方式被唤醒，或许也有不同的形式，有时是轻飘飘的，无足轻重的，栖息在人们的意识表层，几乎每天都会用到，有时又会在世界的最底层发出沉重的、世俗的尖叫；它很少被唤醒，在人的一生中或许只有一两次。

半小时后，我又去找你哥哥了。我们把泳衣和外套塞进背包，准备去乘船游览，酒店的一位工作人员带我们走了五百米，来到停船的码头。天还是阴沉沉的，气温应该只有十九度或二十度，换句话说，很像挪威的夏日。这艘船是所有海滨度假胜地都有的那种，事实上，码头上横七竖八地挤满了这种船，最大的可以载一大群人，最小的也许只能容纳五六个人。船舱顶上可以坐人，船上有音响，冷藏柜里还有软饮料和啤酒。我们的船很小，开船的是一个三十出头的男人，他很友好，也乐于助人，英语说得很流利，很关注你哥哥。其实我们在巴西遇到的每个人都这样，会摸摸你哥哥的头发，问他各种问题，经常是开玩笑的性质。他可能低着头，或者看着我，因为他不太懂英语。但他很信任别人，很快就习惯了。

我们坐在船顶上，上面铺了某种合成皮革。船长（如果可以这么称呼他的话）给了我们一张地图和一架望远镜，他松开系泊缆绳，启动发动机，脚踩着邻船用力反推，把我们的船推出了码头。眼前的峡湾非常壮观，海是灰白色的，天空是乳白色的，所有的岛屿和海岸线都是深绿色的，几近于黑色。这简直就像是在卑尔根郊外。但十五分钟后，当我们经过其中一个岛屿时，树木变成了棕榈树，森林变成了丛林。在我们前方的小海湾里，海底漂着一只黑乎乎的东西，那是一只海龟。

你哥哥用望远镜眺望海岸线。在一处突出的悬崖上，大概二十米高的地方，有一些古老的防御工事，大炮完好无损。船长探出头来告诉我们，这里曾经出产过很多黄金，而且这个地区还有好几个这样的小堡垒，它们保护着通往城镇的海路。他说，奴隶贸易在这里持续的时间比其他地方都长。奴隶贸易的资金来自酒类的贩售，因此这里也有许多古老的酿酒厂。

一个多小时后，我们在一个海湾停泊。远处的沙滩洁白细腻，但很狭窄；到处都是森林，几乎一直长到水边。船长拿出给我们准备的潜水面罩和呼吸管，并把船尾的梯子翻入水中。他说这里有海龟。我问它们是在这里停留还是只是路过，他说这是它们经常出没的地方。他话音刚落，水面上就探出一个窄窄的脖子,上面有一张苍老的小脸。船长说:"这只就是了。"

我们换上泳裤,我潜入水中,你哥哥从梯子上爬下来。水很冷,很干净,大概有十八九度。我们戴上潜水面罩,向远处游去,这里的水大概有四米深,苍白的海底在我们脚下闪闪发光。刚游了几米,我就看到一只海龟,它像小孩一样大,在我的下方慢慢地滑行,看起来就像一块活过来的石头,长出了脚蹼和小脑袋。我在找你哥哥的踪影,但他正朝另一个方向游去。我游到他身边,让他和我一起,但这时海龟已经看不见了,而你哥哥还没有完全掌握浮潜的方法,他只想用正常的方式游泳。于是我们就这样游了起来,那种感觉很奇特,因为海湾里除了偶尔传来的鸟叫声外,完全是一片寂静,海水又绿又冷,海湾两边的热带植被非常茂密,仿佛是连绵不断地生长着。

下一站是一个小岛,船长把香蕉扔上岸,很快,狭窄的岩岸上就站满了动物:四五只老鼠模样的动物,四五只似乎不怎么用翅膀的轻脚鸟,最后,在树上犹豫了很久之后,六只小猴子出现了。它们的皮毛跟狮子是同样的颜色,像人一样呆滞的脸上长着鬃毛,体型像猫,尾巴很长。据船长说,它们叫狮子猴。我们向它们扔了一会儿香蕉,观察着岩架上的动态,然后我们又跳进海里,我背着你哥哥游上岸。我们的最后一站是另一个岛屿外的浅滩,那里的海水清澈见底,到处都是热带鱼,我们戴着潜水面具在鱼群中游来游去。回来的路上我睡着了,这时太阳出来了,气温也升高了。在酒店里,我们见到了保姆,因为出版商没有理会我说我们不需要保姆的信息,或者他们根本就没有收到我的信息,她是瑞典人,二十出头,而且看起来她本来就住在这里。我觉得这样最好,这样你哥哥就不用和我一起参加各种活动了,反正我也照顾不了他。他们去城里吃午饭,我跟着出版社的代表去参加新闻发布会。当我看到日程表上的这个项目时,我原以为只是在接待处和几个记者聊聊天,但事实并非如此,他把我领进了一个大会议室,里面坐满了人,围着一张马蹄形的长桌。里面大概有三十多个人。我向翻译问好,然后开始提问。我只记得其中一个问题是桌子最后面的一位女士提出的,她说我的写作风格像女性作家,并想知道这是怎么一回事。

六月 / 日记

新闻发布会结束后,我在房间里换上长裤和衬衫,然后穿过城市,跨过河流,来到亨利·马什发表演讲的节日大厅。大厅里大概有一千二百多人。每个座位上都有一个耳机,由坐在最前方小隔间里的三名翻译将葡萄牙语翻译成英语,再将英语翻译成葡萄牙语。亨利·马什本应与一位巴西科学家讨论大脑问题,但他们在不同的半球上,所以与其说是对谈,不如说是两段不同的对话。马什认为,我们对大脑几乎一无所知,它是一个谜,宇宙中最伟大的谜之一,而这位科学家似乎认为,我们几乎掌握了关于大脑所有值得了解的东西。我认为她甚至不理解一个根本性的问题,即思想和意识以及我们的一切,我们现在、过去和将来的一切,我们所相信和感知的一切,是如何在一团物质中产生的。

我在酒店房间的一楼写这篇文章时,你哥哥正在楼上睡觉。外面一片漆黑,静悄悄的,只有路上偶尔有人经过,听起来像是从房间里传出来的声音,因为百叶窗后面的窗户是开着的。这是我第一次在一年里的这个时候来到赤道以南,这种感觉很奇妙,因为这里明明是冬天,但在我的脑海里却是夏天。

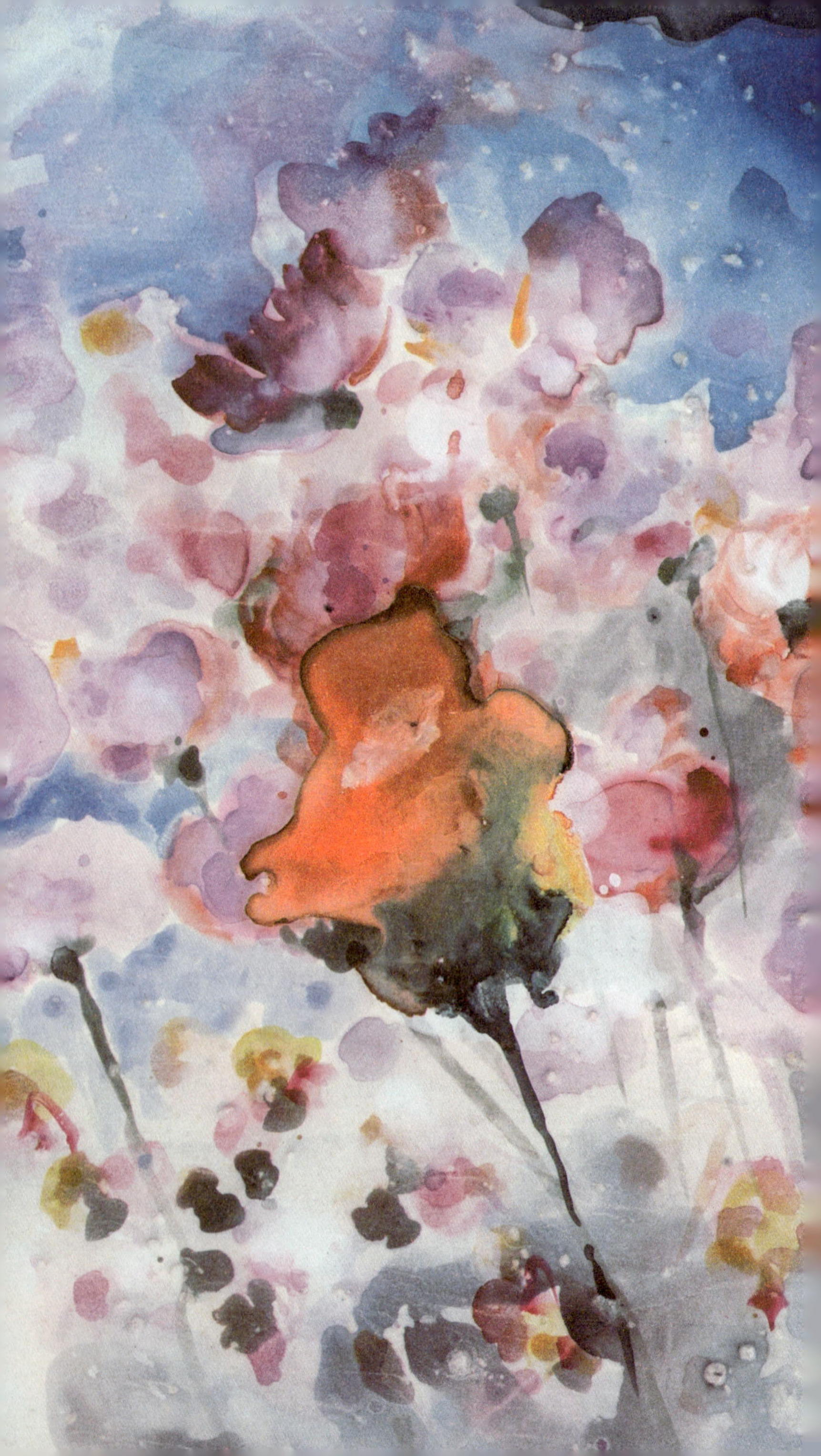

七月

草坪

草是地球上分布最广的植物科之一。大草原和稀树草原的广阔草地覆盖了地球表面的五分之一以上,当你意识到草叶生长得如此茂密,甚至在一个相对较小的区域,比如我正在写这篇文章时所在的房间外的花园里,也能看到如此多的草叶时,你就会理解,草叶的数量与沙粒、雨滴和星星不相上下。数量是草的本质特性的一部分,你很少会发现一片独自生长的草叶,此外,要搞清楚一株草在哪里停止生长,另一株又在哪里开始生长,通常做不到,因为它们在地下由密密麻麻、错综复杂的线状根系连接在一起,这些根系纵横交错,把草缝在土壤里,不是单独的草叶,而是像地毯一样。草就是这样蔓延开来,不断征服更大的领域。是什么让它这样做的呢?没有人知道,因为植物离我们无限遥远，而我们唯一的共同点就是生存的意志和扩张的意志。虽然草没有大脑，没有脊髓，没有神经系统，没有心脏，没有肺，也没有鼻子、耳朵或眼睛，因此对自己在哪里、自己是谁、自己是什么或为什么一无所知，但却跟我们拥有同样的意志，这使得我们身上的这种意志似乎也变得陌生起来。《圣经》说，要生养众多，遍满这地，治理这地，这就开启了一种持续的矛盾性，因为当它被写下来时，它就不再是不言而喻的了，而不征服，不扩张，突然也变成了一个可能的选项。也许这种矛盾心理是人类的典型特征，就像非矛盾心理是草的典型特征一样。无论如何，草与人类的扩张密切相关；几千年前，当我们定居下来时，正是在草的帮助下，我们征服了大地，并开始在聚居地附近种植谷物，而谷物也是草的一种，还可以用于放牧家畜。这是一种联盟，人类开垦土地，移走树木和石头，为草腾出空间，而草则被收割、晒干、碾碎、磨细，最后被人们吃掉；或者说更接近一种共生关系，人类与草相依为命，就像某些小鱼与鲸鱼相依为命一样。今天的情况依然如此，此刻草坪另一边的房子里有面包、面条、面

七月／草坪

粉、粥、麦片和其他早餐谷物食品，而在更大的房屋圈外，玉米地绵延一公里又一公里。草坪与此无关，它与谷物的关系就像马戏团里的马与干活的马的关系一样，它生长在房子外面，是一种纯粹的、无用的剩余产品，是绿色的盛宴，当然，它自己对此毫无概念，它只是生长，覆盖所有需要覆盖的地面，一片草叶挨着一片草叶。即使是在这里，在这块只有一亩半大小的土地上，草的数量和千变万化的生长方式也令人惊叹不已。昨天下午我修剪草坪，推着嗡嗡作响的割草机穿过夏日蓝天下光影交错的草地，那时我就在想这个问题。这块草坪我已经修剪过很多次，对每一平方米都很熟悉。在柳树和我现在坐着的屋子的墙壁之间，草总是深绿色的，湿润而茂盛，而且总是比其他地方的草要高，而沿着南边的篱笆，紧挨着树篱的地方，草从来没有扎根过，只是从裸露的土壤里零星地冒出一小丛。在对面的树下，它几乎完全被苔藓压制住了，苔藓就像头皮上生出来的一层薄而纤细的头发。在东边的砖墙下，我们搬来的那个秋天我在那里撒过种子，但很少过去修剪，因为那里生长着许多树木和花草，几乎是疯长的，草高及膝，叶片厚得像芦苇。草的小小世界，对我来说大得足够迷失其中，而对它如此了解的满足感，只能与对画家或诗人作品的深入了解的满足感相提并论，其中的一切我都很熟悉，而且也不会对任何事物感到厌倦。

冰块

冰块是冻住的水,又小又硬,闪闪发亮,主要用来冰镇饮料。冰块在玻璃杯中移动时会发出沙沙声或叮当声,对许多人来说,这是夏天最独特、最愉悦的声音之一。从厨房到餐桌,从餐桌到嘴巴,杯子的移动一般都很流畅,但当玻璃杯里有冰块的时候,你可能会不时看到,人们拿着杯子的手会轻轻晃动杯子,而且往往是在不经意间,心不在焉地晃动,这么做的主要目的是获取冰块那种独特的声音,小的冰块会发出沙沙声,大的冰块会发出叮当声。由于冰会慢慢融化成水,因此通常用于混合性的饮料,比如水和果汁、杜松子酒和汤力水、伏特加和果汁,或是影响不大的饮料,如可乐或 Solo 汽水[1]，在这些饮料中，慢慢融化的水不会对口味或浓度造成特别的破坏。有机饮料因为口感平衡，而且经过精心调制，因此具有一种独特性，很少使用冰块——这不仅适用于白葡萄酒和红葡萄酒，也适用于波特酒、香槟和啤酒。由于啤酒的排他性不如葡萄酒，在啤酒里放冰块并不是品位低劣的表现，只是很奇怪，我想我从未见过有人真的在啤酒里放冰块，而在一杯优质葡萄酒里放冰块则被认为是粗俗和教养低下的表现。对于作家来说，在需要描写夏日场景时，冰块在杯子中的碰撞声是一个永恒的话题，也是一种永远存在的可能性，这种声音让人浮想联翩，似乎包含了夏天的精髓——午后天空中的太阳、温暖的空气、露台上的衣香鬓影、晒黑的脸庞和洁白的牙齿、低低的交谈声、烤肉的香气，还有女主人端起酒杯匆匆抿了一口，然后放在一旁的边柜上，进屋去查看什么，而刚刚和她说话的男人也抿了一口酒，拿着酒杯望着花园，然后又看向露台，看着所有裸露的肩膀和手臂，所有例行公事般的微笑。当他心不在焉地摇晃

---

[1] 澳大利亚经典饮料品牌，口感类似碳酸饮料。

酒杯时，杯中的冰块发出叮叮当当的声音。这声音仿佛把他拉了回来，因为他低头看了看杯子，发现里面几乎空了，于是走去餐具柜那边重新倒满。他站在那里，等待前面的女人倒酒时，女主人从门外走了进来，他们对视了一眼。她立刻避开他的视线。这有点太快了，他一边想着，一边给杯子里倒上杜松子酒，再倒入汤力水和几块冰块，冰块在泡沫翻涌的清澈液体里慢慢旋转，就像冰山一样，他喃喃自语，然后不假思索地又拿起一块冰块，握在手心里，回到他之前的位置。起初，贴在皮肤上的冰块还是干的，好像在灼烧，但接着就变得光滑湿润，疼痛也随之改变了性质，变得微不足道。每一块冰块都是一次小小的胜利，是带到夏天的一小块冬天，它的寒冷不再需要防范和令人不快，而是让人欣然接受的愉悦。反之，将夏天的一小片储存起来，在冬天释放出来，这是不存在的，因为热会加速进程，冷会阻止进程，之所以如此，是因为一切都来自于空无，而空无，是没有热量也没有运动的。它是起点，一切热量和运动的存在都是对它的否定。如果运动和热量停止，它们就会变成虚无。运动和热量无法保存，只能重生，只能被不断向前推进，因此生命具有歇斯底里和狂躁不安的一面，冰块被带入夏天时也具有这种性质，因为它们也会加快速度，它们会转化，变成水，奔流或喷涌，飞溅或流动，潺潺或涓涓，汹涌或起伏，被大自然的巨轮卷入其中，在天地之间缓缓转动，让万物运转不息。

海鸥

我一直住在海边,从我记事起,海鸥和海鸥的叫声就是我生活的一部分。在我长大的住宅区里,它们坐在烟囱、屋顶或灯柱上,翅膀紧贴着身体,身体下面是亮白色,上面是灰白色。它们的体型比乌鸦和喜鹊大,体重可能有一公斤,翼展也相当大,当它们站起来展开翅膀时,几下拍打就升到了空中。在刮大风的日子里,它们会像三角旗一样悬挂在海峡的上空。它们的叫声很有特点,下降的音调拉得很长,越来越短,就像一枚颤动的硬币即将停在桌面上的节奏,有些莫名的悲伤,充满孤独。从小,我就把海鸥的叫声与夏日的空虚联系在一起,那是阳光下的虚无,我们试图通过忙碌而避免感觉到它。那时我从海鸥的叫声中感知到的,也许是我自己的孤独的反射,但后来我从中听到了另一种东西,那几乎是一种状态,仿佛海鸥的叫声阐明了人生奋斗本身的无意义。它们的叫声尖锐刺耳,让人深感忧郁。它们成群结队地聚集在垃圾堆里,用嘴撕开塑料袋,啃食任何可食用的东西;它们追随着田野里的拖拉机和出海的渔船;它们坐在屋顶上俯视着露天餐馆,一旦有可食用的东西留下,它们就会立刻扑向餐桌;它们在垃圾桶上保持平衡,啄食垃圾桶里的一切东西;或者攻击其他鸟类,抢走它们得到的任何食物。是的,也许就是这样,它们的叫声可以移植到没有人类的时代,那时的生活盲目而机械,生物就像被饥饿、干渴和繁殖欲望驱使的自动装置,被封闭在星空下狭小的活动空间里,贪婪、残暴、原始——一只巨大的蜥蜴躺在海浪冲刷的岩石上,大口咬碎一个蛋,黏稠的蛋清顺着它的下颚流下,里面的小身体在尖利的牙齿间嘎吱作响——而这一切今天依然存在,在人类生活的边缘,尤其在海鸥身上清晰可见,它们就像笼罩在我们头上的阴霾,密切注视着我们的一举一动,一旦有食物出现就强行闯入。它们的叫声正是我们和它们之间,史前人类和人类之间的紧张关系的桥梁。它们的陌生让人害怕,因为我们意识到,我们对自己和自己在这里的存在也是陌生的。夏夜，当我们在我长大的小岛之外的其他小岛上岸，海鸥尖叫着向我们飞来，当时我感受到的恐惧就像它们保护幼鸟的本能一样原始。但许多年后，我去祖母家，那是在一座小山顶上，可以俯瞰海港和小镇，我看到祖母正在喂食一只海鸥，我被它的恐怖所震撼。它体型巨大，我们可以看到它从几百米外飞来，飞近露台，越来越大。它又宽又长的翅膀放慢了速度，当它落在栏杆上或水泥地上时，就像掌控了整个露台一样。如果没有食物，它就用嘴敲击窗户。祖母觉得这很滑稽，确实如此，因为这只鸟就像一个水手，站在那里等着岸上的房门打开，它往旁边看了看，翅膀像是背在身后的双手，然后它又敲了敲。但是，当她拿着食物出门，海鸥却让她表现出身上类似鸟儿的一面。她蹲下身子，动作迅速地把食物放在露台的地面上，大海鸥用嘴叼起食物，把头往后一仰，整个吞了下去，眼睛直勾勾地盯着前方，似乎与周围的环境毫无关系。老妇人和大海鸥每天都在这里相遇，它们之间的区别显而易见，因为当大海鸥飞向海港上空，变得越来越小的时候，老妇人转身看着我，眼神中充满了欢愉和温暖，这正是人类所代表的两种进化上的进步，我相信正是因为有了这两种进步，我们才能承受意识的重负。

果蝇

夏天，家里到处都是小昆虫。只要有食物和食物残渣的地方，它们就会聚集在一起；如果我从厨房窗台上的碗里拿起一个西红柿，马上就会有一群小虫飞起来；如果我从客厅桌子上的水果盘里拿起一个苹果，也会有一群小虫飞起来；如果我把用过的杯碟在水槽里放上几个小时才洗，或者饭后迟迟不收拾桌子，盘子上很快就会染上一层淡淡的、朦胧的颜色，这些微小的生物就会聚集在那里。就在几分钟前，我看到了这样的情景：我的一个女儿在去游泳之前和朋友一起做了法式吐司，之后没有收拾干净，一团小虫出现在浸透蛋液、烤得焦黄的面包片。我把它们端进厨房，扔进了垃圾桶。不久后，当我正把餐具放进洗碗机时，姐姐在餐厅喊，我的食物呢？我走进去告诉她我已经扔掉了。你把我的食物扔了？我还没吃早饭呢！你怎么能扔掉呢？她说。快两点了，我说，你早餐睡过头又不是我的错。但它就摆在桌上，你不能扔掉我的食物，她说。上面都是苍蝇，我说。她哼了一声，回到客厅看电视，而我则来到这里，上网搜索"小苍蝇"。我猜它们多半是果蝇，于是我坐在那里看着一张放大几倍的果蝇标本图片，它的眼睛又大又红，看起来就像来自地狱。我记得，我哥哥的一个女朋友曾经研究过果蝇；她是一名生物学家，在她的研究中使用果蝇，主要是因为它们繁殖得很快，而且它们的基因并不复杂。我已经有将近二十年没见过她了，在那之后我再也没听任何人提起过果蝇，这也难怪，果蝇是渺小之王，是一粒尘埃，它已经跨越了从物质到生物的边界，即使数百只同类一起，创造的实质感也无法超过房子里的一处阴影。它们如此渺小，寿命如此短暂，而且数量如此之多，以至于它们的存在似乎处于生命的边缘，尽管在它们自己看来并非如此，因为它们的周围都是同类闪着红光的眼睛，充满了对多汁的腐烂水果、变质的肉和发酵的糖的狂欢，还有在湿热环境中的产卵，它们无意识的日子像岁月一样漫长。在文艺复兴晚期的《喀耳刻》(*La Circe*)

一书中，詹巴蒂斯塔·杰利（Giambattista Gelli）写下了奥德修斯与被喀耳刻变成动物的人们之间的对话。她赋予了奥德修斯把他们变回来的能力，但前提是他们愿意。奥德修斯与十种不同的动物交谈，它们都不愿意变回来。人的生活是惩罚，动物的生活才是自由。对果蝇来说也是如此。如果它可以抱怨，它也不会这样做，因为它拥有了一切，它既不思考自己所做事情的意义，也不思考等待着它的死亡，只是坐在被太阳晒得发烫的熟透的西红柿上，自得其乐。就在它旁边的柴火炉顶上，猫粮已经三天没有动过了，在炎炎夏日里，一大群白色的小虫子聚在那里，在褐色的肉酱里爬来爬去，就像一根根活的小卷烟，它们看起来也是什么也不缺。每面墙上和窗户上都有苍蝇，蜘蛛和毛毛虫在每个角落里爬来爬去，时不时有黄蜂或马蜂从打开的窗户里钻进来，还有几只蚂蚁或小甲虫爬过门槛。在夏天，房子不仅是所有这些生命的栖息地，有时也是它们产生和孵化的地方，它们出现在我们生活的尾迹里，在所有我们不关心或无用的东西里，比如垃圾桶里余温尚存的食物残渣，凉爽的布满灰尘的地窖，或是洗衣篮里湿衣服之间的温暖空隙。事实上，我刚刚在杯子里倒满了醋，果蝇会飞进去把自己淹死在里面，把猫粮扔进垃圾桶，把碗冲洗干净放进洗碗机，把垃圾袋系好放进路边的垃圾箱，把脏衣服扔进洗衣机然后按下开关，还扔掉了所有变软的水果，但在果蝇的角度，什么都没有改变。对果蝇来说，生活就像轮班。当值班结束时，就会有其他人来接班。果蝇所守护的，是曾经把它们从另一个世界带过来的东西，是它们所拥有的生命的影子，当它们自己被醋吞没，变回微小的尘粒时，这些影子还在其他果蝇身上延续着。

樱桃树

樱桃树的个头较小，形状也不起眼，没有什么引人注目的地方。对于像我这样除了松树、云杉、桦树、橡树、楸树和杨树之外就不认识其他树的人来说，樱桃树几乎完全是无名之辈，就像班上那些沉默寡言的学生，他们既不聪明也不愚蠢，既不漂亮也不丑陋，在以后的岁月里，你很难记住他们的脸和名字，至少在你搬走后再也没见过他们的情况下是这样。然而，在这群拥有沉默的童年时代的人身上，当然什么事情都有可能发生，你会突然在电视上看到其中的一个，以某种方式脱颖而出，成为非营利组织的负责人，或是上任政治职位。或者，你在大城市的街道上与他们偶遇，你没有认出他们，因为他们变化太大，根本认不出来，是他们走过来打招呼，充满自信，衣着得体，很容易引人注意，因为你没有马上认出来，而且明显表现在脸上，他们会说：你可能不记得我了，但我们在小学是同班同学，我是安莱于格，或是黑尔格，或是弗罗德[1]。樱桃树也是如此，只是更猛烈一些，因为当樱桃树在春末夏初的某个时候在森林里绽放时，它是如此壮丽，如此美轮美奂，周围的一切都会黯然失色。但它并不张扬，因为那些白色或粉色的花朵是如此纯美脆弱，在惊人的美丽之外，还散发着一种羞涩的气息，很难让人不喜欢。它矗立在那里，闪闪发光，在突然变得粗糙、原始的绿色中，犹如一场光的盛宴。一旦你见过在森林里开花的樱桃树，当你在秋天或冬天经过它谦逊的身影时，你就永远不会忘记它是一棵什么样的树。在我长大的地方，森林里有两棵樱桃树，都靠近公路，虽然我觉得它们开花的时候很美，但它们的果实才是最引人注目的，因为每到七月樱桃成熟的时候，我们就可以坐在树下吃樱桃、聊天，一坐就是几个小时。我们经常等不及樱桃成熟，变成柔软的深红色，而是在它们还又硬又酸，只有一丝甜味的时候就开始吃了。樱桃树

---

[1] Annlaug, Helge, Frode，都是挪威常见人名。

七月 / 樱桃树

可能起源于今天伊朗和伊拉克所在的地区，然后传播到地中海地区，在古希腊和古罗马时期受到高度重视——罗马人会把樱桃树带到他们征服的国家，比如不列颠。但在我们坐在1970年代挪威南部的一个小岛上大快朵颐的时候，我们对此一无所知。在我们的花园里也有一棵樱桃树，就在我卧室的窗外，我现在还记得，它是我们搬进去的时候种下的，当我透过窗户看它的时候，我会突然想到，这棵樱桃树和我差不多大，如果它也去上学，应该比我低一个年级。我最后一次见到它时，我十二岁，它十一岁。所以，如果它还活着的话，现在已经四十六岁了，应该比房子还要高了，而我和这棵树相比，几乎没有长高。

鲭鱼

鲭鱼是一种没有鱼鳔的流线型鱼类，强壮而敏捷，必须始终保持运动才能获得足够的氧气。鲭鱼的体型相对较小，最长只能长到四十厘米，它们成群游动，数量可达数千条。大西洋鲭鱼有两个独立的种群，一个生活在大西洋的西部水域，另一个生活在大西洋的东部水域。东部种群向南最远会迁徙到地中海，向北最远可到冰岛。鲭鱼喜欢温度高于六摄氏度的水域，夏季会沿着挪威沿海向海岸移动。在那里，鲭鱼的到来是一件大事，因为它是夏天的明确信号，就像候鸟归来是春天的信号一样，也因为鲭鱼捕捞与其他类型的捕捞截然不同。挪威海岸的大多数鱼类都喜独处，它们各自在靠近海岸的水底栖息，或独自在深海中游动，即使在鱼类丰富的地区，鱼儿上钩也会间隔很久。鱼钩垂在水中，就像站在人迹罕至的街道上的一个乞丐,游过的几条鱼对鱼钩视而不见,就像人们对乞丐视而不见一样。偶尔也会有鱼咬钩,就像偶尔也有人会停下来,往杯子里扔一个硬币。鲭鱼则不同。鲭鱼数量巨大,鱼群周围的水都沸腾了,鲭鱼接受任何诱饵,就像乞丐边上的体育场大门被推开,成千上万的人突然涌出来一样。尽管相对总人数来说,施舍的人占比并没有比以前多,甚至也许更少,但现在人数如此之多,杯子里还是扔满了钱。对于鲭鱼来说,最重要的是数量。全世界每年捕捞近十亿吨鲭鱼。然而,鲭鱼并不是濒危物种;相反的,鲭鱼的数量还在不断增加,这主要是因为它在自然界中的天敌,比如鲨鱼和鲸鱼,越来越少,而且气候变化也对鲭鱼有利。一条适龄的雌性鲭鱼每年产卵可以达到五十万枚,其寿命长达二十年,可以跟着鱼群一口气游出九公里。因此,捕捞鲭鱼是一场盛宴,一次饱餐,一场狂欢。在阳光明媚的夏日午后,当你乘船出海拖钓,或是站在岸边拿着鱼竿垂钓时,有时你会看到鲭鱼游过来,水面上开始冒泡,就好像下面有一群潜水员。咬钩马上就开始了。你所要做的就是把一串活蹦乱跳的鱼拖上来,解开鱼钩,把它们扔进桶里,然后再把线放出去。还有的时候，鲭鱼来得毫无征兆，突然就开始急不可耐地咬钩。但那种兴奋的心情是一样的，完全无法不去沉浸其中。因为当你钓了几个小时却只钓到几条鱼，甚至一条鱼也没钓到时，当钓鱼就是等待一种很难实现的希望时，当你习惯了等待却一无所获时，如此钓到一条又一条鱼，几乎是不真实的，就像看到一切梦想都实现一样。源源不断的感觉是一种幸福，取之不尽是一个奇迹。但同时也是一种诅咒，至少在我成长的过程中，当我们乘船出海捕鱼，遇到一群鲭鱼时，我是这么想的，或者说是这么感觉到的。首先是兴奋，因为很久没有鱼儿咬钩了，而鲭鱼强壮又敏捷，鱼线在它的拉扯下不断颤动。鲭鱼的背部呈青色或蓝色，有深色的竖条纹，而腹部则完全是白色的，所以拉起鱼线时，你会突然看到它们在深海里闪着白色或者青色的光芒，非常美丽，因为大海是深不可测的，充满了秘密，天空湛蓝而深邃，午后的微风吹拂着波涛起伏的海面，岸边的树木来回摇晃，在刺眼的阳光下闪烁着光芒。我们的嘴唇尝到了海雾的咸味，鱼儿在水中闪闪发光，被拉向海面时变得越来越大，不再像珠宝般的小石头，而是长着空洞大眼睛的活物。当它们被拉过船舷时一共有五条，我快速地草草地撕开鱼钩，没有时间慢慢来了，因为鱼线必须马上再次放出去。然后，兴奋变成了反胃，因为现在船上的鱼太多了，比我们需要的还要多，我们没有停下来，而是继续前进，把一条又一条鱼拖上船，我们已经超越了实用，超越了理性，我们沉浸在取之不尽、用之不竭的狂热中，陶醉在丰收的喜悦中。我之所以有这样的感觉，可能是因为我当时太小了，我才十二岁，还不能很好地承受这种压倒性的感觉。因为在我父亲身上，我没有看到焦虑的影子，他很快乐，现在我想，这种无边无际与他内心的某种东西是一致的，在海上忙碌的那一个小时里，他是自由的。

黄蜂

黄蜂的一生短暂而紧凑，在一个错综复杂的社区中，所有个体都有明确定义的角色和具体的任务。黄蜂没有怀疑或犹豫的余地，也没有即兴发挥或个人判断的空间，这也许就是为什么黄蜂和黄蜂群体有机器人之称的原因，在它们的巢穴中，一切都在自动精确地进行，就像机器或钟表的零件一样运转。这可能也是我们对黄蜂的印象如此笼统的原因；一只停在果汁杯边缘的黄蜂被我们视作这个物种的代表，对我们来说，无论这杯果汁是在斯塔韦恩的花园里，还是在菲英岛、勒德鲁普或卡姆岛，它都是同一只黄蜂。当然，黄蜂并不这么看。它只知道自己的群体，自己的族群，就在附近的一个特定地点，屋檐下、车库里、被连根拔起的树下、树枝上或地下的一个小洞穴里。一个这样的蜂巢可以容纳少则十只，多则五千只的黄蜂。这些黄蜂一起长大，一起度过短暂的一生，在一个始终确保共同利益的体系中，紧密相连，亲密无间，却又相安无事，没有冲突。如果我们要把蜂巢比作人类社会结构中的某种东西，那么最接近的可能是希腊城邦：每个城市都是自治的，有自己的特点，但所有的城市中都说着同样的语言，共享相同的文化。因此，如果果汁杯边缘的黄蜂因为某种原因飞到另一个巢穴，它会觉得一切看上去都很熟悉，但它仍然是个外来者，就像一个雅典人在斯巴达一样。当然，这并不能使黄蜂成为民主主义者或哲学家，我们不应该期待在黄蜂当中找到赫拉克利特或索福克勒斯，而正是这种差异，即复杂的社会机制与它们巨大的智力局限之间的差异，使黄蜂如此有趣，它们自己显然无法想象或理解这种机制，那么它们是怎么构建出这样的机制的呢？它们当中没有任何一只可以掌控蜂巢的构建，然而每年春天蜂巢都会在世界各地重现，而且已经如此持续了数百万年。诚然，它们遵循着自己的本能，但又是谁把各种本能组合在一起，使这一宏伟的社会工程得以诞生和发展？运气？试错？还是它们遵循着上帝赋予的规划？秋天，当所有的黄蜂都死去时，它们的蜂后就会进入冬眠，就像一场灾难的唯一幸存者。到了春天，蜂后又会苏醒过来，开始筑巢，产卵，为幼虫收集食物，保卫巢穴，抵御入侵者，直到幼虫成熟，接替蜂后的工作，这样蜂后就可以专心生产更多的幼虫。因此，巢中的第一代黄蜂数量永远不会很多，因为它受到蜂后能力的限制，而第二代黄蜂数量要多得多，在生长方面也是如此，因为它能获得更多的食物。第一代死亡后，第二代又繁衍出第三代。黄蜂群落中工蜂的平均寿命约为六周。在此期间，工蜂建造巢穴，飞出巢穴为蜂后和幼虫提供食物，喂养幼虫，清洁和看守巢穴，有时还驻守在巢外，就像士兵或哨兵一样。由于所有这些活动都与我们的活动十分相似，而且我们也使用同样的词语来描述这些活动，因此，几乎所有关于黄蜂巢内生活的描述都会包含一种熟悉感，好像黄蜂与我们没有本质区别，而实际上，黄蜂可能与我们无限陌生，与人类无限遥远。但它们是自动机械吗，是没有灵魂的小机器吗？当一只黄蜂在一个夏日的清晨爬出巢穴，飞过森林，飞过阳光在森林中投下的宽阔光束，飞过绿色的、温和的、温暖的阴影地带，一路向西，飞向它熟悉的花园时，它是否完

七月 / 黄蜂

全不受世界的影响,是否像时钟的指针一样机械地移动?那里有花园,那里有橙色的罂粟花,花朵像杯子一样大。它落在其中一朵的边缘,顺着柔软的墙壁往下爬,用口器吸食花蜜,很快身上就沾满了花粉。它采食到了足够的花蜜,而它一直知道什么时候就够了,可以回家了,它就开始往回飞,低低地飞过地面,几乎可以触到草地上方高高的干枯的草叶,然后飞到所有树干之间,那里阳光照射不到,幽暗而寂静,最后穿过一片开阔地,蜂巢就在这里,搭建材料取自一个干涸的沼泽,它飞过负责守卫的黄蜂,进入温暖潮湿的巢穴,同伴们在这里爬来爬去,一切都那么熟悉,没有任何陌生的东西。黄蜂看到了这一切,但可能没有经历过其中的任何一件事,世界似乎离它更近了,无法与它自己区分开来,因为黄蜂缺少一个冥想的空间,而这个空间总是横亘在世界与我们之间。因此,如果要把黄蜂与人类进行比较,作为整体的人是不行的,只能是人类身体的各个独立的部分。心脏不知道自己为什么跳动,就像蜂后不知道自己为什么开始筑巢一样。脑细胞之间传递的信号对它们所承载的思想的了解,与黄蜂对它所携带的花蜜的了解相差无几。人体也是一个社会，所有不同的部分都有其特定的任务和角色，它们不断地执行着这些任务，但对其毫无意识。如果意识能够在这个社会的各个独立的部分中产生，并同样将其统一在一个思想之下——这就是我——那么，我们不难想象，它也能从黄蜂的社会中产生。也许它已经出现了。但它的形式与我们的意识格格不入，以至于我们根本无法识别。

特技表演

特技演员们戴着带面罩的头盔,这使得他们的头相对于身体的其他部分显得很大,与此同时,矛盾的是,这样一来他们显得更加脆弱;他们的头看起来就像鸡蛋一样。除此之外,他们还穿着皮衣,就像赛车手和摩托车手穿的那样。他们的皮衣不是黑色的,而是红色或蓝色,有白色的嵌条。虽然每次表演特技时,广播里都会播报他们的名字,但他们仍然是匿名的,就像马戏团的演员是匿名的一样;他们所做的任何惊心动魄的表演都属于表演,而不属于他们自己。我不知道他们从哪里来,也不知道他们要去哪里;我只知道1970年代的一个夏天,他们在阿伦达尔的比约恩斯演出,而我是观众。我不知道我是和谁一起看的,也不确定我到底看到了什么,看完后收获了什么。特技表演属于我早年记忆的一部分，实际上只有一些模糊的画面。一辆摩托车径直驶过砂石路面，越来越快，发动机的噗噗声变成呜呜声，尘土飞扬，然后它驶上一个斜坡，在空中飞越一排停放的汽车，落在另一侧。我记得，汽车的数量在逐渐增加。悬念就在这里：这次他也能做到吗？还是会落在汽车上？然后会发生什么？我还记得火，但我不明白他们怎么会在节目中使用火焰，难道他们跳过了什么燃烧的东西？还是演员自己身上的火？用那种电影里的特效道具服装？我脑海里的最后一幅画面肯定不是真的，因为画面中一个人从高塔上跳进了一个水箱。这是可能的吗？

城市中心外有一块很大的空地，就在一群木制房屋中间，夏天有很多绿色植物和枝繁叶茂的树木生长其间。在一个傍晚，太阳还高高地挂在天空，但整个城市已经沉寂下来；几条主要的街道几乎空无一人，偶尔有游客穿过这些街道，经过打烊的商店，拉出长长的影子。

那片空地上一定有几百名观众，也许更多。表演开始前，气氛紧张而略带兴奋，表演结束后，人们纷纷离去，紧张的气氛也随之消散。

吸引人的是什么？为什么那场表演留在了我的记忆里，而同一个时代的其他影像几乎全部消失了？

特技表演汇集了1970年代的许多元素。尤其是美学，与一级方程式和赛车相关的部分，皮衣、头盔、鲁莽、车手的摇滚明星气质，他们有时会在燃烧的残骸中丧生，我们可以在夏天停靠在菲娜加油站的摩托车手身上，还有那些最酷的男孩身上找到他们的风格，他们的轻便摩托车可能看起来和摩托车差不多，但他们的头盔和尼基·劳达或罗尼尔·皮特森[1]的头盔一样吓人。

但最重要的原因是死亡的存在。走钢丝的人和马戏团的杂技演员只是在玩弄死亡，而且始终保持在安全范围内，这一点我凭直觉就能理解，而特技表演似乎暗示着某种不同的、更危险的东西，因为它的死亡是机动的。这也拉近了死亡与我们的距离，因为我们的周围充斥着各种发动机，从船用发动机到汽车、摩托车、推土机、卡车和拖车。在马戏团里，死亡是一出受到严格控制的哑剧，特技表演也是一出哑

---

[1] 二人都是知名赛车手。

剧，但没有受到同样的控制，一旦发动机启动，什么都可能发生。死亡在于速度，死亡在于汽油，一旦发生事故，汽油就会起火爆炸。

虽然我不记得了，但那天晚上我一定也上床睡觉了，躺在温暖的房间里，整个下午和傍晚，阳光把屋子晒得暖暖的。我在昏暗的灯光下闭上了眼睛，感觉到自己瘦弱的身体躺在羽绒被下，而摩托车、汽车和猛烈的火焰不断变换着画面在我的脑海中闪过，把我和一个遥远又庞大的梦幻现实直接联系在一起。

游乐场

游乐场是一个划定的区域，里面有专门为儿童建造的游戏设备，如秋千、滑梯、攀爬架和沙坑。我不知道游乐场的历史，但我猜测它在城市中出现，大约是在童年从生命的其他部分中分离出来的同时，也就是在国家开始对童年的各个方面负责时，那应该是第二次世界大战刚结束的时候。事实上，游乐场并不是自发形成的，也没有有机发展的迹象，而是按照公共卫生、福利和幸福的总体概念，从上而下进行规划，然后投放到社会中的。在拥有无数道路、汽车和房屋的城市里，为儿童提供安全玩耍的小空间是一个合理而适当的解决方案，但这一理念也被输出到乡村，输出到规模较小的农村社区，那里本来就有大片的空地，也有足够的空间供儿童玩耍，在那里，游乐场显得不太自然，也太过模式化，仿佛它的存在目的就是强迫儿童必须按照固定的模式玩耍。在我成长的地方，1970年代的一个住宅区里，也有一个游乐场。它有一个高高的秋千，由金属管和成对的铁链组成，从横梁上悬挂下来，中间有一块木板；一个装有沙子的木箱；一种类似于小船的建筑，也是用金属制成的，有两个面对面的座位，固定在两个圆形的滑轮上，可以坐在上面前后晃动；最后还有一个跷跷板，一根长而直的木板安装在一个小水泥块上，可以坐在两边上下起落。游乐场位于超市附近路边的一个斜坡下面，在我的记忆中，它在超市建成之前就在这里了，它的一边是树林，另一边是一片沼泽地。它从未得到过维护，决定建造它的市政当局肯定已经忘记了它的存在，任其自生自灭，逐渐衰败。铁链锈迹斑斑，木板在阳光下褪色，在雨水中皲裂，沙坑边的木板上长满了草，逐渐模糊了它与周围自然的区别，摇晃的小船油漆剥落，过了没几年，它就不再是一个界限清晰的空间，而是森林小路上几个生锈的、破旧的游乐设施，隐约透着末世气息。就在三十米开外，一辆车窗破碎的汽车残骸夹在新生的、细长的柳树和小桦树之间，另一辆汽车残骸矗立在游乐场另一侧的树丛中，大概有一百米远，不知为什么，这一切都属于同一个地方，我们会像爬上秋千或跷跷板一样高兴地爬到其中一辆车上。因为孩子们不在乎东西是否漂亮，重要的是能用它做什么，能否释放他们的想象力。不久前，我和一位熟人聊天，他向我讲述了他父亲战后在德国一个小镇的童年生活，他们如何在废墟中玩耍，他们在废墟中找到了武器，有时甚至会发现还未被搬走的尸体。这让我想起了我们玩过的地堡，那也是战争时期的地堡，也是最令人兴奋的游乐场。虽然战争已经结束三十多年了，但我们还隐约期望能找到武器和死去的士兵。我们玩耍的其他地方还有建筑工地上，那里有刚被炸开的大石头堆，我们在那里收集雷管，爬上推土机，在水泥管堆上保持平衡或爬进去，还有那些一人高的、像线轴一样的装置，上面缠绕着金属线。这些空间代表的规则与游乐场相反，游戏空间的秩序和规划感是一种官僚乌托邦，与儿童的想象力格格不入，想象力在被破坏或尚未被创造出来的东西中才能自在生长。

蝙蝠

我只近距离看过一次蝙蝠。我曾多次从远处看到它们，几乎我住过的每个地方都有蝙蝠。但它们的速度太快，飞行轨迹太难以预测，只能一瞥而过。从十三岁到十八岁，我们一直住在河边山坡上的一栋老房子里，离森林很近。夏天的傍晚，如果我站在房间的窗户前，经常会看到它们在明亮的天空中迅速出现，又在黑暗的树林中迅速消失。在那段时间里，我的母亲和父亲离婚了，在我十八岁即将离开家的时候，母亲搬到了挪威西部，于是在七月的一天，一辆巨大的拖车沿着碎石路开到了我们家，带走了所有的东西。在我的记忆中，那是一段混乱的日子，他们离婚的时候，我母亲发现胃里长了一个肿瘤，所以几天后拖车开到她租的新房子时，我是唯一一个签收人，因为她当时正在医院做手术。新

七月 / 蝙蝠

房子位于约尔斯特和弗勒交界处一个山谷的河边，几个小时后，一楼的地板上堆满了箱子和家具。我很习惯一个人独处，但一个人在陌生的房子里感觉是不一样的，而且那些搬家的箱子也没有让房子变得更温馨。我找出咖啡壶，打开包装，又找来一些锅碗瓢盆、餐具、杯子，把它们放在厨房的橱柜里，吃了几片面包，喝了咖啡，抽了根烟，望着外面的倾盆大雨和翠绿的景色。我感到混乱和焦虑，但同时我又强烈地感受到了自由：到目前为止我所拥有的一切，到目前为止我的所有生活，我都抛诸脑后。我开始把箱子搬到各个房间，先把它们靠墙摆放，以便腾出更多空间，然后临时安置家具。窗下靠着几幅画作和装裱好的画框，我拿起最外面的一幅，是阿斯楚普的《仲夏夜》（Soleienatt）的复制品，从我记事起，这幅画就一直挂在我们家的墙上，我打算把它搬到楼上去。画的背面挂着一只小蝙蝠，当我看到它时，我吓坏了，立刻把画放了下来，让蝙蝠那一面靠着墙壁。我不知道自己为什么这么害怕，那只睡着的蝙蝠看起来就像一个黑色的小袋子，没有任何威胁性。尽管如此，我还是感到恐慌，心跳得很快。我穿上雨衣走出去，来到河边，河水绿油油地流淌着，有的地方还泛着白沫，河边长满了细瘦的白桦树，在傍晚的光线下闪闪发光。我在一块石头上坐了下来。汽车驶过的声音和河水的声音几乎无法分辨。我必须把蝙蝠赶出屋子。这并不难，只要把画布拿出来，也许用扫帚柄什么的轻轻戳它一下，它就会飞走。但我一想到那只蝙蝠，我的身体就像站在深渊前一样，所有的东西都在我体内升腾起来，指尖和脚趾尖都在发麻。我想，这太可笑了，它不过是一只长着翅膀的小老鼠，于是我又回屋去，打算把它赶走。那幅画还是和以前一样立在那里。我小心翼翼地把它拿起来。一阵抓挠声传来，我忍住把画扔掉的冲动，拿着画向门口跑去。下一刻，蝙蝠在我面前飞起，开始在房间里飞来飞去。哦，该死！我急忙跑出去，关上身后的门，穿过马路，走到之前那块石头前。瓢泼大雨，灰蒙蒙的天空，闪闪发光的白桦树干，墨绿色的苔藓，湍急的水流在我身边流过。谁会害怕一只小蝙蝠？谁会被一只蝙蝠赶出家门？在屋外这样坐了一会儿，我的心神稍微安定下来。我告诉自己，回到屋里后，一定要记住，它在现实中是多么渺小，多么无害，多么微不足道，它只是在我内心被放大了。我必须把它赶出去，家里有只蝙蝠我没法睡觉。过了一会儿，我又回去了。它一动不动地挂在客厅的墙上。我在箱子里找到了那个红色的塑料桶，桶的一侧被高温熔化过，看起来就像一张脸。走一步，站住，再走一步。当我走到它面前时，我轻轻地把桶举到空中，然后用尽全力快速地将它扣向墙壁。蝙蝠在桶里拍打着桶壁，发出砰砰的响声。我把桶扣在墙上，慢慢地向下移动，挪到墙裙的高处时，我停了一下，确定蝙蝠在桶里后，才把桶重重扣在地上。蝙蝠在桶里奋力挣扎，翅膀拍打着光滑的塑料。我走出房间，关上身后的门，上楼来到卧室，也关上了门。虽然我和蝙蝠之间隔着三堵墙，但我还是难以入睡，我无法摆脱它那可怕的拍打声，但我最终还是进入了梦乡。第二天早上，我避开客厅，在厨房吃过早餐后，我乘车前往弗勒，去医院看望我的母亲。她说肿瘤有一个球那么大，长期以来她一直否认肿瘤的存在，不知道事情会如何发展。下午回来时，我找到了放在棚子里的扳手，走进客厅，小心翼翼地提起水桶。蝙蝠躺在地板上一动不动，我闭上眼睛，用扳手拼命地敲打它，为了以防万一，又把水桶盖在它身上，从浴室拿来一条毛巾，提起水桶，匆匆瞥了一眼蝙蝠,又闭上眼睛,把大毛巾盖在它身上,然后再次睁开眼睛,用毛巾把它裹起来,抱到外面抖了抖,那只黑色的小东西滚到了草地上。把毛巾放进洗衣机后,我走出去,穿过马路,再次坐在河边的石头上,试图找回前几天那种强烈的自由感,那种我的一生就在前方,可以随心所欲的感觉。但没可能了,我的负罪感太强烈了,我内心的一切都在向它靠拢。在我后来的人生中,每当自由之门向我敞开时,我都会如此,我从来没有摆脱过那种负罪感,无法穿过它。自由的人生要求消除负罪感,但我从来没拥有过那种力量。

烧烤

从六月初到八月底,在夏季阳光明媚的下午或傍晚,如果你走在斯堪的纳维亚那些城市中心外的住宅区,总会从某处或是某几处飘来烤肉的香味。这种香味以及随之而来的各种声响,餐具的碰撞声、叫喊声或交谈声,常常让我觉得每个家庭都是一个独立的个体,因为他们都住在自己的房子里,在自己的花园里,被自己的篱笆围起来,车道或车库里停着他们自己的汽车,在夏季,如果天气允许,他们会定期聚集在自己的烧烤炉旁。烧烤是一种家庭首要活动,是家庭集体活动的顶峰,因为它不仅需要协调和合作,而且是在离其他家庭很近的花园里进行,因此也最引人注目。失败的可能性也更大:十几岁的儿子对父母大喊大叫,母亲喝醉了酒,失控的孩子;或者反过来,一家人默默地烤着食物，进餐时一言不发，这些都可能被家庭以外的人看到——邻居、来家里玩的孩子、路过的行人。这种来自外界的、可以被房屋隔绝在外的凝视，其本身当然是无害的，其他人的想法并不重要，但它会深深地烙印在家庭的某些成员或所有成员身上，让家庭内部一直被压抑和掩饰的功能失调突然暴露出来。事实上，大多数家庭仍会在初夏季节从车库或地下室拿出烧烤架，这并不意味着所有家庭都是幸福和运转良好的家庭，而是烧烤的象征意义太强，在室外用燃烧的炭火烹制食物，不仅能给鱼或肉添加一层熏烤风味，还能带来更多的好处。厨房炉灶是房屋不可缺少的一部分，是日常生活中不易察觉的元素，它也有机械的一面，再加上超市里食材的包装方式，这让人们几乎看不到食物的来源及其与世界的联系。烧烤炉并不像机器，它更依赖手动操作，更服从体力的驱使，它是可以移动的，属于户外，属于天空之下。烧烤炉由金属制成，通常呈球形，上半部分是带手柄的盖子，下半部分像一个盆或坑，用于放置木炭。煤炭由数百万年前的植物残骸碳化形成，人们从地下矿井中将其开采出来，而木炭则是人工合成的，模仿地下的自然演变过程，在无氧环境下缓慢加热木材，去除所有水分。大块的木炭轻盈、干燥，完全呈黑色，将它们倒入空烤架时会产生一种奇异的乐趣，因为它们在相互碰撞时会发出沙沙的声响，从袋子中滚落下来时带着一种与其尺寸不相称的轻盈感——它们应该重重地落下才对。木炭落下来时，会扬起一小团灰烬颗粒，如果此时太阳直射在烤架上，这些颗粒就会在空气中闪闪发光。将这些古老的、令人联想到地下世界的木炭浸泡在点火液中，它们一开始会变得湿亮，上方的空气可能会颤动几秒钟，随后就会完全浸入到点火液里。然后就可以点燃木炭了。木炭的燃烧方式与篝火不同，不知何故，火焰与木炭之间的联系似乎比它们与壁炉中的原木之间的联系更加微弱，它们有点像在木炭上跳舞，有时甚至在木炭上方灵活地飞舞，似乎与木炭完全没有联系。这足以让你觉得火焰似乎知道自己在这里并不是主角，它们的存在只是一种客串，一种热身表演，因为只有当火焰完成了自己的工作，木炭发出红光时，烧烤才能开始。多么神奇的转化！不到半小时，来自地底的黑黢黢的木炭就变成了红彤彤的一团暗光。然后，在烧烤炉盆状的下半部分上放上一个烤架，此时炽热的炭火把它烧得滚烫，手已经无法在上方的空气中划过，否则就会感到灼痛。当木炭慢慢进入这种高温状态时，烧烤厨师就可以准备食物了，在肉上撒盐和胡椒粉，把蔬菜穿成串，用铝箔纸把鱼包起来，做沙拉和摆放餐桌。烧烤过程的这一部分非常有趣，因为所有的盘子、杯子、葡萄酒和苏打水瓶、餐巾纸和面包篮都属于中产阶级的生活，一种消费导向的无忧无虑的现代生活，而立在桌边的烧烤炉所释放的，是古老的元素力量：火焰、木炭、炽热的红光。灶台是原始的发明，烤架也是如此。是的，在精巧的橄榄油瓶子和漂亮的酒杯旁边，烤架看起来就像是白垩纪时期的东西，一个中心燃着火的三足化石。当然，这也正是我们烧烤的原因，它让我们得以窥见生存的基本条件和深度，虽然地点是在郊区别墅花园的中央，但在受控的环境下，这种条件和深度向我们敞开了。我自己也很喜欢烧烤，把切得厚厚的肉排放在烤架上，看着它的气孔如何闭合，表面的汁液立刻凝结成珠，边缘开始慢慢卷曲，就好像它们还活着一样，当你把它们翻过来，看到烤架在上面留下的黑色焦痕，与闪着油光的金黄色肉块相映成趣，同时烟味和烤肉的香味也随之升腾起来，这种感觉真是妙不可言。我们通常在夏屋的后面烧烤，那里有一个木质平台，顶上爬满了藤蔓，下面摆放着桌椅，而我把烧烤炉放在旁边，靠着旁边屋子的墙壁，我现在就坐在这间屋子里写这篇文章。我们家是那种不会把花园家具收起来过冬的家庭，所以每隔一年，烧烤炉就会锈迹斑斑，我们就会买一个新的烧烤炉，最便宜的那种，因为我们知道，到了冬天它还是会留在外面。现在那里已经有三个烧烤炉了。今年夏天我们还没用过它们，木质平台上杂草丛生，有些已经长到了我的腰部，虽然修整一下用不了一天时间，但我还是听之任之，因为今年夏天我不渴望中产阶级的安全感，也不追求古老的仪式，我内心的某种东西只想让一切自由生长，自生自灭。

斯汀[1]

我的汽车杂物箱里有七十多张 CD，我拿的时候从来不看，随机抽选。今天，在我去马尔默的路上，午后的阳光照在我的眼睛上，天意让我听到的是斯汀的第一张个人专辑《蓝龟之梦》(*The Dream of the Blue Turtles*)。我已经很久没有听过这张专辑了，以至于第一个和弦和副歌的"自由，自由，让他们自由"(free, free, set them free)，勾起了我在这张唱片刚发行那几个月的所有感受，那是我十六岁的夏天，刚刚结束高中的第一年。有那么几秒钟，我的灵魂仿佛在颤抖。我心中充满了最奇妙的感觉。然后，它们退去了，就像海滩上的浪花，你可以想象它高高地冲上海岸，打

---

[1] Sting，英国歌手，警察乐队（Police）主唱。1985 年开始独立发展。

七月／斯汀

湿了那里干燥的岩石，我又回到了日常生活中，坐在一辆破旧的大众迈特威里，四十七岁的我已经是四个孩子的父亲了，头发蓬乱，胡子拉碴，啤酒肚初现端倪，和三十年前的自己几乎隔着一生，如果在一场交通事故中丧命，说不定还能登上报纸。现在的生活感觉好多了，我知道自己能做什么，不能做什么，但我坐在那里，仍然感到一阵阵的不快乐，因为生命的充实感永远无法与生命的强度相提并论，而听到这张专辑的那个夏天，是我生命强度最高的时候。警察乐队的每张专辑都给我留下了深刻的记忆，对斯汀来说，它们的意义是他从二十六岁到三十三岁，身为乐队主唱的这段人生；但对我来说，它们却代表了相隔无限遥远的不同的阶段。听《Outlandos d'Amour》的时候，我躺在浴缸里，把磁带播放器放在地板上，听着第二面的第一首歌"Can't Stand Losing You"，秋天的黑夜就像一堵黑色的墙壁挡在窗前，湿漉漉的黑色柏油路面在街灯下闪闪发光。每次洗澡时我都会听这首歌，我喜欢它，它让我完全沉浸其中，除了这首歌，其他任何事物都不存在，它的能量奔涌不息。这几乎让我欣喜若狂。听《Reggatta de Blanc》的时候，我马上就要升入六年级了,那是一个夏天,我在奥斯陆参加挪威杯足球比赛,当我听到我上一队的两个高年级男生在街上吼着"Message in a Bottle"时,我感到非常自豪,因为他们太酷了,喜欢我的音乐,我几乎要开始跟着一起吼了。听《Zenyatta Mondatta》的时候是春天,我在达格·马格纳家的地下室里听"Don't Stand So Close To Me",在回家的路上,我看到松树在风中摇曳,落在地上的松针被踩进泥土里,虬曲的树根盘绕着光秃秃的潮湿的岩石,我走在小路上,在心里大声哼唱"de do do do do de da da da da"。听《Ghost in the Machine》的时候,我反复播放其中的一首单曲"Every Little Thing She Does Is Magic",这是我听过的最好听的歌,我不理解为什么不是所有人都认同这一点。这张专辑剩下的歌都比较黑暗,而我被它深深吸引。《Synchronicity》是警察乐队第一张我不太喜欢的专辑,但那年夏天到处都能听到"Every Breath You Take",比如在我刚搬到的新家,有人带着收音机去瀑布下的浴场,我们从岩石上跳入深深的水池,广播里就在播放这首歌曲。1985年,《蓝龟之梦》发行的时候,我在城里一所新学校上学,生活发生了变化,这张

七月 / 斯汀

专辑也发生了变化，它更轻快、更明亮、更俏皮，带有爵士乐、加勒比音乐和雷鬼音乐的元素，我陷入了爱河，沉浸在热恋和音乐之中，仿佛用音乐点亮了自己。其他正在发生的事情，父母离婚也好，父亲开始酗酒也好，似乎都发生在我的世界之外。那年秋天，我去了德拉门，第一次看斯汀的现场演出，我是一个人去的，一个人坐火车，一个人排队，一个人站在舞台前，一个人看斯汀和他的神奇乐队。今天下午我们要去马尔默买壁纸，当我听到开场曲目"If You Love Somebody Set Them Free"时，琳达坐在我的旁边，我们的小女儿坐在后座，我在想，这种快乐的奇异变体、这种与世隔绝的幸福感究竟是什么，是那种强烈闪耀的内心之光在几秒钟内又被点亮了吗？显然，这是一种防御，一种让我无懈可击的东西。在我的童年和青春期，我把自己封闭在情感里，把自己封闭在光明里，如果音乐是一把钥匙，我用它锁上了门，而不是打开了门。一面欣喜的盾牌，这是对任何一种躁狂状态最恰当的描述。

柳兰

我坐在书桌后面,试图弄明白记忆是什么,或者说,记住一件事究竟是什么感觉。现在快晚上十点了,但在七月初,天还没真正黑下来,天空中总是有微弱的光。现在是白茫茫的一片。教堂院子旁边的树是黑的,而窗外花园里的树叶是绿的。我看着这一切,看着窗外的树和上方的天空,同时也看着我成长的这片土地,我仍然对这片土地充满感情。我想象着斯普内斯的卵石滩,海水冲刷过的卵石颜色看上去比远处的卵石要更深一些。我想象着海滩上方的草地,我们游过泳之后会在那里展开浴巾躺下,草叶间夹着沙子,有人生过篝火,留下了一个坑,围着一圈石头,还有烧焦的木头碎片,有些木片几乎完好无损,只在边缘留下了焦痕。我还想象着生长在岩石之间的蔷薇和大丛的黑刺李,以及低矮虬曲的树木。这些画面仿佛就在我的内心深处，而树木和天空的画面则在外面。我通过眼睛看到了后者，那我是用什么看到这些记忆的呢？它们为何会在我的内心深处，在我看着其他东西的同时，又如此清晰可见？就在刚才，我把烟头掐灭在杯子里的时候，偶然低头盯着桌面，脑海里同时看到了更衣室地板上一个黑色的袋子。这些记忆中的图像给人的感觉是透明的，我的专注塑造了它们，当我放松专注，它们就会溶解，只留下外在的画面，桌面上的黑色咖啡杯和一层薄薄的灰色烟灰。就像一块脏兮兮的窗玻璃，如果把所有注意力都集中在它身上，它就会格外显眼，窗户另一侧的景物都莫名黯淡了下来；而当你把注意力移开，它又会完全消失。记忆中的画面不仅有些模糊不清，难以把握，而且总是有距离感，它们很少填满整个意识，而是出现在意识的中心，就像广阔的田野间一只红色的鹿：它只是一个小点，却也是视野中的唯一。我开始思考记忆，是因为今天早上我想起了一件很多很多年都没想过的事。不知为什么，"柳兰"这个词突然出现在我的脑海里。我对这个名字很熟悉，但没有任何视觉上的印象，所以我上网搜索了一下。当柳兰的图片出现在屏幕上时，我的记忆一下子涌了出来。在我儿时生活的地方，到处都生长着柳兰！特别是在路边、沟渠里，那里的路是新修的，沟渠里都是炸出来的石头。在新规划的区域，在一排排房子之间的坑洞里，也有柳兰在生长。它们总是聚在一起，长得非常茂密，在岩坡和山坡上像粉色和绿色的波浪一样起伏。植株纤细，粉红色或淡红色的花朵层层堆积，向上排列，花序就像一个细长型的金字塔：底部较宽，大概是因为低处的花朵最先萌发；顶端较窄，很长一段时间里都只有花蕾。众所周知，柳兰会在植物和树木稀少的地带迅速生根发芽，它很容易扎根并迅速繁殖。它的根系很长，每一株都能结出大量的种子。它喜欢氮含量丰富的地方，如路边、河岸、火灾留下的废墟和林地、户外厕所的周围和森林中的大片开阔地，如伐木区，也在草地和平原上生长。柳兰有一种原始的气息，有点粗糙和简陋，它一点也不精致，尽管它能在生长的任何地方形成鲜艳而美丽的地毯。柳兰在大型开发项目的工地尤其繁盛，对此还有一种奇特的理解方式。这些项目和工程虽然在当时是现代化的，是新时代的标志，但它们也带有简单粗暴的元素：山丘被炸毁，森林被砍伐，机器轰鸣,震耳欲聋;而在这一切之中,在青色的、嶙峋的岩石堆里,在新铺设的黑色柏油路边,在碎石堆、黄色的倾卸车和推土机之间,朴素而强健的柳兰快速地拔地而起,它们唯一的、最显而易见的秘密,也是所有古老而原始的生物共同的秘密,就是世界总是崭新的。对于新事物的贪欲本身也是古老的,历史只是从很远的地方看到的闪烁透明的影像,就像草地上那只红色的鹿,它抬起头,一动不动地站了几秒钟,然后就消失在森林里。

狗

我对狗从来都不感兴趣,也许是因为在我成长的过程中,家里没有养狗,也因为我害怕当时邻居家的狗,即使是卡内斯特罗姆家养的金毛猎犬亚历克斯,也会让我害怕。亚历克斯天性善良友好,必要时会跟在家里的孩子身后,但它显然更喜欢他们的父亲,我经常看到它摇着尾巴,满怀深情和期待地仰望着他。问题是,每当我单独遇到它时,它就会对我吠叫,而我对此不知所措,这超越了我对它性情的了解,我只能站在屋前的碎石小路上,无法越过它去按门铃。这就是达格·洛塔尔经常看到我时的情形,我僵立在屋外,那只善良的狗对我狂吠不止。作为一个人,我在智力上,还有情感上都比它优越,我会读书写字、画画、系鞋带、给面包片涂黄油、去商店买糖果、自己坐公交车,但这些都无济于事，因为它发出的那种嘈杂的、咄咄逼人的单调声音压倒了一切，当我站在它面前时，只有这些声音才是最重要的。狗的叫声就像一种律令，标出了一条我不能逾越的界线，而狗就是这条律令的执行者。我与我父亲之间的法定亲缘关系是显而易见的，因为他的大嗓门在我心中唤起的情感都与无法行动有关，这种恐惧性的麻痹与狗的叫声带来的感觉如出一辙。藐视法律不仅是不可想象的，而且也是不可能的。这个事实让我成为一个臣服者，我在那时就已经知道，我具有臣服者的性格特征，而在我此后四十年的生活里，这一点的影响比其他任何事情都更突出。臣服者做他应该做的事，是因为害怕报复，对我来说就是害怕愤怒和高声叫嚷。虽然我一直在寻找把愤怒和高声视为不成熟的表现的地方，先是大学，然后是文学机构，但我还是一直按照人们的期待行事，因为我的内心深处一直对像狗一样的攻击性怀着同样的恐惧，无论什么时候遭遇这种攻击，比如一个愤怒的司机或是一个愤怒的女朋友，我总是选择无力地屈服。我唯一有所反抗的领域是在文学作品中。有时我想，这就是文学的意义所在，在文学中你可以自由表达自己，不再惧怕父亲的权威和狗的律令。文学是懦弱者的竞技场，是恐惧者的角斗场，作者就像一个可悲的角斗士，当狗向他们吠叫时，他们会僵住，但当他们是独自一人时，他们就会反击，维护自己的权利。你在说你自己吧，我听到其他作家在抗议。但我觉得我是对的。有哪位优秀作家养过狗吗？福楼拜没有。里尔克对狗的描写比任何人都优美，但他也没有养狗，只要有人在他身边咳嗽，他就会惊慌失措。卡夫卡没有。汉姆生没有。桑德莫塞没有。托尔·乌尔文没有。杜拉斯？很难想象。易卜生，他有狗吗？没有。福克纳呢？我觉得他有。既然如此，也许应该重新考虑他在文学史上的地位？弗吉尼亚·伍尔芙也养过狗，但只是所谓的哈巴狗，这种狗太小太可爱，不会引起任何人的恐惧，所以应该不算。至于我，我自己也养过两年狗，因为我们的大女儿从三岁起就想养狗，我最终向她妥协了。这只狗非常善良，但也非常愚蠢，我完全没有力量和权力去教它任何东西，所以它看到什么人都会扑上去，看到什么食物都吃，包括我们餐桌上的食物，每次我们带它出去散步，它都拼命拉动狗绳，它在草坪上挖洞，从来没有好好接受过家庭训练，它是如此顺从和卑微，以至于每次看着它我都满心恼怒,甚至怒火中烧,这种感觉就像你在别人身上发现了自己最不吸引人的特质。它从不让我离开它的视线,它会跟着我来到我的书房,在我工作时趴在我的脚边,如果我放音乐,它有时会开始嚎叫,音调往往和人声一样。家里添了小婴儿后,这一切都太难受了,每天都要出去遛好几次狗,每次出门都要带上它——我们安装了栅栏,这样我们不在家时,它就可以在花园里活动,但过了一两个月,邻居过来以他那种谨慎的方式告诉我们,在那几周里,每次把它单独留在家里时,它都会狂吠不止——所以最终我把它送给了一户爱狗也懂得如何对待狗的人家。事后我才惊觉,在养狗的两年里,我一行小说都没有写过,只写过几篇文章和随笔。我不是在责怪狗,当然也不是宣称自己是个好作家,但我仍然认为养狗有点破坏了我的文学创作计划,因为它在很大程度上是自传体性质的,它以一种我不太理解的方式消散了,但我想这很可能与狗的性格和我自己太相似有关,这一点我在养狗之前就知道了,因为我的第一部自传体手稿最初的标题就是《狗》,后来改成了《阿根廷》,最后定名为《我的奋斗》。

耶尔斯塔岛

耶尔斯塔岛位于特罗姆峡湾，就在特罗姆大桥的旁边，距离陆地大约二十米。它有几百米长，丘陵起伏，中间有一道山脊，遍布危崖绝壁，最靠近水边的那些被磨成了光滑的岩石。低洼处长满了青草，南边还长着树，大多数树都很矮，长满了茂密的叶子，在风中沙沙作响，在阳光下闪闪发光。这个小岛太小，没有人在上面建房子，也没有小木屋，但夏天有时会有小船停靠，人们带着毯子、泳衣、毛巾和野餐食物在这里消磨时光。我长大的房子离它只有几百米远，我记得人们在那里停靠这件事总让我觉得很奇怪，因为耶尔斯塔岛不仅位于峡湾内，可以看到大桥，而且离海岸太近，不符合任何我对小岛和群岛的联想。对我来说，乘船出行的意义就在于在公海上自由驰骋。我还记得，我为他们感

七月／耶尔斯塔岛

到有些遗憾，也为耶尔斯塔岛本身感到有些遗憾，它拥有一个小岛应该拥有的一切，但却从来没有机会在唯一重要的舞台上真正展示自己的价值，从未进入过小岛的世界，展示它所代表的意义。我知道，它从上一个冰河时期就在那里了，也许有一万年之久，所以我感觉到它散发着忧郁的气息，一种轻微的绝望，这感觉也并不奇怪。但我从未感觉到苦涩，耶尔斯塔岛已经与自己的命运、与自己在世界中的位置和解，有时峡湾的海浪也会掀起白色的浪花，升起巨大而高耸的水墙，冲击着它的悬崖，就像大海开阔处的那些小岛上发生的一样。对于我们这些在附近长大的人来说，耶尔斯塔岛几乎是隐形的，有点像班上的一个男孩阿特勒，他从不标新立异，从不引人注意，既不索取也不付出，因此既不被人讨厌也不被人喜欢，只是存在于那里。他大多数时间待在自己的房间里画画，看起来也并不觉得苦闷，好像对生活没有更多的要求。他住在住宅区的另一端，对我们来说就像住在另一个国家，我也从未在耶尔斯塔岛附近见过他。我们游泳的地方之一，也是最近的一个，我们叫它纳本，它是一块光滑的岩石，突出于海岸和耶尔斯塔岛之间十五到二十米宽的水道上，从那里可以潜入深邃清凉的蓝色海水中，我们最常在下午和傍晚这样做，因为我们的目的不是在太阳底下游上一整天——要这么做还有其他更合适的地方——而只是泡个澡。游到对岸的小岛上是很自然的事，也许还会爬上那里的岩石，然后再次潜入海里，但我们不会待在那里。偶尔我们这么做的时候，感觉好像正在探索这个小岛，好像第一次看到它。我记得有一个冬天，峡湾结冰了，我们踩着滑雪板上了小岛，在那里待了一整天，雪在冬日刺眼的阳光下闪闪发光，空气冰冷而寂静，我们在光秃秃的峭壁中间沿着山脊滑下，一路冲到冰面上，多么令人兴奋。我还记得夏季的一天，我们从纳本游到耶尔斯塔岛，这一次我们不仅像海豹一样躺在小岛的岩石上取暖，还从海岸一路走进去，发现了一个又一个新的地方，最后在小岛的外侧又下了水，我们以前从未这样做过。我们彼此说着一定要再来一次。但并没有，耶尔斯塔岛潜在的欢乐再次被遗忘，这与阿特勒的遭遇并无二致，因为有时他也会被人发现，突然有人看到了他，有那么几天他会是我们当中的一员，在受到关注的光芒中闪耀，直到这一切又突然结束，再也没有人想起他。

蚊子

我不知道是什么决定了一个物种的大小，是哪种进化规律决定了动物和植物的尺寸，但我可以想象，这与潜能最大化和边际效用有关。例如，树木一开始是作为小型植物存在的，但它们一定发现了生长到高处，高于其他植物的好处，尤其是在获得光照方面。没有人知道这种冲动的形式，如此急剧生长的冲动究竟落在树的哪个部位？相应地，它也一定会受到大小所带来的纯粹物理限制的制约，比如，树越大，就越需要把液体分配到每一根枝叶，树越高，就越容易受到风的影响。如果不是这样，树木可能早就长到天上去了。如果设想所有生物都有一个生态位，即自己的生存空间，那么所有生物都会尽可能地寻求变大，直到某个分界点，大小不再提供优势，而是转为劣势。一旦某种动物或植物占据了这样一个生存空间，其他物种的生存空间就会相应减少，它们就不得不艰难地去往别处，如果它们在那里找到了适合自己的生存方式，就会坚守下去。然而，我们无法真正确认后者，因为物种的进化远远超出了我们的时间范围。例如，如果蚊子在变大，那么它变大的速度是如此缓慢，以至于我们、我们的孩子以及他们那一代人中的任何人都无法察觉。蚊子现在的特征是体型微小、腿细长、身体单薄、有两只翅膀，两种生存形态，首先是幼虫，然后在一种叫作蛹的帐篷中短暂停留，蜕变为飞虫。仅在挪威就有两千多种蚊子，全世界有五万多种蚊子，人们还发现了两亿四千万年前的蚊子化石，它们的体型都不比现在的蚊子大多少，这似乎表明，蚊子已经找到了自己的形态，对此感到满意。当然，它们是否真的喜欢在夏天飞来飞去还很难说，但可以肯定的是，它们目前的处境没有任何不满或痛苦的迹象，不像蜜蜂，我们知道蜜蜂已经开始消失了。蚊子的方法很有效，它不断繁殖，不断生出新的成群的蚊子。就吸血的蚊子而言，雌蚊依靠新鲜血液来获取足够的蛋白质以产卵，所以它们成群结队地围着动物转，对蚊子来说，这些动物一定非常大，蚊子甚至可能没有意识到它们是动物，只把它们当成一个温暖的场所，对其充满渴望——因为这些场所散发着强烈的它们想要的东西的气味——一路寻找然后停在上面。这些场所有坚固的表面，但在蚊子刺入口器的表面之下，有液体在流动，那是美味的血液。蚊子吸饱了血液，满足得晕头转向，然后就飞走了，离开了这个场所，顺便说一句，这个场所的移动难以预测，也许在这里，也许在那里。蚊子成功的部分原因是它只需要一点点血，因为它的体型很小，几滴血就够了，对这些包裹着皮肤的场所来说，这点损失微不足道。如果蚊子的体型更大，比如像猫一样，对血液的需求也相应增多，那么它们就会失去所有的优势，再也不能在晚上从窗户溜进来，在那些美味的场所安顿下来，乐得晕头转向，而不得不发展其他的策略；最重要的是，它们的数量会大大减少，也许就像现在的狼一样少，整个斯堪的纳维亚半岛只有几百只。蚊子必须获取大量的血液，也许多到必须经过激烈的搏斗，才能从它们以之获取血液的生物那里吸血，如果蚊子赢了，生物就会死亡，所以蚊子必须不断寻找新的受害者，而它的体型也意味着它必须隐藏在获取血液更受限的地方。

噢，巨蚊的生活一定很艰难。不难想象，它站在树枝上，像狼一样大，口器悬在前面，网球大小的复眼在灰暗的光线下闪闪发光，无法在空中正常活动，于是几千万年后，它永远停在了地面上，连最后一对翅膀也变成了棍棒。它有马那么大，站在树丛之间，对血液的巨大需求使它的前肢变成了用于穿刺和抓取的器官，它的口器巨大，几分钟就能吸干一具尸体。蚊子很可怕，但也会被猎杀，所以现在已经没有多少蚊子了，而它的回归之路——变得越来越小，最终可以在窗户飞进飞出，落在美味的表面上，几滴血就可以满足——已经太漫长，太艰辛，完全行不通了。不论以何种方式，这个知识肯定已经在生物学意义上储存在蚊子的体内，因为它没有再变大，即使是以缓慢进化的速度来看也没有，它已经找到了自己的生存空间，作为吸血的代价，每年有几千只蚊子被手掌拍死，这种代价对它们来说是如此之小，以至于它们甚至没有意识到这一点。

昏厥

前天，我在伦敦一个挤满人的房间里，一家出版社正在举办周年庆。墙上挂着麋鹿、鹿、狍子等大型动物的头像，身着黑白两色服装的侍者端着装有点心、白葡萄酒和香槟酒的托盘走来走去，地板是木制的，尽头有一个舞台，有人在那里演讲。在场大约有两三百人，他们身着盛装，手持闪亮的酒杯交谈着。除了几个曾经一起共事过的人，我谁也不认识。在我来到这里之前，我一直在酒店房间里做准备，洗了澡，穿上浅蓝色衬衫、灰棕色西装和深棕色皮鞋，心中充满了这些近乎仪式的行为所带来的奇特喜悦，以及对派对的期待。然而，当我走上老剧院大楼铺着地毯的两层楼梯，听到嗡嗡的人声时，我才意识到接下来会发生什么，我不知道自己该怎么办，不知道该说些什么，而那些跟我打招呼的人也将无法掩饰他们脸上迅速升起的尴尬之情,无法掩饰他们想要远离我的渴望。我进门的时候,一位站在门口的女士转过身来,金发碧眼,三十多岁,她说她曾经在我家采访过我,我点点头,抿嘴微笑,我的牙齿很糟糕,完全是黄色的,两边还有黑色的条纹。我记得,我说,很不错。我不打扰你了,她说。我慢慢穿过拥挤的人群,就像挤在巴士里。西装、礼服、珠宝、笑容和笑声。我看到一位为我的出版商工作的女士,于是向她走过去。我想跟你介绍一个人,她说,带着我穿过人群往里走,到了一群人面前,把我介绍给他们,他们都是出版社的负责人。他们问我是否会在伦敦待很久,我说我明天就回去,他们惊讶地说,你是专程来参加这个聚会的吗?我意识到这意味着不体面的急切,便说我喜欢伦敦,会利用一切机会来这里。我抿着嘴笑,他们继续聊了起来。她带我走进房间,有一位作者想见我,但我走过去,站到她旁边时,她正全神贯注地与别人交谈。我从托盘上拿了一杯白葡萄酒,她转过身来,我们握了握手,当我和她对视时,我发现她非常神经质,很不自在,不一定是因为这种环境,而是她在生活中就是如此。她说我写的关于与孩子们一起生活的文字让她印象深刻,我问她是否有孩子,她说有两个。"但我想他们的年纪可能大一些。"我刚说完,就意识到这是一种侮辱,她是一个全心期盼自己还年轻的人。我离开房间,向大厅的角落走去,这并不容易,人群太密集了。空气热烘烘的,各种声音在墙壁和天花板上回荡。有几组人向我走来,通常是女性主动,而男性看向旁边,表现出不感兴趣的样子。他们大多数都是作家,我一边向前倾身试图听清他们在说什么,一边想着,男人们觉得需要捍卫自己的尊严,而女人则不这么认为。反正我也不知道该说什么,大多数时候我只是点头微笑,这种环境让我很不自在,因为我表现得过于明显,甚至影响到了那些靠近我的人,他们突然也不知道该说什么了,正如我所预料的那样,只好转过身去或者继续之前的谈话。我想,要是能找个地方坐下来就好了,可是没有椅子。两位五十多岁的女士走了过来,眼睛闪闪发亮。当我站在那里听她们说话时,我突然感到不舒服,几乎站立不住,一股无力感涌上心头,我只能突兀地说,我得走了,对不起。我慢慢走下铺着地毯的楼梯,一路借着扶手稳住自己,入口处的人行道上有一家露天餐厅,我走过去坐了下来。几分钟后,我感觉没事了,于是起身回到楼里,上了楼梯,走进炎热拥挤的房间,去找刚才那两位女士,我想我必须道个歉。但我刚走进大厅,身体不适的感觉又出现了,仿佛它就在空气中,随着我的呼吸进入我的身体里,像一块薄弱而柔软的毯子在我的身体里蔓延开来。幸运的是,两位女士还站在原地。我走过去,告诉她们我很抱歉,但我突然觉得不舒服,需要一些新鲜空气。我说,我几乎站不起来了。她们笑了,说她们开始怀疑自己是不是说了什么可怕的话,或者我是不是不喜欢她们。不,不,是我自己要站不住了,我说,只是需要一些新鲜空气。我说着说着,那种感觉又来了,而且更强烈了。我必须出去,我朝出口走了几步,一股黑色的浪潮在我心中涌起,这是我记得的最后一件事。

我看到了大概十张脸,他们都在盯着我看。尽管他们近在咫尺,我却仿佛在很远的地方看着他们。他们周围全是黑暗。我不明白我看到的是什么。我仿佛看到了另一个时代。我和他们在不同的地方。然而他们站在我面前,仿佛在黑暗中发光。我不知道我是谁。我不知道他们是谁。这种感觉非常可怕,我面前的这些面孔都在关心着他们所注视的那个人，而我谁都不是。我看到的是不是过去的什么东西？因为我仿佛置身于另一个空间，在一个不同的维度，又或是宇宙的另一个地方，周身一片黑暗，我在那里俯视着这些面孔，有违常理的是，他们却离我很近。

一个女人的声音在说："别起来，别动。起得太快会有危险。"

我坐了起来，这个动作让我变得完整了，我突然又与自己融为一体，一直以来的那个自己。我不知道自己的名字，但我知道自己是谁。一个男人扶着我站起来，他带我下楼，说我可以坐在那里，有人端水过来，我意识到发生了什么，终于完全明白了情况，我只是晕倒了，倒在地上，有几秒钟失去了意识。我的头一定是重重地撞到了什么东西上，因为头上有一个大包，我一定还咬到了自己的脸颊，因为嘴里有血。我在楼梯上坐了几分钟，那人问了我几个问题，以前是否发生过类似的情况之类，有人给我叫了一辆出租车，我被引到车边，上车，关门，就这样离开了派对。出租车缓缓穿过城市灯光灿烂的街道，我感觉美好又飘忽，每次生病之后都会有这样的感觉，还有一种奇怪的幸福感，我确信这就是死亡的感觉。死亡来临的时候，就像瞬间的虚无，突然的自我缺失。这并不可怕。令人不安的是，我在黑暗之中丧失自我时看到的那些面孔，那些发出凝视的、焦虑的、微微发亮的面孔。这种不安是因为我与他们毫无关联，而他们与我，还有在我自己内部看到他们的那个我，也毫无关联。我坐在出租车后座上，望着夏日微光中傍晚的街道，心想，如果死者不是留在空无之中，而是在黑暗中归来，他也不再能够理解生者了。

壶穴

特罗姆岛外侧光滑的岩石斜坡上有许多壶穴，其中一些就挨着海边，与海水近在咫尺，经常受到海浪的冲刷，水流的运动在它们内部制造的声音，因其深度和形状的关系，与海岸线上其他的声音完全不同，它们在壶穴内部的岩壁上回荡，造成空洞的鸣响，原本的嘶嘶声音变成了喷喷声，拍击声变成了汩汩声，有时还能听到微弱的轰鸣声。我小的时候，夏天有时会钻进其中一个洞穴里。它几乎和我的身高一样深，滑进冒着气泡的水中，就像滑进一口紧挨着大海的大锅，感觉既奇妙又可怕。在风和日丽的日子里，大海与壶穴没有任何接触，壶穴里的水是温热的死水，几乎就像一个小湖，只不过湖水来自大西洋，是咸的，而且会不断淘换。沿着岩坡往上还有更多的壶穴，但没有一个像这个壶穴一样庄严。我在山上也看见过壶穴，那时我们经常在周末开车出游，每年我们都会穿过哈当厄高原去看望我住在另一边的祖父母。这些通常呈碗状的岩洞之所以引人注目，是因为它们的岩壁光滑平整，结构完好。在冰川、河流或海洋长久的重压和运动下，岩石往往会被磨蚀得平整光滑，但这只适用于大面积的岩石表面，它们似乎与地貌结构本身浑然一体，包括平原、谷底、河口、沼泽、草地和开阔的地带。壶穴打破了这个整体的视觉印象，它们的形态与周围的地貌完全不同，就像所有特殊的地质现象一样，它们看起来像是人为的。壶穴中的岩壁同样被侵蚀得光滑无比，与周边地貌如出一辙，看起来就像是巨人所为。当然，它也因此而得名。但是，岩石被侵蚀形成空洞时所遵循的螺旋形，属于大自然的标准剧目，从龙卷风到出水孔的水流，从海螺壳到宇宙星系，都能发现它的身影。它就像褶皱，存在于布料、大脑和火星的地貌中。也像球体，出现在布满圆石的海滩、蒲公英的种子、行星和恒星中。物质之所以趋向并精确地自我塑造为这些形态，是由于宇宙形成之初就奠定的几个基本前提，我曾在某处读到，在宇宙膨胀的那一瞬间，它膨胀的速度和剧烈程度超过了其他一切运动的事物，然后慢慢放缓并趋于平稳。几乎所有高级物理学理论，都得出了我们永远无法证实或推翻的结论，那就是存在着无数个宇宙，它们的起源与我们的宇宙截然不同，因此，决定物质形态的基本前提导致其中的物质以其他方式相结合，而我们被束缚于自己的宇宙中，甚至无法加以想象。但是，如果真是如此，即在我们的宇宙之外不仅存在其他宇宙，其数量也无穷无尽，那么也一定有一些宇宙与我们的宇宙完全相同，连同最微小的细节在内，比如，当去往丹麦的白色渡轮驶入群岛，像悬崖一样耸立在所有的小岛和小船之上，那里也有一个小男孩，怀着同样的恐惧和兴奋，将身体沉入涌动着盐水的壶穴，四十年后，他坐下来，写下了这一切。

Hildegarde de F

Gertrude la

Jeanne Chantal

Jeanne Marie Gu

日记

2016 年 7 月 24 日，星期日

现在是早上八点过几分。阳光明媚，室外气温二十三度，我们正处于高气压期，好天气已经持续了很久。几天前，我在车里无意间调出了德语广播，在常听的瑞典语和丹麦语频道之后突然出现了两个频道，我想起了小时候高气压时期的情景，那时我们电视开始接收到丹麦语电视，有种美妙的奇异感。来自另一个国家的信号进入了客厅的电视机。连我父亲都很兴奋。画面闪烁不定，仿佛在穿过天幕的旅途中受到了磨损，又仿佛因为不属于这里而躁动不安，停泊在电视机里不断撕扯着，想要继续前进，再次进入蓝色的太空。抑或是电视机试图摆脱外来的图像，就像人体试图排斥移植的外来器官？有时画面会稳定下来，平静几分钟，好像它已经适应了，或者电视机已经接受了它。然后，画面变得深邃而清晰，我们看着电视机，就像巫师盯着一个水晶球，因为我们已经习惯了电视这个奇迹，但这些意想不到的来自异国的遥远画面又重新让我们感受到了这种奇迹。

　　车里的德国广播就没那么刺激了，但我还是听了一会儿，当时我正开车去布兰特维克接你的姐姐们。她们参演的音乐剧在整个七月每周上演三次，每周四的演出时间在傍晚，所以我去接她们时可以看到完整的日落。当色彩从天空和大海上向东方淡出，玉米地在逐渐消失的光线里闪闪发光，像被照亮了一样，阔叶树像高大的人影一样矗立在远处，真是神奇。这周我一个人带孩子们，所以你也一直陪着我，坐在后座上，面对着行进的方向，看着西边天空中的耀眼光芒逐渐黯淡下去，直到太阳在远处变成一个浮在地面上方的圆盘，发出橙色的光芒，然后黑暗降临。我不知道你对这一切是怎么想的，但你对日夜的不同时段很感兴趣，如果天上有光，你会突然说，天亮了，是早晨。或者，就像你今天早上说的，天上是早晨。如果我把车停下来，比如停在红灯前或交通繁忙的十字路口，你会大喊，快开车，爸爸！如果我打开车窗，让风吹进车里，你会大喊，风在吹！如果这时我瞥一眼后视镜，就会看到你的头发在座位上飘动。我每天都对此满怀期待，语言已经来到了你的身边，但我至今还无法对此习以为常。你不仅能让别人明白你的意思，比如你说你要尿尿，然后我们一起走进厕所，我把你放在马桶座上，几秒钟后你用手扶着马桶座说你尿完了，你还能描述你所看到的一切，比如小鸟从一棵树飞到另一棵树，它飞了两次，一次在空中，一次在你的话语里。或者像你害怕的蜘蛛，如果你看到一只蜘蛛，你就跑来找我，你对我说，我必须把它赶走，同时你也记得我一直告诉你的话，我说过它们并不危险，而是善良的，你会自言自语，如此一来，你就用你的语言创造了两个层面，一个是来自内心的感性层面，另一个是来自外部的理性和合理的层面，你用后者对前者进行反驳。

在这段高气压的日子里，我们度过了愉快但不太充实的一周：周日晚上，我收到了这本书中的短篇的修订稿，周一保姆照顾你的时候，我把它仔细检查了一遍，周二上午我完成了订正，正好赶上两位朋友托马斯和玛丽来拜访。我让你的小姐姐和她留宿的朋友一起去商店，她们买了冰淇淋，配着客人带来的草莓一起吃。客人走了之后，我把你抱上车，开车去了商店，我的表弟和他的家人当晚要来，我想我们可以举行这个夏天的第一次烧烤。一袋烧烤用的木炭、一瓶点火液、香肠和腌制好的肉、西红柿、黄瓜、洋葱、羊奶酪和沙拉用的橄榄、更多的冰淇淋、更多的草莓、软饮料和几瓶啤酒。你喜欢往超市购物车里放东西，有的是你自己主动要的，偶尔我们会把最过时的东西带回家。我已经很久没有为了招待客人买过东西，也很久没有感受过那种特别的压力了，时间紧迫，一切都必须尽快完成，然而出于某种奇怪的原因，人们总是能搞定这一切。上一次有客人来访是去年夏天——你的外祖父母不算是客人，他们在这里的时候会帮忙，是家里的一分子，你哥哥姐姐的朋友们也都不是——当我把所有食物放进冰箱，清洗草莓，做好沙拉，在烧烤炉里装满木炭，倒上点火液，摆好桌子，备好肉排的时候，你却坐在电视机前，为了腾出手来，我把你放在那里。那时我想，这是一种衰退，生活也会像院子里被遗忘和忽视的地方一样，变得杂草丛生和衰败，要安排这样一次聚餐，尽管事先需要付出一点努力，或许在进餐的过程中也同样需要，但为他人准备食物、与他们一起用餐，是一件让人豁然开朗的事情，它给事物带来了光明、空气和生机，是平日里平淡无奇的生活中的一件大事，从这个意义上说，我们的日常生活是完全可以预测和单调乏味的。

我表弟的妈妈是我母亲最小的妹妹，几年前去世了，这几乎是不可想象的，她当时还很年轻，充满活力，比她的两个姐姐更开朗，但也很相像。她们一辈子都很亲密，经常互相打电话，互相照顾对方的孩子，也认识彼此的朋友。在我四十岁那年，我收到了她发来的一封长长的电子邮件，她详细地告诉了我，我出生那天发生了什么事情，大家都说了些什么；她一直住在奥斯陆，和我母亲住得很近。以前从来没有人告诉过我这些，我很感动，不是因为她告诉我的那些事，而是因为她的举动。她是一位从事儿童工作的心理学家，你的大姐姐出生的时候，我们还没有为人父母的经验，当我们不知所措时，就会向她请教。她有三个孩子，这次要来拜访的是最小的那个。自从他结婚后，我就再也没见过他了。他们这次去了博恩霍尔姆岛，第二天就会启程。他们有两个孩子，一个四岁，一个两岁。他们告诉我，四岁的那个一直盼着能见到你们，但他可能要失望了，因为你哥哥正在斯特伦斯塔德附近的一个小岛上和另一家人度假，而你大姐姐则去哥本哈根看望她的表妹，这还是她第一次独自坐火车去哥本哈根。所以家里除了我，只有你和你的小姐姐。

我听到有车停下的声音，就抱着你绕到房子前面，正好他们从另一条路绕到房子后面。这栋房子有三个前门，因为它原本是三栋房子，大多数没来过的人都会对此感到困惑。我走回去，在真正的前门前遇到了他们。你把脸藏进我的脖子和肩膀之间的空隙里，每次有陌生人靠得太近时，你就会这么做。他们取行李的时候，我们走到了夏屋后面的空地上，烧烤炉和桌子都放在那里。在他们来之前，我试着清理过炉架，上面锈迹斑斑，我已经清理掉了最严重的部分。我给烧烤炉点火时，你正坐在椅子上，火焰蹿起来，你大喊，火，火！火焰蹿得很高，高得让人担心露天屋顶的橡子上垂下来的葡萄藤会烧着。我把烧烤炉挪开了一点，但这样一来它就离一丛灌木很近，也很危险。我们总是衣着考究的邻居从栅栏那边看了一眼,问我们是不是要烧烤,我点点头说是的,希望我不会先把房子烧了,他可能没听明白我说的话,因为他看上去疑惑了几秒钟,然后对我点头,说了句 bon appétit[1] 之后又不见了。火焰平息下来,我抱着你走进厨房,把肉、沙拉、刀叉、啤酒和软饮料都拿出来——不知道把你一个人留在点燃的烧烤炉边你会做什么。半小时后我们吃饭时,你把所有的橄榄、羊奶酪和洋葱都放在我的盘子里,而你自己吃肉、西红柿和切碎的黄瓜。夏天早些时候,这块地方已经杂草丛生,野草完全覆盖了地面上铺设的石板,旁边的花坛里也是一团杂乱的绿,有一辆汽车那么大,长满了荨麻,甚至还有几棵树扎根下来,已经长到了半米多高,而草坪上的草还不到我的膝盖。这块空地在花园后面,看不见,有相当长的一段时间我们一直不重视它。我们家的保姆住在我们家在马路对面的房子里,今年夏天有两个意大利人来做客,借住在那里,我们同意他们修整那所房子的花园和这边的空地作为回报。他们也确实这么做了。他们完工后,这块

---

[1] 法语,祝您好胃口。

空地看起来就像一个停车场。那棵非常漂亮的银色灌木，原本有一棵小树那么大，和花坛里的其他花草一起被夷为平地，唯一幸免的只有黄杨，不知道他们为什么认为黄杨值得保留。对此我什么都没说，只是对他们的热情和辛苦表示感谢，可怜的家伙已经尽力了，他们只有二十岁，几乎不会说英语。另一栋房子周围的花园我一开始没敢去看，但那天早些时候我搬了一张花园桌过去，它和我担心的情况一样：停车场。那个花园之前葳蕤繁茂，浪漫得近乎哥特式风格，虽然它只有半英亩大，但在里面几乎可以迷路。而现在，它只是一片明亮的空地。

吃完饭，孩子们都睡了，我们坐在花园里喝啤酒，在黑暗中聊天。我的表弟和他的妻子比我小十三岁，几乎可算是两代人，他跟我们说起在他还是个孩子的时候，我和哥哥去看他，两个人看起来有多么高大，而我告诉他，他晚上带着手枪和步枪上床睡觉，而他自己都不记得了。他谈起我们的外祖父母居住的地方，当然，他在那里也留下了很多回忆。我还没提起我今年夏天写过关于外祖父母家地下室的文章，他就开始说了起来。他说他们在那里杀过猪。他母亲告诉过他，当猪们意识到自己要被带到下面时，是如何开始尖叫的，好像它们知道等待它们的是什么。还有那里的气味有多难闻。我之前从来没听说过这个，我说，我去的时候，那里只有奶牛。他说，那一定就是她成长时候的事情了。

回想起来，我确实知道农场里会宰杀牲畜，有人详细告诉过我如何把血收集在盆子里，用来做血肠或黑香肠，或者如何把肠子冲洗干净用来做肠衣，但我从来没有具体考虑过这个问题，就好像它发生在我脑海中的另一个角落。我从没想过宰杀猪和牛的地窖就是我童年时玩耍过的那个地方，那里总是阴冷、昏暗、潮湿，冰柜放在那里，渔网挂在那里，装着红醋栗、黑醋栗和醋栗的罐子在被运走之前也在那里，我从未这样想象过，但现在我知道了，这就说得通了，那是一个过渡空间，不完全在内部，但也不完全在外部。来自外部的东西会在那里储存一段时间，比如工具和设备，但它同时也是一个对外来的东西进行加工处理的地方，这样它们就能被带入内部，进入厨房或餐厅，比如鱼、浆果和动物。

第二次世界大战就发生在这样一个世界里，一个更手工化、更接近物理现实的世界，但战争也改变了这个世界；正是在1940年代，第一台计算机问世，大得像个会议室，飞机变得高效，核能成为可能，火箭也被制造出来。尽管如此，我仍然认为生活并没有太大的不同，如果我现在回到那个时代，我也不会感到陌生。你只要读一读那个时代的书，比如马拉巴特、塞利纳或汉姆生的作品——他们都曾在某个时期站在错误的一边——就会发现，即使我们的时代已经摒弃了他们的主张，他们所描述的内容也是熟悉的，可以与之产生共鸣的。也许这是因为我在1970年代长大，1970年代在很多方面都是前面那个时代的延伸，而在我外祖父母的农场里，那里的生活可以追溯到1920年代，农场则建于19世纪下半叶，现在依然可以使用；战争时期留下的掩体至今仍在那里，只不过三十年前被遗弃了——对今天的我来说，这个时间上的跨度相当于从我十七岁时的世界到现在——而那些现在正在成长起来的人，正处在一个可能的新时代，与旧时代隔着一道精神上的鸿沟，他们无法领会马拉巴特、塞利纳或汉姆生的作品中的利害相关，或者根本不会对此感兴趣？还是说一切都照旧呢？

也许照旧的不是一切事物，而是一切本质上的事物，我想这就是本质一词存在的原因：本质是不会改变的。我在前半部分的日记里写到的那位马尔默的老妇人，她是我的外祖父曾经认识的一位真实女性的虚构版本，我的外祖母可能也认识她。这位女性的经历常人少有，但在战时并不罕见，对她来说，那一定就像世界在无尽的光亮中裂开了一道口子，尽管之后又合上了——对整个社会来说的确如此，当战争结束，这道口子总会合上，封住那些秘密的、无法言说的地方——但在她余下的岁月里，还是会让她痛苦不堪。我让她问自己，我们是否都能幸福地死去，这个问题就与此有关，尽管她自己不一定这么认为，因为人就是这样，我们的想法往往来自我们自己未能觉察的地方，而不是我们知道的地方。她正坐在马尔默公寓客厅的桌前，太阳正在落山，她正在给丈夫写信，讲述那天发生的事情：敲门的记者想要采访她，以及这件事给她带来的一切，比如当她心脏病发作倒在街上，确信自己即将死去时，她感受到了强烈的幸福。从这里开始，她的"我"取代了我的"我"。这种幸福让我惊讶。所以我的内心其实充满了幸福和感激。这让我有了一些思考！我希望你不要介意，我当时想的是我们相遇之前的岁月。在你像一位奥地利王子一样来拯救我之前的岁月。战争之前的岁月，伊瓦尔之前的岁月。那时我还是个膝盖上有伤痕、心中充满欢笑的女孩。我没怎么跟你说过那段时光。我们从来都没怎么聊过我的家乡。现在也不会了，我的朋友，今天真是漫长的一天，我太累了，写不下去了。并不是我想睡觉，我几乎再也睡不着了，但至少我可以躺在床上休息几个小时，想想我该拿那个记者怎么办。他会回来的，我相信。他大老远跑来找我谈话。但我自己会考虑的。晚安。无论你在哪里，晚安，亚历山大……

变老最可怕的事情不是死亡临近，也不是健康状况恶化，更不是过去简单轻松的事情变得吃力。对于这些我们都会有所准备。最可怕的是消失。我认为这对女性来说尤甚。没有人会看我一眼，对此我毫无准备。今天早上，我去超市购物。在回家的路上，我穿过公园。我在一张长椅上坐下。一个大约二十五岁的年轻人坐在我旁边，一头卷发，留着不伦不类的小胡子。他没有看到我，尽管他的身体离我只有半米远。他身体前倾，手放在膝盖上，抬头看着树。他穿着白色T恤，红色短裤边上有一条白色条纹，看起来像是踢足球或打网球的，但他没有带任何装备，所以这可能只是他的打扮。是的，他当然看见我了。他看到了一个头发花白、满脸皱纹的老妇人。她能吸引到的他的注意力，和他面前沙砾上的一只鸽子差不多。我指的就是这种缺乏兴趣。要是他知道我在想什么就好了！我看着他毛茸茸的脚踝和坚实有力的身体，我在想，谁能把手放在他的胸膛上呢？我的思想并没有干枯苍老，它们和我十六岁时一样年轻，一样有活力。但当我看着一个男人的眼睛时，我谁也不是。这就是变老的可怕之处。

他继续往前走，低头看着面前的地面，我想他也许陷入了单相思。然后我又想，如果能够重回二十五岁体会心碎的滋味，有什么代价是我不愿意付出的呢！

我呆呆地坐在长椅上，坐在大树的树荫下。树干的间隙里，运河里的水在闪烁。我想起了格罗、亨宁和佐尔法伊格。我用他们换来了你。

今天我清洗了厨房的橱柜和抽屉，花了好几个小时。然后我坐在温暖的阳台上，眺望着这座城市。我喜欢马尔默，很高兴我们能在这里定居。坐在那里，我有了回家的念头。这个想法突然出现，让我战栗。回家太容易了。我可以走到火车站，坐夜班火车到奥斯陆，再坐另一趟火车到卑尔根，然后明天晚上从那里坐船回家。或者，我也可以乘飞机，这样会更快。

我幻想着那里会发生什么。

他们会是什么样子。

他们会如何接待我。

我幻想着他们让我在那里住下来，度过生命的最后几年。

即使在我最脆弱的时候，我也从未想过这样的事情。

我愤愤不平地哼了一声，走进厨房给自己调了一杯金汤力，汤力水是我今天早上在商店买的，我有预感我很快就会需要它，然后回到阳台上，轻轻摇晃着杯子，听着冰块发出的美妙碰撞声。

就在那时，我决定和那个记者谈谈。如果他再联系我的话。不过我相信他会的。

亚历山大，我对你的过去知之甚少，只知道你是个孤儿，曾经和其他孤儿一起在挪威过了一个夏天，那时你还是个小孩。所以你喜欢挪威，你常说那是人间天堂。后来，当我们住在这里，我慢慢觉醒时，我开始怀疑自己是否只是这个等式中的一部分。你只是把你对白色冰川、绿色山坡、深邃峡湾和蜿蜒石道的热爱转移到了我身上。但那时我已经足够清醒，明白这其实没有任何区别。无论如何，人们最终得到的都不是自己所爱的东西。你不会以为，那个每天早上垂着头坐在床边深深叹息的男人，那个弯腰驼背、听天由命的男人，就是我当年想要的男人吧？

我出生于1916年，一场国内几乎无人关注的世界大战期间，是哈康和哈尔迪斯·米克勒比斯特夫妇六个孩子中的第四个。爸爸个子矮小，体格健壮，像熊一样强壮，并以此闻名。他的手粗糙得令人难以置信，这几乎是我对他印象最深的地方，小时候我坐在他腿上，他会抚摸我的头。那感觉就像坐在石头上！他身上有烟草和牛棚的味道，而且几乎从不说话。妈妈个子不高，身材微胖，她总是不停地说话，后来我才意识到，她一定是当时人们所说的神经质。她的神经绷得紧紧的，总是训斥我们，我们太不听话了，尤其是我。我想那是因为我太漂亮了。这么说可以吗？因为我确实很漂亮。而且我很大胆。没过几年，我就意识到她对我没有控制力，我可以为所欲为。我只要对她大喊大叫，暴力相向，她就会害怕，她受不了这样。这种感觉很愉快，但也很痛苦。

十七岁时，我第一次见到伊瓦尔时。那是1933年5月17日，在当地青年中心的一个舞会上。他当时快三十岁了。他强壮黝黑，在众人当中看到了我。虽然也不过就匆匆一瞥，但这足以让我心潮澎湃，我想，就是他，我想要的就是他。她可能会这么写自己，这个生活如此奇特的女人，我对她几乎一无所知，只知道她参与了一些事件，这些事件一定给她打上了深刻的烙印。生活就是这样，如果你能够坦然面对它的话，随时都可能发生一些无法预料的、命中注定的事情，而这些事情将决定你在可预见的未来里成为什么样的人，做什么样的事情，去到什么样的地方。所有发生的事情都具有这种不可预测性，但通常事件都很小，后果也不明显，所以我们几乎也不会考虑到。就像你接到一个表弟的电话，说他想顺道过来拜访，于是几天前还无人知晓的拜访就发生了，变成了现实。或者，当你遇到一个新的人，也许是在另一个场合偶然遇到的，这场相遇在你们双方看来似乎都微不足道，或者至少是无关紧要，直到你们在下一个场合再次相遇，也许还有第三次，然后你突然想到，我想和这个人永远在一起。巨大的运动横贯于我们渺小的生命中，日常的深处山崩地裂。战争使它们浮出水面，增强了人们活着的感受，而那些通常将人们束缚于自身现实中的东西则更容易被抵消。为人父母者比其他人更警惕不可预知的事件，他们更熟悉这些事件，或者说更害怕这些事件。首先，在孩子还很小的时候，一切都是潜在的危险，去年夏天有一个把婴儿忘在车里的父亲，当他回来的时候发现婴儿已经死了，还有一个母亲，女儿在浴室里洗澡，她去客厅做了点家务，回到浴室的时候发现女儿已经溺水身亡，想起他们我就满心恐惧。然后，等他们长大成人，真正的生活考验来临，几乎没有父母愿意看到自己的孩子被卷入重大事件，大多数父母希望他们过上可预见的、安全、合理、和谐的生活。我也是这样。你只有两岁，所以目前只需要让你吃饱穿暖，保证你的安全，给你适当的激励，但总有一天你必须去外面的世界，过你自己的生活，我当然不希望你站在风口浪尖，孤注一掷地冒险，或是将自己置身险地，或是最终暴露在社会的目光之中。

就在我写这些的时候，你在小姐姐的追逐下，光着脚丫，头发飞扬地跑过草坪。现在离晚上八点还有两分钟，花园里的光线已经消失了，只有栗子树顶端的树叶还在反射着阳光，闪耀着翠绿的光芒。除了写这篇文章，我今天还开车送你姐姐们去了音乐剧的演出地点，十一点半的时候去的，我在夏屋里睡了一个小时，那里很凉爽，我睡得非常香甜，五点钟的时候我又去接你姐姐们回家，路上一开始能接收到三个德国广播频道，然后是一个，最后一个都没有了。在深邃湛蓝的天空下，金灿灿的玉米地向四面八方延伸开来，东边的大海是一圈深蓝色。有些地方的玉米几乎是白色的，有些地方则是黄中带红，到处都是干燥而丰饶的谷物，阔叶树高耸入云，还有风车，风叶细长而洁白，在这个无风的日子里纹丝不动。

现在是九点十三分，栗子树梢的阳光也消失了。外面的景色中不再有阳光的踪迹，抬头看向天空，越往高处，空气中的灰调就越浅，直到苍穹的中心，还透着少许微蓝，是最后一丝光线的折射。片刻之前，我在花园里休息，在我的头顶上，以深邃的天空为背景，一群燕子在空中翻飞。有的燕子离我很远，看上去就像一个个小点，有的则在我头顶大约二十米处盘旋。当它们飞到与太阳呈一定角度时，从我坐着的地方看去，它们的翅膀会变成闪烁的橘红色。在这反复出现的情景里，这些小鸟就像着了火一样。我数了数，一共有十四只。虫群在它们和我之间飞舞，在天空的映衬下显得格外清晰。万籁俱寂，没有一丝风吹动我身边的树叶。邻居的花园里传来一阵阵叫喊声和笑声，是同一个人的声音，有时近乎歇斯底里。有那么一会儿，我以为那是一个女人的声音，但后来我意识到那一定是一个大概二十多岁的男人的声音。来吧！那个声音喊道，看看你爸爸有多强壮！哈哈哈哈哈哈哈哈哈哈哈哈哈哈哈哈！那边安静了一会儿，然后隐隐约约响起了好像有人放屁的声音。但不可能这么安静吧？那里离我至少有二十米远，中间还隔着两道树篱。笑声再次响起。哈哈哈哈哈哈哈哈哈哈！然后有人打了个嗝，这次我很确定。这一切发生的时候，我读了《卫报》上一篇关于威廉·埃格莱斯顿[1]的文章，也看到了他的摄影作品，这位美国摄影师正在伦敦举办展览。有一些我以前看过，其中的色彩深深吸引了我，我从未见过这样的照片。我第一次听说他是在纽约的一间办公室里，一个熟悉他的人拿出他的几本书给我看，还给我讲述了这位摄影师的生平故事，这些故事被赋予逸事的形式，就像酗酒艺术家的生活一样丰富多彩。六个月后，一位摄影师于尔根·特勒[2]来访，我向他讲述了我听到的关于埃格莱斯顿的故事，直到我注意到特勒的脸色发生了微妙的变化，仿佛有阴影笼罩着他，尽管我们其实坐在室内。威廉是我的一个朋友，他说，我们一起旅行过，我给他拍过很多照片。我坐在那里滚动文章往下读，看着他拍摄的照片，手机屏幕太小，无法充分展示它们，但它们仍然引人注目，我一边看一边想起了这件事。色彩可以拥有深度，让表面看起来令人眼花缭乱，这种情况在绘画中经常发生，但

1　William Eggleston，美国著名摄影师，被誉为现代彩色摄影之父。
2　Juergen Teller，德国知名时尚摄影师。

在摄影中几乎从未出现。我有一本丹麦摄影师凯尔德·海尔默-彼得森的书，他在1940年代拍摄的一些彩色照片达到了同样的效果，那种色彩让我贪婪地追求某种我不知道是什么的东西，但却是以一种完全不同的方式，因为他关注的是形式，是几何、图案和系统，而埃格莱斯顿关注的是人，在我眼中，他看人的目光是如此遥远，好像他在拍摄动物，热带鸟类或非洲大草原的动物，与此同时，这些照片里每一个独立样本的特别之处，也会显现出来。

隔壁花园里和儿子一起踢足球的那位父亲，大概迟早会忘记今晚的这一刻，他的儿子也会忘记，我也会忘记，除非我把它写下来。我这样想了，也这样做了。我站起身来，走到这里，开始写作。我的心里不免有一丝悲哀，因为这一刻没有任何特殊意义，而在我把它写下来的时候，这种无意义还会被加强，在我死去的那一刻，甚至会变得更加强烈，这段故事会在某本书中孤独地存在，无人见证：在所有发生过的事情里，为什么要特别记录这一刻呢？

你妈妈昨晚回家了，在你上床睡觉之前，她给你读了会儿书。你和她在一起待了一整天，保姆带着你在城里买东西，吃烤薄饼，你在婴儿床上睡了一个小时，爬起来时仍然睡意蒙眬，你不想吃东西，只想坐在我腿上，看着我们其他人在花园里吃饭。有一只蝴蝶停在我的帽子上，你笑起来，挥动手臂，于是它又飞走了。你用嘴巴发出噗噗的声音，口水喷得到处都是，我让你停下来，你就从我的腿上滑下来，一脸不高兴地噘着嘴走到栅栏旁边，双手交叉在胸前，背对着我们站在那里，你的小姐姐大笑起来，因为你太可爱了。这让你更生气了，你一边伸手去抓一片大叶子，想要把它扯下来，一边扭头观察我的反应，因为我昨天才告诉过你不要这样做，然后你又去摘李子树上尚未成熟的李子。我只是笑了笑，你拉着我的手，轻手轻脚回到了桌子旁。

你妈妈手里拿着一瓶矿泉水，走在房子旁边的石板路上，去往她通常坐着抽烟的木质台阶，暮色中她的身影显得有些朦胧。我猜你已经睡着了，你从被放到床上到入睡通常只需要几分钟。我自己也累了，但我还要在这里再坐几个小时，因为文稿的最后一部分计划明天交付。我周三上午仔细检查了第一部分，在下午一点钟左右发送了出去，客人们要在下午飞机起飞前去海滩，我让他们自便。下午一点对我来说已经太晚了，无法调动足够的精力开始新的工作，于是我把割草机从夏屋的门廊拿出来，去修剪草坪。我推着割草机在草坪上一圈一圈转着，前一天晚上和表弟之间谈话的片段浮现出来，我突然感到一阵强烈的羞愧，因为当时我一直坐在那里吹嘘自己。表弟问我这趟巴西之旅的感受如何，我告诉他有多少人参加了我在那里的活动。他问我是否经常旅行，我说如果我愿意的话，一年中的每一天都可以旅行，但现在我全都拒绝了：印度、阿根廷、巴厘岛、智利、南非。

我为什么要这么说？

这些都不是必要的信息，只是自吹自擂。

我走到栅栏边上那段长长的背阴处，那里几乎寸草不生，空隙处裸露的泥土上只有杂草和苔藓，我脸红了。他们俩比我小十三岁，而我仍然觉得有必要提及我这里一切进展顺利。

我仿佛回到了十二岁。十二岁的孩子可以控制不住这样的冲动，但四十七岁呢？四个孩子的父亲呢？

我没有沿着花园短边上花坛的石砌边缘，转着向内收缩的大圈修剪草坪，而是直接掉了个头，将花园分成两半，我想起父亲那时曾说，我听得最多的披头士乐队，他们所有为人传唱的歌曲都抄袭自一个不知名的古典音乐作曲家，这是他年轻时上钢琴课时发现的。他说下次我们去祖父祖母家的时候，他会展示给我看，那里有一架钢琴。下次我们去那里时，我请他弹奏这些歌曲。我没有不信任他，他是我的父亲，我认为他说的都是真的，我问是因为我真的很好奇，很感兴趣。他说都是一些旧乐谱，他背不下来，现在也没有时间去翻很多旧东西。我当时也相信了，直到许多年后，我才明白这是他编造的。但为什么呢？也许他嫉妒披头士乐队，因为披头士乐队对我来说意义重大，所以他想贬低他们，同时抬高自己吗？

但这是谎言，不是自夸。

不过，这两者也有关联。

我深感悔恨，一块草坪修剪完了，我开始修剪另一块。

但是，我想，那又怎样。事已至此，我也做不了什么了。

我的心情稍稍振奋了一点，因为草坪很快就要修剪完了，晚上我的哥哥要来做客。

不，不。

另一段插曲从羞耻的角落里浮现出来。我们的乐队在纽约演出，这本身就够糟糕的了，整个旅途中我还一直在谈论自己，完全一样的方式。特别是和贝斯手。因为我实在很喜欢他，不知道为什么，我觉得和他在一起时我可以放飞自我，做最真实的自己，换句话说，就是无限的自我中心。

去年秋天，我们参加一个脱口秀节目，在哥德堡和斯德哥尔摩之间几度往返，在哥德堡的录音棚里，我对自己在节目中所说的话感到无比羞耻，在回程的飞机上甚至想过用自杀来逃避。这听起来有些夸张，但我有时就是这样，一些微不足道的小事突然在我心里占据了极大的比重，大得几乎无法承受。当我回到录音棚后，我无法谈论其他事情。谈论这件事是试图将其削减，让它恢复应有的比重。然后其他人可能会说，事情并没有那么糟糕，这句话会像一丝清凉的微风拂过我焦灼的内心。第二天早上我坐在沙发上和主唱聊天，依然羞愧难当，当贝斯手走过来，站在咖啡机前煮咖啡时，我对他说，猜猜我们在聊什么？我本想以此为自己开脱，展示某种自知之明。我以为他会回答脱口秀，但他没有，他只是简短地反问，你自己吗？

ich bin der ich

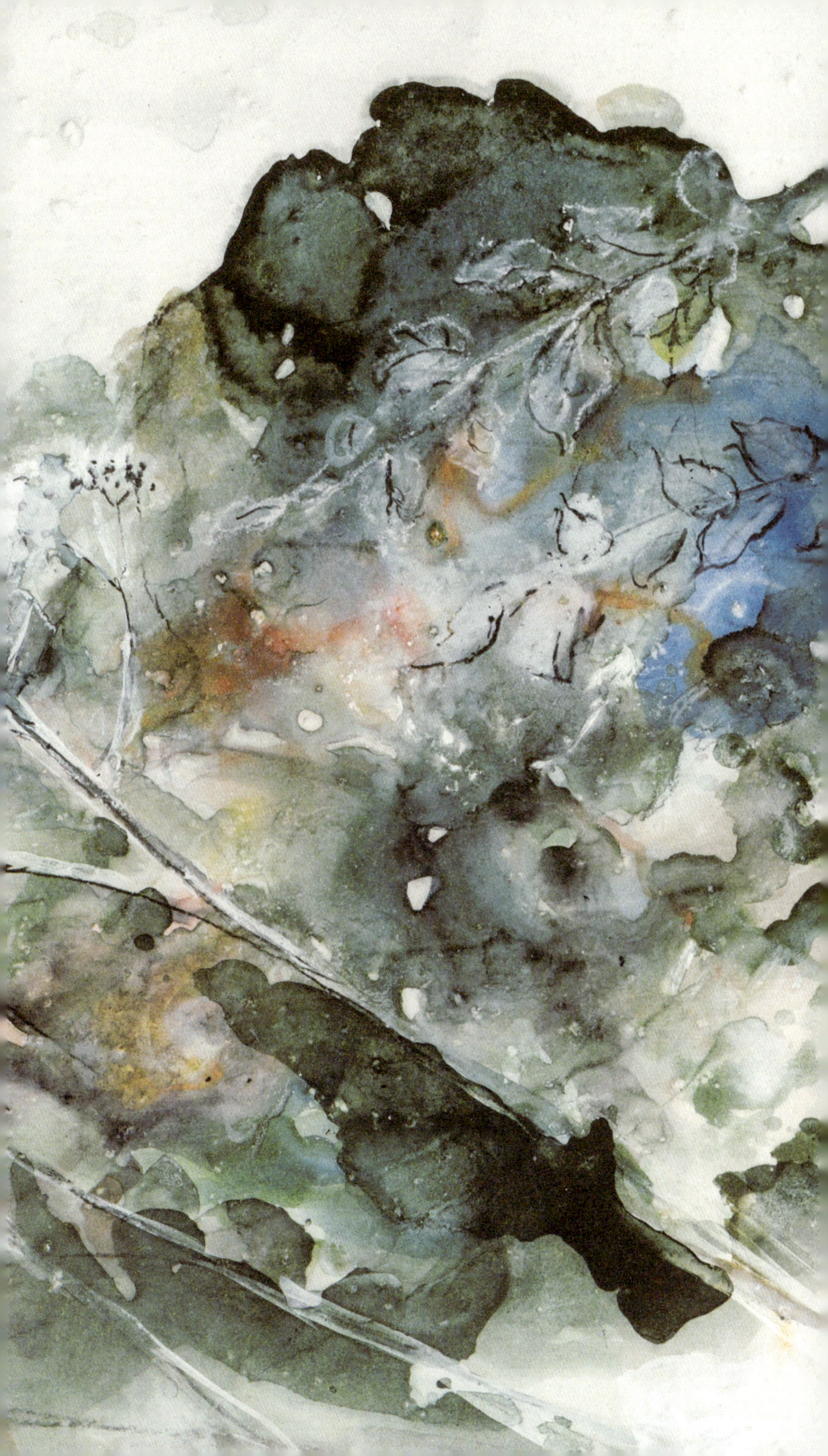

这句话至今仍然让我如坐针毡。

自从意识到别人对我的这种看法，我一直试图以机械的方式谈论其他人，向他们提问题，一旦我忘记了，说了一些与自己有关的话，羞耻感就会涌上心头，他们会怎么想我，于是我就绞尽脑汁，寻找别的话题。

自恋是一种幼稚的状态，但试图摆脱自恋也是。

第二圈修剪麻烦得多，所涉及的区域更像是森林而不是花园，刀片有两次撞到石头上，发出嘎吱嘎吱的声响，把我带回了阳光充沛、植物丰饶而多彩的现实世界。

与羞耻感的斗争由来已久，从我十三岁的时候就开始了，但羞耻感的部分问题在于它总是全新的，它的每一次出现都像是第一次出现，这也是它与裹挟我们的其他情感的共同之处，无论欲望或是迷恋，嫉妒或是害羞，它们都是纯粹的，除了自身之外什么也不包含，没有反思，也没有经验。你必须有一个系统来对抗它们，你必须用某种东西把它们圈到一处，才能置身于其外。能够帮助我克服羞耻感的唯一领悟是，它总会过去的，总有一天它会显露自己真实的权重，几乎总是小事一桩。重要的是，不要在它肆虐的时候做任何蠢事，不要遵照它来行事，而是顺其自然。焦虑、嫉妒、欲望也是如此。

修剪完草坪后，我上楼把你叫醒，保姆大约两点钟走的，那之后你就一直在睡觉，现在已经三点半了。我给你穿好新衣服，坐在门廊里，把你抱在腿上，给你穿上你的粉色凉鞋，然后我们去火车站接你大姐姐。一路上她不是打电话就是发短信，担心她一个人到的时候没人在，之后我们去购物，买的东西几乎和前一天的几乎一模一样，香肠、肉、蔬菜、羊奶酪、橄榄、热狗面包卷、软饮料、草莓和冰淇淋，因为我的哥哥和他的朋友将于六点钟到达，他们从博恩霍尔姆出发，跟我们的表弟来的时候乘坐的是同一班渡轮，但他们要多待一天。我还邀请了几个当地的朋友和他们的两个孩子，所以我们有十个人共进晚餐。我把两张桌子拼在一起，铺上桌布，摆放餐具，给烧烤炉里添上木炭，浇上点火液，把肉切成片，调制沙拉，重复前一天的过程。然后我在火车站外的码头接上我哥哥和他的朋友，开车带他们回家，而你坐在后座的儿童座椅上，这是整个世界你最熟悉的地方之一，但是因为身边坐了两个陌生的同伴，你似乎吓呆了。

第二天晚上九点，我看到了我所见过的最美妙的景象之一。我开车穿过玉米地，大海在我们眼前出现，一片寂静，在最接近海岸的地方呈现出一种奇异的银蓝色。它渐渐融入一片淡淡的雾霭，完全抹去了海天之间的分界线。神奇的是，那天晚上海面上有很多大船，看起来就像飘浮在天空中一样。

这一幕美得让我战栗。

但这还不是全部。

回家的路上，坐了一车的女孩们，你的大姐姐和你一起坐在后座，小姐姐坐在前座，月亮在我们身后从东方升起。巨大的月亮低低地悬挂在地面上方，在淡蓝色天空的映衬下呈现明亮的黄色，下面是一望无际的玉米地。这片风景所有的颜色似乎都被吸走了，只留下谷物的淡黄色和月亮浓郁的红黄色。月亮！你喊道，看月亮！

这是一个神奇的夜晚。

第二天我很早就叫醒了你，我们得开车去哥德堡接你哥哥，而且我们不能迟到，因为他是搭邻居的便车到翁萨拉，那里有一家麦当劳，我们约好在那里见面。我们出发时气温就有二十多度了，当我们从马尔默进入高速公路时气温已升至近三十度。这是一年中最美好的一天，我们却在车里度过。你不太高兴，但我无能为力。我们在赫尔辛堡郊外的一个大型停车场停下时，我带你去厕所，你很生气地拒绝。或许是前一天晚上音乐剧演出地外面的旱厕太可怕了，让你心有余悸，你当时僵硬得像一块木板，我没法让你坐到马桶上，但我也能理解，旱厕下面并不是什么令人愉快的景象。不管怎样，结果都是一样的，你尿在座位上了。我给你带了换洗的衣服，在座位上铺了条毛巾，但在炎热的天气里，座位上很快就散发出难闻的味道，情况并没有改善。四个小时后，我们把车停进了麦当劳餐厅外的停车场，你在座位上睡着了，我站在外面快速地连续抽了两根烟。然后你哥哥和邻居一起出来了，我叫醒了你。所幸你心情很好，我们一起吃了午饭。邻居说，你哥哥在两个小时的旅程里给他讲了巴西之行的一切见闻，还有《星球大战》。我对此感到很高兴，这意味着他很有安全感。你见到他时那么开心的样子也让我很高兴。他还给他讲了我们的猫，阿玛加，说猫甚至抓到了一只狐狸什么的。我看着约翰，阿玛加抓了一只狐狸？他心虚地低下头，是的，我看到了，他说，它杀死了一只小狐狸。好吧，我没有再说下去，我不想让他丢面子，他没有意识到邻居已经知道他在编故事。这不像他，至少我以前没见过这样的他。但我在其中看到了自己小时候的影子，所以我也并不感到惊讶。

这次旅行很累，每天晚睡早起，但他很高兴，他们抓了螃蟹，爬了山，还划了船。

回家的路上，我们在托马斯和玛丽在赫加奈斯的夏屋逗留了一会儿。我喝咖啡，你们俩有果汁和小圆面包。我给他们看了前一天送来的样书，这样他们可以欣赏到基弗的画作，但愿他们不会觉得我是在炫耀。有一次他们来拜访我们时，我给他们看了蒙克展览的照片，我想过他们可能会认为我这样做是为了获得赞扬，但我并没有因为这个想法就改变自己的做法。因为事实上我也可以不向他们展示这些，无论蒙克还是基弗。

经过九个小时的长途跋涉，我们到家了，花园里阳光明媚，鸟儿在鸣唱，昆虫嗡嗡作响。你的姐姐们把自己照顾得很好，保姆来过，给她们做了午饭，一切都井然有序。

第二天我们在家里和音乐剧场地之间往返了三次,里程表显示总共行驶了两百二十公里。晚上你妈妈来了,今天我几乎一直在写东西。当我要开车送你姐姐们时,你迅速说你不想去,你要和妈妈一起待在这里。我很理解你:即使是像你这样喜欢乘车兜风的人,也有上限。

我强烈的羞耻感只发生在灵魂的表面,它有点像木炭上的火焰,它以点火液为燃料,在黑暗之上轻轻舞动,几乎不受任何拘束;而木炭中的火光则是一种完全不同的,更深刻的东西。我没有杀过人,但有时我会觉得我好像杀过,而我为之苦恼的事情在大局中看,显然是微不足道的,它们都只关乎社交领域的表面问题,无非是别人的想法和看法,这种苦恼变化无常,时隐时现,无法嵌入任何本质的事物。羞耻确实属于青春期,当帷幕拉开时,你会明白,自己是一个更大的背景中的一部分,但如果那时出现了什么问题,那问题可能会一直持续下去。我虚构的这位女士体会到的是一种完全不同的、更深刻的感受,那就是内疚。我不知道她是否真的感到内疚,也许她压抑了这种感觉,也许她对自己缺乏足够的认知，无法完全理解自己的行为造成了何种程度的影响。我笔下的这位女性知道自己做了什么，并进行了反思；她原谅了自己，但却无法阻止它毁掉自己的生活。

2016年7月28日，星期四

不过，生活怎么会被毁掉呢？与什么有关？一连串想象中的行动，另一种命运，仅此而已，但都只是假设，是虚构的。如果一个人倒下了，即使我们可以想象出不同的结果，那也不可能有任何不同。只有发生过的事情才会发生。只有经历过的生活才是真正的生活。我想我从来没有写过比这更不言而喻的东西了，但它仍然难以把握，因为我们做出了如此多的选择，而每一个选择又排除了如此多的其他的可能性，这些可能性一直存在于我们自我的阴影中。如果父亲没有开始酗酒，他现在也许还活着，还能看到他所有的孙辈。但他开始酗酒了。如果马尔默的这位女士没有爱上那个德国士兵，她就不会抛弃自己的孩子，不会整个余生都在内疚中，不会觉得自己只活了半辈子。但她爱上了他，抛弃了自己的孩子，再也没有见过他们。所谓与自己的命运和解，其真正的意味无非是：明白生活就是如此，没有什么可以重来，除了脚下的路，没有别的路可以走，这条路以死亡为终点，也无法回头。这种想法让我感到安慰。我们尽力而为。即使是那些没有尽全力的人，也无法再尝试另一种可能。我们当中只有极少数人能指出一件事、一个选择，说：它改变了一切。斯威登堡可以，这位女士也可以。我外祖父的兄弟去了美国，开始了新生活，他也可以。我不能。我的生活是许多微小而平常的选择的结果，有好有坏，有一些是有意为之，大部分是无意识的——在决定性的时刻，我任由情绪支配自己，至于情绪是被什么激发出来的，意识对此知之甚少，至少起初是这样。如果能再多一点时间和体验的空间，意识也许能看到和理解背后的东西。我们习惯于这样思考人生：洞察生活是件好事，通过了解自己的所作所为，我们就能做正确的事，让生活变成我们想要的样子。但是，如果我们知道自己在做什么，很有可能会选择不去做。如果我们停下来考虑一下后果，我们就不会一头扎进某件事情中，而是留在原地。正如哈姆雷特那段著名的生存还是毁灭的独白所说,决心的赤热的光彩,被审慎的思维盖上了一层灰色。人生的讽刺在于它由两部分组成,一部分是无法思考只能行动,另一部分是能够思考却无法行动。对于这位女士(下一句)来说,事情是这样的:她做了一次情感驱动的选择,然后她的余生都在想,如果她做了不同的选择,人生会是什么面貌,或者她是否真的有选择的余地。接下来她将再次以"我"的身份出现。我不知道那天晚上在青年中心对我来说什么更重要,是他看到了我,还是我看到了他。当我们订婚时,我告诉自己,我是在追随自己的心。我屈服于这种想法,我爱上了这个想法,就像爱上伊瓦尔一样。还有其他的女孩,一想到她们,我的心情也随之高涨。我看到的是他,但我看到他的那股力量,那股让我快乐得眩晕的力量,却来自其他地方。

妈妈不喜欢他。她说得很清楚。但那时已经太迟了。

那晚的舞会什么也没发生,他多看了我几眼,仅此而已。但第二天醒来时,我根本想不到别的事情。我知道他在打听我。我也打听了他的情况。他来自峡湾更上游的一个村庄。他在春夏季有房子盖的时候就盖房子，有时甚至远至卑尔根。秋冬季节，他在渔船上工作。船一般在布朗德群岛附近活动。他的母亲去世了，他和父亲及两个兄弟一起生活，他们一起盖房子和打理渔船。他曾经订过一次婚，但婚约已经解除了。人人都说他很会痛饮作乐。他看着我，问起我，这让我几乎抑制不住内心的喜悦，太激动人心了。他已经是个成年男子。而我两年前刚受了坚信礼。

几个星期过去了，什么也没发生。但我知道他会做什么，他会怎么来找我。这并不难猜。六月，奶牛被牵到夏季牧场，我和大姐一起住到山地农场。那是在山谷尽头的半山坡上。附近还有其他的山区农场和女孩。有女孩的地方就会有男孩。如果他想见我，他就会去那里，而且我确信他一定会去。

挪威西部的夏天和这里的夏天完全不同。那里的山给夏日赋予了深度，似乎要将它们封闭起来，而这里的夏日是延展开的，显得更开阔；家乡的夏天也更加绿意盎然，如果要说的话，绿得很狂野。斯科讷平原上的绿色是干燥的，周围点缀着黄色、米色和白色，而挪威西部的绿色是湿润的、茂盛的、浓重的。这里的夜晚是深暗的,而那里的夜晚却是明亮的。

我仍然向往那些明亮的夏夜,我们坐在农场上方的山坡上,眺望山谷,一端是峡湾,另一端是群山。天空如此明亮,几乎看不见星星,我们无心睡眠。

我也怀念那些雨天,我们坐在农场里,壁炉里生着火,雨点敲打着屋顶,我们玩纸牌,编织,或只是凝视着外面无尽的绿色。

在天气晴朗的日子里,我们在河边的深潭里游泳,仰望深蓝色天空下雪白的山峰,昆虫在阳光里翩翩飞舞。那个夏天,每当我看到美丽的事物或经历美好的事情时,我都会想起他。

上床后,我久久不能入睡,一直在倾听他可能发出的声音。但只能听到牛羊身上的铃铛声,在山坡间寂寥地叮当作响,偶尔还能听到鸟叫声。有些夜晚,还能听到远处传来的手风琴或小提琴的乐声。

至于我,当我躺在那里,我是一个等待他的人,一个迎接他的人。

这就是我的身份。

这是一个很大的身份,比我日常的身份更大。也许是因为它不具体,也无法切分;我的一切都流入了我自己的这个概念,被它吞没。

当然,他来了。

他还带了一个朋友,我听到了他们的声音从山坡下很远的地方传来,那是一个声音传得很远的夜晚。所以,当他们的脚步声变得清晰可辨时,我听到其中一个在墙外对着另一个做嘘声。

我笑了。

在我对面的床上,姐姐转过头来看着我。我把手指放在嘴唇上。她窃笑起来,我冲她挥了挥拳头。

他们现在就在我们下面的房间里。我听到有人在爬梯子。

走吧,我们回去吧,其中一个低声说。

站在梯子上的另一个人大声笑了起来。是伊瓦尔。

他又走了几步,然后我看到他的头出现在阁楼的边缘。

约翰妮?他说。

我在，我说。

我的心怦怦直跳，好像要从胸口里跳出来！

我们走到瀑布边。他没有多说什么。他抱住了我，一个炽热的、突然的拥抱，我感觉到他坚硬的身体紧贴着我，那种感觉久久不能散去。

黑暗、沉默、危险，这就是我对伊瓦尔的印象。

我没有想过我为什么需要黑暗、沉默和危险。

在农场那些漫长的不眠之夜里，我渴望着和他贴近。有时我会起身出门，走到瀑布那里，满心都是对他的思念，瀑布在灰暗的夜色中闪着白光。

他又来了，这次他吻了我。他喝了酒，甜美的气味让人兴奋。

仲夏节我们围坐在河边平地上的篝火旁。他拉着我的手，带着我远离其他人，我躺下迎接他。之后，我的内心又欣喜又羞耻。

我被玷污了，但我愿意，这让我感到快乐。

第二年夏天，我嫁给了他。他在老房子旁边建了一座新的，我们就住在那里。我们有了三个孩子，他们之间各相差一岁。他对我失去了兴趣，对孩子们也没有兴趣。

许多人的生活都是这样，我不是唯一的一个。但我还那么年轻，难道这扇门真的这么早就关上了吗？

他酗酒，没有自尊心，如果我建议他在没有工作的时候做点什么，他会大发雷霆。我知道他在和别人调情，也许甚至还有情人。他眼睛明亮，肤色黝黑，喝醉后还有一种野性气质，吸引了很多人。但至少他还算有分寸，让这一切远离我们居住的村庄。

我没有人可以求助，也没有人能够倾诉，完全是孤身一人。我有孩子，但我无法打起精神，我像母亲责骂我一样责骂他们。

起初，我试着去理解他。然后我为他开脱。那时我还想从他那里得到些什么，有时我得到了，我们之间也有美好的时光，但后来我连这些也不再想要了，他变成了一个只是存在于那里的人，一个我在忍受的人。

十多年来，这是我唯一的爱情经历。

然后战争到来了，但生活并没有明显的变化。村子里有德国人，村外隔着一段距离还有一个战俘营。伊瓦尔为德国人开车，这没什么稀奇的，当地还有几个人给德国人修路，他们从农民那里买牛奶、蔬菜和肉，从渔民那里买鱼。由于语言不通，他与这些人的接触并不密切，他不会把德国人带回家，也不会和他们一起去喝酒，只有一个例外。

有一个军官是奥地利人，挪威语说得很好，曾在童年时的夏天来过这里，他和伊瓦尔就算不是朋友，互相也很熟悉了。

有一次，伊瓦尔邀请他到我们家吃晚饭。那是我第一次见到你，亚历山大。货车停在院子里，我透过厨房的窗户看到你下了车，一个中等身材的男子，三十出头，穿着德国军装，在烈日下眯起眼睛，几分钟后你摘下帽子和我打招呼，我看到你的头发有点稀疏。薄薄的嘴唇，棕色的眼睛，一张友好的脸。如果是在人群中，我不会注意到你，你也不是人们会回头去看的那一类人。

我有些迟疑，我不想和德国人有什么瓜葛，你和伊瓦尔认识这件事并没有让我对你更有好感。所以我借着做饭和照顾孩子的名义躲了起来。

2016年7月29日，星期五

你没有像伊瓦尔的一些朋友那样忽视我，但也没有像另外一些人那样饶有兴趣地打量我。你只是好奇地看着我。你也用这种眼神看着孩子们。我注意到了，因为这很不寻常，我觉得你好像把自己丢在了什么地方。

事实上，我不知道当时我是真的这么想，还是后来才想到的，在我们来到瑞典后，我慢慢觉醒了，很多曾经的经历都有了新的意义。但我感觉到了，你对我们很好奇，好奇我们是谁，好奇我们的感受，我感觉到这种开放是你性格的一部分，与你遇到的人和你所在的地方无关。

不，我没有这么想。因为这个奥地利人离开时，我很生气。伊瓦尔为什么把一个士兵拉到我们家，拉到我们的房子里？我给妈妈送吃的，我对她很恼火，很不耐烦。我洗碗，挤牛奶，哄孩子们睡觉。我告诉伊瓦尔不要再邀请他了。他问为什么，我说他表现得太优越，自以为比我们强。

被人看见可不是件好事。

他没有再来，我也没再想他的事。妈妈需要越来越多的照顾。我到的时候，她困惑地看着我，不知道会发生什么，也不知道现在是什么时候。但她认出了我，盼着我能伺候她。我不知道她是如何看待自己的，但她似乎认为自己是个女王。我给她梳头，为她准备衣服，她温和地微笑着接受了。她没有一丝愤怒或绝望。白天她穿着睡衣坐在那里，稀疏的白发披散在肩上，我给她端来食物的时候，她慈祥而迷茫地看着我。然而到了晚上，她会在睡梦中大喊大叫。她的卧室在另一栋房子里，但就在我们家隔壁，我们能听到她睡觉时的怒吼，就像被枕头闷住了一样。后来这一切也结束了。那年冬天她死了，是亨宁发现了她，然后跑来找我，她瘦削的身躯冷冰冰地坐在沙发上，头发披散着，惊恐地睁着眼睛。

她过的是什么样的生活？

我把老房子彻底打扫了一遍，除此之外，我们还是让它保持原样。

她下葬的那天，天空阴沉沉的，寒冷的冬雨从早晨就开始下，敲打着屋顶，落入池塘和水坑，像成千上万根针一样扎在峡湾寂静的水面上。我走到森林边缘，从那里的云杉树上砍下一些树枝，把它们横放在通往院子的路上。我把孩子们最好的衣服拿出来，摆好前一天晚上准备好的食物，穿上我的黑衣服。伊瓦尔帮忙抬棺。她应该会不喜欢，我也不喜欢，但我什么也没说。六个人在雨中抬着棺材穿过墓地。除了脚步声和淅淅沥沥的雨声，一切都静悄悄的。我们唱了一首赞美诗，牧师说了几句话，他把泥土撒在棺材上，棺材随后被沉入坟墓里，我们又唱了一首赞美诗。然后就结束了。

她被安放在爸爸的身边，直到那时候想起爸爸，我才哭了出来。

晚上，大家都走了，孩子们也都睡了，我坐在客厅里，打开窗户，望着外面的黑暗。邻居家的灯亮着，在雾中闪烁着光芒，雨滴落在田野上，四周一片寂静。伊瓦尔出去了，但这一次他至少问了我是否介意。我不介意，我很高兴。

那时我二十八岁。

我看了看孩子们，他们都睡了，我脱下衣服挂在衣柜里，上床睡觉时，我试着什么也不想，只听着雨点落在屋顶上的声音，进入梦乡。

几周后，伊瓦尔问我是否还记得那个和我们一起吃晚饭的奥地利人。我说当然记得。确切地说，来这里的人不多。

他得了重病，伊瓦尔说。

是吗？我说。

他正在康复中。但目前仍然卧病在床，伊瓦尔说。

然后呢？我问。

我们有地方给他住，不是吗？伊瓦尔说。

你疯了吗？我说，我们要收留一个病人？

伊瓦尔耸耸肩。

他说，他们会付我们钱，我已经说过我们可以收留他了。

我们？我说，我们？

第二天，他来到我们家，两名士兵用担架把他从救护车上抬到另一间房子里。太阳挂在西边的山上，院子里的光线微微泛红。一阵大风从峡湾吹来，院子里光秃秃的树枝在风中摇曳着。女孩们站在鸡舍旁看着，格罗手里拿着几个鸡蛋。我把卧室里妈妈的所有东西清理出来放到阁楼上，反正我本来也打算收拾的。我还整理了床铺，在床头柜上的花瓶里插了几枝花；如果他要和我们住在一起，我希望他能对这里有好印象。

士兵们走后,他躺在床上看着我说,谢谢你。他的脸颊瘦得凹陷下去。

你饿了吗?我说。我用了正式的敬语。

不饿,他说,但还是谢谢你。

他的声音低沉无力。

过一会儿我就进来看你,我说,还是敬语,如果你渴了,桌子上有水。

请不要这么拘谨,他说,我是您的客人,也是您的病人。

随你高兴,我说。

我走了,去做其他家务。我内心有点不安,家里来了个陌生人,一切都跟着变了,突然间所有的事情都围绕着那间旧卧室展开。

他怎么样了?吃饭的时候伊瓦尔问道。

他看起来很虚弱,我说。

他们说最坏的情况应该已经过去了,伊瓦尔说。

他很瘦。

那你得喂喂他。

我把牛粪铲到地窖里，给奶牛喂了干草，挤了奶，站在罗莎的侧腹抚摸着她。她转过头，用深邃的棕色眼睛凝视着我。我用双臂抱着她，就这样站了一会儿，感受着她巨大的躯体带来的温暖。然后我走进厨房准备了晚餐，用托盘端给他。

我走进房间时，他还在睡觉，但当我把托盘放在床边的桌子上时，他睁开了眼睛。

这是你的晚餐，我说。

谢谢，他说着，稍微坐了起来。

你得原谅我身上的味道，我说，我刚在牛棚里待过。

他笑了。

如果你今晚需要什么，可以敲敲墙。我们的卧室在另一边。

我想应该没必要，他说，你现在能不能……嗯，帮我一下？

他的目光移开了。或许他需要夜壶？

我是说，上厕所。他说。

我脸红了。

你需要我帮你什么？我快速说道。

你能，就帮我站起来一下吗？

他微笑着说。

剩下的我可以自己来。

哦，这样，我说。

他费力地坐起来，把腿挪到地上。我扶着他的胳膊，他慢慢地站了起来，然后我们穿过走廊，来到厕所。我们一步一步地走着，当他停下来靠在门框上的时候，我以为他要摔倒了。感觉好像在扶一个老人。

厕所到了，我在房间里等你，我说，你要回去的时候叫我一声就行。

他点了点头，我听到身后的门关上了。

我拉上窗帘，把花插在花瓶里，看着妈妈绣的草地上的两只红色的鹿，这幅绣品从我记事起就一直挂在床头。

约翰妮？他的声音从厕所里传来。

我走到他身边，把他扶回床上。

他脸色苍白，脸上湿漉漉的，有一层薄薄的汗水。

你真好，他说，很抱歉给你添麻烦了。

你千万别这么想，我说，我们是拿钱办事的。

我为什么要这么说呢？我走回另一栋房子的时候这样想着。但这是事实。他是个德国兵，既不是朋友也不是亲戚，我们需要钱。他也很清楚这一点。

第二天清晨，我怀着期待的心情醒来。今天会有好事发生，会有我期待的事情发生。我已经很多年没有这种感觉了。但随后我意识到那是什么，喜悦变成了失望，因为什么都没有，只有另一间房子里的病人。我的生活如此贫乏，一个病人就能把它点亮。

我去了趟牛棚，给孩子们打包好午饭，把他们送去学校，然后就去给他送早餐。我向他道了早安，把托盘放在桌子上，正准备拿着昨天的托盘离开，我想起我又得扶他去厕所了。

他一定看出来了，明白了。至少我感觉到，他比我更早地意识到了我内心的想法。

我弯下腰，双手放在他背后，扶他坐起来。前一天他自己这样做过，但费了很大力气。然后我扶着他的胳膊，帮他站起来。

我们一言不发地慢慢走过地板。

你可以来了,他上完厕所之后说道。

他没有叫我的名字,这个念头像一层淡淡的阴影,笼罩在我的灵魂上。

窗外春意盎然。西风渐止,暖意回归,山坡上的积雪已经融化,只在沟渠和朝北的山坡上留下了一块块积雪。孩子们不穿冬靴了,我给它们上了油,和冬衣一起放在阁楼上。

照顾病人很快就成了每天固定的工作。第一周,我们没怎么说话,我尽量让自己和他打交道的时间短暂而高效,想让他明白,在做完必要的家务后,我就没有多少时间了。当我忙前忙后时,他的目光一直追随着我,嘴角常常挂着微笑。我有时想,他喜欢我,但每次这么想的时候我都会告诉自己,他整天都一个人躺在床上,我的出现对他来说是个不错的消遣,这是再自然不过的事了。

第三天晚上,我在浴室里准备了一盆热水,连同一块肥皂、一块绒布和一条毛巾一起端进了他的房间。

我想你可能需要洗一洗,我说。

是的,他说。

我把羽绒被放在一边，解开他睡衣的扣子，把睡衣拉下来，就像我给孩子们做过很多次那样，拧干绒布，轻轻地放在他的手背上。

是不是太热了？

不，不热。很好。

我又一次把绒布浸泡在水里，抹上一些肥皂，开始清洗他的上半身。他闭上了眼睛。我一直害怕这个步骤，很高兴他没有看着我。我握着他的手，把他的胳膊往上抬了一点，擦洗下面的部分。他一动不动地躺着。我用毛巾擦干他的胸膛，脱下他的裤子，洗他的大腿和腹部，再次擦干他的身体。直到我给他穿好衣服，他才睁开眼睛。

谢谢你，他说，我现在感觉好多了。

你很快就能自己做了，我说，然后直起身子，端着盆走回浴室。

之后，我觉得我需要独处。我的内心仿佛打开了一个空间，我必须保护它。

我要出去走走，我对伊瓦尔说。

出去？这么晚了你要去哪儿？

只是出去走走，我说，去瀑布那边，然后再回来。

为什么？

我喜欢。现在是春天。

他看了我一眼。我转身出去了，看到孩子们在谷仓桥那边玩耍，今晚那里有一大群孩子，空气中充满了兴奋的说笑声。我穿过草地，翻过栅栏，沿着河流逆流而上。我想，如果他觉得我的行为可疑，那是他的问题，我并没有做错什么。但我不想去想伊瓦尔。我不想去想孩子们或农场，不想去想钱或未来。我想感受春天，别的什么都不想。河面上的空气向我飘过来，比草地上的空气更冷。黑色的树丛间闪烁着点点积雪。黄昏的光线笼罩着群山，比我脚下站着的地方更加明亮。鸟儿很快就会归巢。夜晚很快会越来越短，黑暗在一段短暂的时间里将不复存在，只在午夜之后的几个小时里，给天空蒙上一层蓝灰色的薄纱。

我沿着瀑布爬上山坡，就像小时候一样，紧紧抓住白桦树细长的树干；我熟悉每一段路，到了山顶，我在一块岩石上坐下来，河水在这里形成了一个深潭，在跌入峡谷之前似乎还在涌动。

我非常高兴。

当我们第一次说了不止几句话时,他已经在这里待了一个星期了。我给他送完早餐,正要离开的时候,他问我是否赶时间。

不急,我说。

我很想跟人聊聊天,他说,你能陪我坐一会儿吗?

哦,好的,我说。

他问我没有来看望他的时候都在做些什么。我的日子是什么样的。

我告诉了他。

他问我是否喜欢读书。我说我几乎不读书。

他说他想起了一本俄罗斯作家写的书。书名叫《浮士德》,讲的是一个不读书的女人,有一个男人爱上了她,送了她一本书。她读了之后,非常难过,这本书对她的影响太深,最后她死了。

这听起来像是一本非常愚蠢的书,我说。

也许吧,他没有笑,我以为他会笑我。

要我借你几本书吗？我说。

不，不必，他说。

你为什么看到我就想起那本书？我说。

我没那么说，他说，我只是说我在想那本书。

现在他笑了。

我站了起来。

你需要休息，我说。

他抓住我的手，轻轻地捏了捏。

谢谢你抽出时间，他说。

2016 年 7 月 30 日，星期六

这天剩下的时间里我的心情都很差。三个孩子都躺在床上看书，我把他们打发出去，换了床上的床单，把羽绒被晾在外面，开始捶打地毯。他来我们家住，我花时间照顾他，然后他想用一本关于一个一辈子没读过书的女人的书来愚弄我。他躺在那里嘲笑我们。但我想，如果这就是他想要的，

那就这样吧，我又把三块长地毯拿进屋里，铺在走廊和楼上的卧室里，再把客厅里的大地毯搬了出来。天空湛蓝，阳光明媚，但从西边海面吹来的风却冷得刺骨。每吹一下，地毯上就会扬起一阵尘土。我不想再跟他说话了。他可以躺在那里，去思考这意味着什么。每次捶打下去都会扬起一团灰尘，等到灰尘掸得差不多了，我就把地毯搬回屋里，手冻得通红。铺地毯的地板通常比其他地方的地板颜色要浅，我用钾肥皂擦洗了一遍，然后再把地毯铺好。

我把昨天的汤热了一下当晚餐。汤的味道很浓郁，油润爽口，里面还有大块的肉，很适合这样寒冷的天气。伊瓦尔把卡车停在外面，我摆好餐桌，叫孩子们进来。晚餐时无人说话。过了一会儿，伊瓦尔问我们的病人怎么样了。你为什么不给他送一下晚饭，亲自看看呢？我说。是的，我去，他笑着说。然后你一定要记得带他去厕所，我说。这对我来说比对你来说容易多了，他说着站了起来。

我告诉孩子们，他们可以整理房间了，现在他们有了新床单和所有东西。然后我去看了看羊群，有些羊快要产小羊羔了，但现在还没有动静。我听到卡车发动并开走的声音。

我把羽绒被抱进来，在客厅里喝了一杯咖啡，眺望着峡湾。对岸的群山在朦胧中泛着蓝光。

我不再生气了。他看不起我们又有什么关系呢？他是一名奥地利军官，我们是为了报酬在照顾他。

我端着晚饭过去，跟他打招呼，看也不看他一眼，我把托盘放在桌子上，又把装午饭的托盘端出去。太阳照在南边的山峰上，覆着白雪的山巅闪闪发光，阳光也照在北边的山丘上，云杉的树梢像金子一样闪耀。黄昏降临在院子里和草地上。空气冰冷刺骨。

那天晚上，我躺在床上背对着伊瓦尔哭了一夜，没有一点声音，泪水就这样涌出来，在黑暗中顺着脸颊流到枕头上，我仿佛要崩溃了。

第二天，风向变了，它从南方吹来，让山谷充满了温暖。景色也随之变得温和，没有了前几天的尖锐。当我给他送早餐时，我为自己想要责怪他的念头感到愚蠢。

早上好，我说，睡得好吗？

像孩子一样好，他说。

你看起来好多了，我说，要我把托盘放在床上吗？

那太好了，他说。

他慢慢起身，我拿起枕头，把它竖直放在床头。

好了，我说。

恐怕我得先起来一下，他说。

我帮他坐起来，扶着他走过地板。我手里扶着的他的上臂感觉很结实。尽管他很瘦——我见过他的肋骨在皮肤下拱起的样子——但他一点也不虚弱。

母羊生小羊羔了吗？他边说边坐在床上，我又把托盘放在他面前。

我摇了摇头。

还没有。不过快了。我感觉今晚就会生产。

为什么？他说。

外面暖和多了。

有关系吗？

我想是的，我说，你要的东西都齐了吗？

是的，谢谢。

他用手轻轻拂过我的手背，看着我。

你是个天使,他说。

我脸红了。

我是个农妇,我说,他们付钱让我照顾你。

无论如何,我还是很感激你,他说。

那很好,我说,然后头也不回地走了出去。

无论我走到哪里,无论我在做什么,我的思绪都会转向他。这就是我哭泣的原因,我意识到他的存在让我充满希望,而当我意识到没有什么希望可言时,我内心的一切都变得空荡荡的。这种空虚与希望出现之前的那种空虚不一样。

我在希望什么?

我不知道,没有任何确定的东西。只是希望。

那种感觉那么美妙。

难道我就不能顺其自然,给他送吃的,在他需要的时候跟他说话,既不责怪他,也不有所希冀,只是像我在瀑布边的那个夜晚一样沉浸其中吗?

他在慢慢康复,很快他就能从床上坐起来,很快他就能走到浴室,然后再走回来,不需要别人的帮助。有一天,我在浴室里帮他擦洗，他坐在凳子上，面前是我装满热水的盆子。

他的眼睛充满活力，此前我从未在任何人身上见过如此生动的眼睛。我习惯了闭着的眼睛。

我喜欢他看着我的样子，当他的目光停留在我身上，我好像变得不只是我了。

我还喜欢他抚摸我的手或胳膊，总是轻柔而短暂，那时我的心里就有什么东西被点亮了。

我开始好奇，当他独自躺在那里时，他在想些什么？

他是谁？

他改变了他躺着的房间，它不再是我父母以前的卧室。它仿佛属于另一个世界，每次我给他送食物时，就会打开通往那个世界的门。

他是我醒来时想到的第一件事，也是我入睡前想到的最后一件事。但我从未让他知道。这是我的秘密，我是多么在乎他。早上我给他送早餐的时候，我们经常坐在一起聊天，他吃饭的时候我就坐在床边，他会问起各种关于我的生活和这个地方的事情。他唯一没有问过的就是伊瓦尔。他没怎么说过他自己。他喜欢给我讲他小时候在挪威的回忆。他还喜欢谈论自己读过的书，把书中的人物当作真人一样谈论。他曾开玩笑说，希特勒应该读一读《战争与和平》，那样他在入侵俄罗斯的时候可能就会三思而后行。他说，从来没有人成功征服过俄国。查理十二世试过，拿破仑试过，德国在第一次世界大战期间试过，现在我们坐在这里谈话时又试了一次。

你知道德国正在输掉这场战争吗？他说。

我摇了摇头。

这只是时间问题，他说。

开始下雨了，一场又冷又硬的春雨，下了好几个星期。萌芽的树叶和冒头的小草在厚重的天空下闪耀着晶莹的绿色，仿佛被地下的太阳照耀着。和亚历山大在一起的日子就要结束了，我知道，尽管他什么也没说；他已经好多了。这些日子很奇怪，因为什么都没发生，但一切都变了，我的内心仿佛被启动了。各种情绪在我心中流淌。喜悦，悲伤，愤怒，温柔，绝望，希望，渴望。有时这些感情如此强烈，以至于我不知道该如何处理，该何去何从。表面上一切如常，我做着我一直在做的事情，当我和他坐在一起聊天时，我们每天固定的半小时，我将这些感情压抑在心里。我走进房间，他已经听到我来了，坐了起来，我和他打招呼，拉开窗帘，让房间里充满灰蒙蒙的雨水的微光，我把托盘放在他面前，坐在床边，问他今天感觉怎么样。如果与他的眼神相遇，我就迅速垂下目光。如果他用他友好的方式抚摸我的手，我就收回。有时我也会站起来，让他看看我是谁，他又是谁。在这种时候，当我离开时，我的心会在胸腔里剧烈地跳动。拒绝一些可能什么都不是的东西，会让被拒绝的东西的出现成为一种可能。

我知道他喜欢我，我确信他在想着我。因为一段时间之后，当我们的目光相遇时，他也会垂下眼睛，这让我知道，他也在想着不可能的事情。

然后有一天，我屈服了。我站起来，拿起托盘，他抚摸着我的手臂。

谢谢你，他说，你真是个天使。

我把托盘放在桌子上，弯下腰，和他面颊相贴。当我直起身来，我们四目相对。然后我匆匆离开了。

只是一个单纯的拥抱，这没什么。

但我曾经靠近过他。我感受到了他的温暖，他的味道。我走进厨房，坐下来。我的心仿佛要溢出来，对我来说有些难以承受了，我因激动而颤抖。我又站了起来，走到雨中。我知道这是我最后的机会，去阻止这一切，否则它会毁了我的生活。我知道我应该进屋，往脸上泼点冷水，然后若无其事地继续过日子。但我不想这么做。我想去找他。

我打开另一栋房子的门，走上楼梯，我知道他正躺在那里听着我的脚步声。我走进房间，径直走到他身边，弯下腰吻了他。

当我直起身来时，我仿佛置身于别处。我突然平静了下来，我不再身处某件事之中，而是凌驾于它之上。

这是一种奇妙的感觉。

我想要你，我看着他说。

我把羽绒被拉到一边，慢慢地脱去他的衣服。他一动不动地躺着。然后我在他面前脱掉自己的衣服，他向我举起双手，我对他微笑。

之后我们都没有说话，我只是依偎着他，把头靠在他的胸膛上。甚至当我要离开的时候，我也什么都没说。如果我说"我得走了"，就会驱散这种魔法，把我们抛到我们之外的地方。我穿好衣服，抚摸着他的胸膛，吻了吻他，默默地走了出去。外面的空气中飘着雨丝，地面湿漉漉的，卡车留下的车辙里积满了灰黄色的水。我不知道伊瓦尔回家后会发生什么，我会作何反应，这一切是否都能从我的脸上看出来，我会害怕还是充满愧疚。船到桥头自然直，我这样想着，上楼走进卧室，打开窗户，仰面躺在床上。感觉就像我身上那些我不知道的部分突然活了过来。

原来这就是幸福。

原来这就是享受。

我闭上眼睛，听着外面风中起伏的雨声，就这样睡着了。

伊瓦尔回家时，我没有一丝恐惧，也没有一丝愧疚。他没有注意到我的任何不对劲，一切如常。孩子们也没有注意到任何事情。我对自己完全敞开心扉，对自己的想法没有任何隐瞒，我之所以能做到这一点，是因为我并没有做错什么。这一点也很新奇。我没有阴影。没有黑暗的角落,用来隐藏显而易见的真相。

但我对回到他身边感到忐忑不安。我们之间的关系还没有成型。我也不知道他在想什么,只知道他的感受。

如果现在我们之间隔着一道深渊呢?

伊瓦尔还在厨房里,我带着晚餐去找他,好让伊瓦尔知道,楼上没有什么见不得光的事。

当我爬上楼梯时,想到他正在等我,我的心像年轻人一样怦怦直跳。

我走进房间,他轻声说,我一直在想念你。

我在他面前停了下来。

到我这儿来。

现在不行,我说。

来吧。

他在下面,我说。

亚历山大站了起来

那我到你这里来,他说。

他站在我身后,搂着我的腰,亲吻我的后颈。

你真好，他低声说。

我爱你，我低声说。他撩起我的裙子，拉下我的内裤，进入了我的身体。我身体前倾，靠在窗台上。我的全身都在颤抖，我听到楼下前门砰的一声关上，那声音仿佛来自另一个世界，一个遥远的、遥远的地方。

用力，我说，再用力，再用力，再用力。

你真棒，他低声说。

啊，我说，啊，啊。

什么都不能把那些日子从我身边夺走。每天早晨我都幸福地醒来，这种幸福感非常强烈，它保护我免受一切伤害，让我所向披靡。

那些日子里，我们几乎没有说过话，兴奋的感觉太强烈了，我们只想要对方。

幸福是一面盾牌。

一天晚上他说，后天我就要回去了。

你不能回去，我说。

我们会想办法在一起的，他说。

答应我，我说。

我爱你，他说。

你知道从来没有人对我说过这句话吗？我说。

我希望以后也不会有人对你说这句话，他说。

我爱你，我说。

有伊瓦尔，有孩子们，有邻居，还有其他士兵。有那些偷情的夜晚，但这还不够，对他来说不够，对我来说也不够。

我没有其他人了，他说，我没有家人，也没有重要的朋友。我完全自由。虽然感觉不像，但我是自由的。有时我会想这意味着什么。一切都是开放的，我可以去世界上任何我想去的地方，做任何我想做的事。你明白我的意思吗？

我懂。

和我一起到外面的世界去吧。

我不能。

那你愿意吗？

我愿意。

我从未想过世界是开放的。我知道它就在外面,但我从未想过它会为我而存在。但这不是我后来那么做的原因。我无时无刻不在想他,在我的脑海里他每一分钟都在我身边,我的每一种情绪都指向他。我无法忍受没有他的日子。无法忍受。这是一种疯狂的想法。我觉得有什么东西在拉扯着我,这种力量如此强大,以至于我无法抗拒。

我的内心深处也有某种东西想要消失,有某种东西想让我被毁灭。

孩子们不会被毁灭。他们会处理好的。他们已经独立了。他们属于这里。他们不是我的,是他们自己的。

早上一个人在家里的时候,我收拾了一个背包,把它放在谷仓里。晚上,等所有人都睡下后,我拿起背包,沿着栅栏走到农场尽头的森林边缘,他在那里等我。

在我翻过栅栏之前,我们隔着栅栏亲吻了一下。

现在是你退出的最后机会,他说。

我没有改变主意,我说。

我开小差了,他说,如果我被抓住,他们会处决我。

走吧,我说,然后拉着他的手,在六月苍茫的夜色中开始向峡湾走去。

一小时后,船来接我们了,这是一艘渔船,船主是两兄弟,他们都在船上,亚历山大付了钱。

我从小就认识他们。他们不知道我要上船,我看得出他们并不高兴。

汽油的味道和海水的起伏让我作呕,但那天晚上我还是枕在亚历山大的腿上睡了几个小时。

第二天中午,我们到达了目的地。天气阴冷,山下的峡湾几乎完全变成了黑色。他们把船开到尽可能靠近岩石的地方,我背上背包,跳上岸边平窄的石台。

然后,可怕的事情发生了。直到今天,我仍然不敢相信我看到的一切,不敢相信它真的发生了。

亚历山大弯腰去拿背包,当他站起来转过身时,手里拿着一把手枪。他先是近距离朝其中一个人的头部开了一枪,然后朝他兄弟的胸部开了一枪,当他兄弟倒下时,又朝着他头部开了一枪。

我一定发出了尖叫。

亚历山大抬起头看着我，嘴巴张得大大的，好像他自己也不明白发生了什么。两具尸体躺在甲板上，他走进船舱，把船往后退了一点，然后转头驶向峡湾。

我内心的一切都停止了。脑子里没有任何想法。

我弯下腰，吐了出来。

船在离岸边大约一百米的地方漂流。我看到他在甲板上做着什么。我想，他还没有离开我。

从他在甲板上的动作，我意识到他把两具尸体扔到了海里。

我蹲下来，做了几个深呼吸。我的腿在颤抖，手和上半身也在颤抖。

小船再次向陆地驶来。发动机的声音在山边回荡，响得令人难以忍受。他又进了船舱，我不知道他进去了多久，我没有时间概念，一切似乎都发生在一瞬间，同时又在一直持续下去。

他又上来了，背着背包，跳上了岩石，船开始慢慢倾覆。他站了一会儿，看着船沉下去，然后向山上望去。

他们会告发我们的，他说，即使不是出于自愿，他们也会在接受审讯时供出我们。

他转向我,我不敢看他。

我们会被抓住,我会被处死,而你将不得不在村子里背负耻辱度过余生。

你计划好的,我说。

我们得走了,他说,来。

2016年7月31日,星期日

我们沿着山谷往里走。山谷阴暗潮湿,山坡上长满了高大的云杉,一动不动。我毫无思绪地走着,机械地迈着步子,心不在焉。我时不时地瞥一眼他的后颈和肩膀。我盲目地把自己交给了这个男人,而我对他一无所知。我对他有过各种感觉,唯独没有我现在感受到的恐惧。

我们在小溪边停下来喝水。

我不是怪物,他说,用外套袖子擦了擦嘴,如果你现在是这么想的话。

我害怕你,我说。

现在在打仗,他说,人们会在战争中死去。

但他们没有打仗,我说。

我爱你。

我不知道你是谁。

我是那个爱你的人。

我们沿着山坡走了一个下午。当我们到达山顶时,天已经放晴,太阳在西边的云层间闪耀。

你能再走几个小时吗?他说

可以,我说。

现在你自由了,他说,尽你所能,好好享受吧。

我不明白你的意思,我说。

我们又开始走了。

与任何人和事都没有关系了,他说,也回不去了。

那天晚上,我们躺在一起时,他哭了,我弯下腰,用我的脸颊蹭了蹭他湿润的脸颊,吻了吻,尝到了咸味。我爱你,我说,抓住他的手按在地上,他仰面躺着,看着我,我不知道他在想什么，但我知道他的感受，一股幸福和悲伤涌上心头。

之后，我紧紧地抱着他，我们就这样睡着了。

第二天早上醒来，我看到他蹲在地上，把我带的羊肉香肠切成块，放在他切好的面包片上，我才明白他前一天晚上说的话是什么意思。我走过去抱住他。

真的回不去了，我说。

他肯定地对我摇了摇头。

我们自由了，完全自由了。

傍晚时分，我们坐在一座山间小屋外，周围的景色在夕阳的余晖中泛着红光。几个小时前，我们敲开了他们的房门，告诉了他们我们商定的故事，还和他们一起吃了饭。

我不知道他们是否相信我们，也许不信，但这并不重要。整个晚上我都谈笑风生，一种强烈的幸福感拉扯着我，现在我们坐在夕阳下，我又一次开始大笑，突然笑得停不下来。

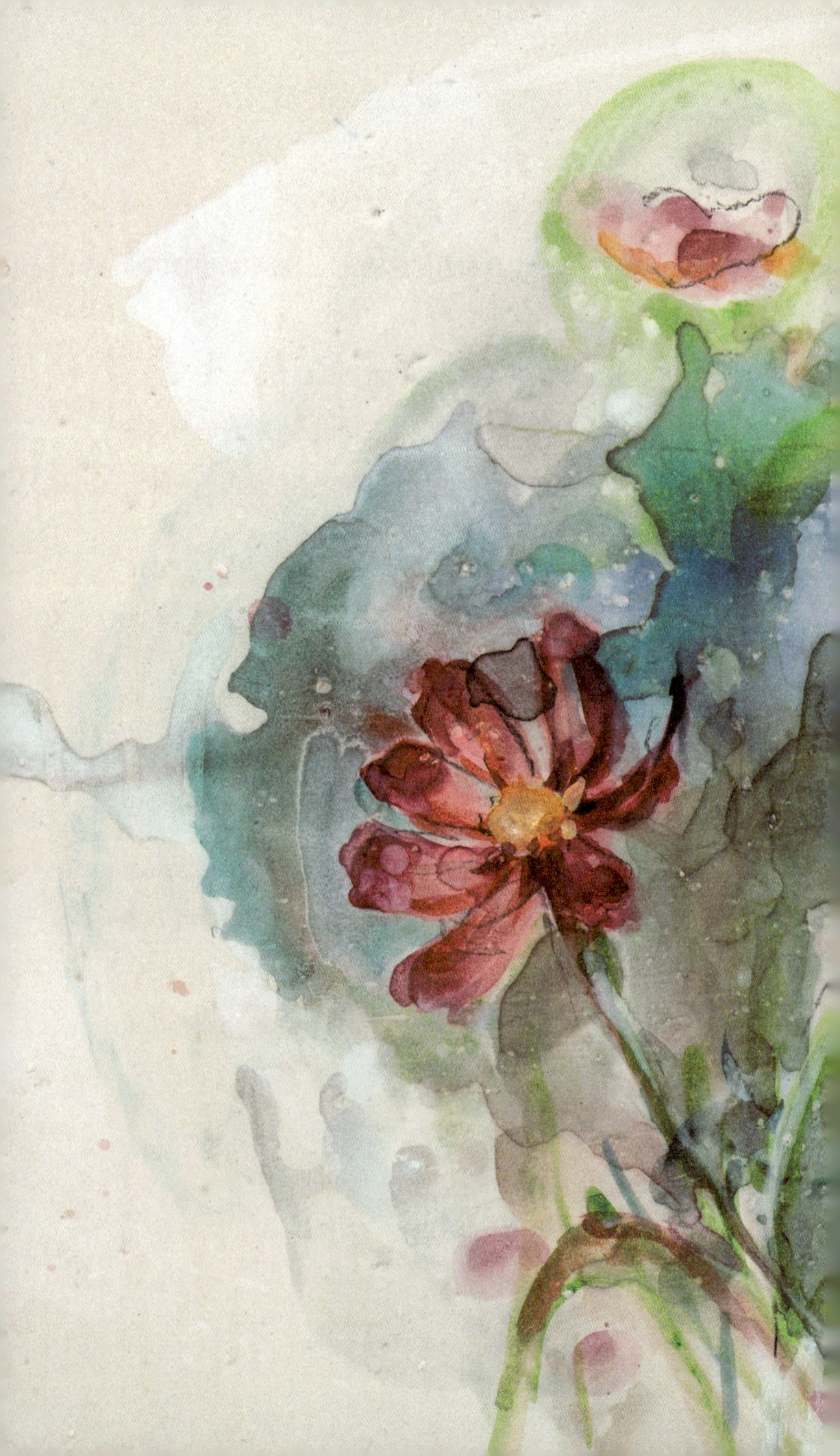

八月

衣服

我们家有六个人，其中四个是孩子，所以稍不注意，家里就会堆满衣服。孩子们晚上脱衣服的床边，看电视时随意脱掉毛衣或裤子的沙发上，两个大女儿对着镜子试衣服的走廊长凳上，都堆满了衣服，尤其是冬天，他们不会把外套和防水长裤整齐地挂起来，把帽子和手套放在架子上，而是把它们扔在地板上或窗下的长凳上。在这些待洗衣服堆的旁边，还有另一堆衣服，那就是洗完的衣服，如果我们不注意的话，这堆衣服也会越来越多，因为我们很容易把烘干的衣服留在衣帽间外面的客人床上，所以它们有时会堆成一辆小汽车那么大。这两种衣服堆是衣服循环回路中的两极，至少对于容易被情绪左右的人来说，很容易把脏衣服堆看成是邪恶的，把干净衣服堆看成是美好的；或者一个是敌对的，一个是友好的；一个属于黑暗，一个属于光明。有时会产生一些疑问，一件衣服可能看起来没有穿过，但却放在旧衣服堆里，这时你就不得不像我小时候看到母亲无数次做过的那样，把衣服拿到鼻子前闻一下，哪怕那是一条内裤。现在我自己也这样做，弯下腰，把内裤贴在鼻子上，像动物一样嗅闻上面的气味。散发出淡淡尿味的脏内裤比干净的、带着洗衣粉味道的干净内裤会令我的心情更加舒畅，因为接下来它们就会被拿去清洗，变得干干净净。尽管脏衣服只是在身上穿了一两天的衣服，但把它放进洗衣机，倒入洗衣粉，然后启动洗衣机，感觉就像是一种心灵的净化，更不用说当我把干干净净的衣服从烘干机里拿出来，暖暖地贴着皮肤，还散发着淡淡的洗衣粉的味道时，那种充溢全身心的愉悦感，这种愉悦能够让我身处的黑暗或是那些阻碍思想流动和通过的狭窄的角落与裂隙消失那么几秒钟，让我突然之间不再感到内疚，而是内疚的反面，那不是无辜，而是快乐。正是为了延长这种感觉，夏天天气好的时候，我有时会把衣服挂在晾衣绳上，而不是在烘干机里烘干，因为在蓝天白云下，衬衫挂在草坪上的绳子上，在阳光下熠熠生辉，在微风中轻轻摇曳，是一道美丽的风景，也是一件好事。虽然严格来说，晾衣服既非道德也非不道德，但我一定是受到了一些1950年代的"空气与阳光"道德观的影响，认为黑暗意味着肮脏，肮脏意味着贫穷，而贫穷是不道德的。于是老房子被拆掉，取而代之的是白色的、亮堂堂的新房子，工人阶级的小孩在夏天被送出城市，这样他们就能呼吸到新鲜空气，沐浴到阳光，从而成为一个好人。我不知道这些观念是如何传递给我的，可能是通过我母亲吧，从我记事起，每年都有那么一两次，她会在外面晾晒羽绒被，把地毯、床单和所有的衣服挂在晾衣绳和晾衣架上，好像要给它们治病一样。这其中也有声望的因素，我猜想，她的母亲，也就是我的外祖母，甚至会更加勤劳，没有人可以说她的家人懒惰、不干净或不道德。另一方面，不可否认的是，他们很穷，但这并不那么可耻，因为他们尚能糊口，而在他们居住的地方，大多数人的生活并没有比他们好多少。在我们家里，没有人会因为努力工作而把衣服弄脏或弄湿，我们有洗衣机、滚筒式烘干机和干燥箱，每次衣服破洞、撕裂、扣子松了或拉链卡住，我们都有足够的钱买新的，因此，我强烈感受到的不洁净的威胁并非源于任何现实的东西,它就像一只笼子里的动物,笼子被移走后,它仍然毫无理由地待在原处,待在没有栅栏的笼子里。

冰淇淋

每到初夏，冰淇淋制造商就会推出新的冰淇淋品种，这和所有动植物物种的生存法则是一样的：适者生存。如果一种新冰淇淋的销量足够大，下一季就会继续生产；如果不成功，就会被淘汰，再也不会出现。所有这些新品冰棍、冰棒和甜筒，都必须与几十年来证明具有竞争力的老品种竞争，这样，制造商的冰淇淋品类就会不断得到磨炼，用最合适的产品填补空白。从这个意义上说，Krone-is 就是幸存下来的佼佼者。这是一种普通的牛奶甜筒，因每个售价一克朗（Krone）而得名，一款是草莓口味，另一款是巧克力口味。这并不奇怪，因为它们的口味并不复杂，同时又方便用手拿着，既没有很小，也没有很大。从冰箱里拿出来时，甜筒内部的冰淇淋是硬的，顶部的圆形表面上有锋利的边缘，你可以选择舔它，把边缘舔圆，让冰淇淋慢慢变成梅花形，如果天气暖和，冰淇淋融化，这个过程就会加速，冰淇淋往往会顺着侧面滴下来，这时就得小心翼翼地舔掉；或者咬一口，这样更快。不过，对许多人来说，冰淇淋的全部意义就在于延长吃掉的时间，所以后者并没有明显的优势，除非是为了避免长时间的舔食带来的黏稠和污迹，尤其是巧克力甜筒，因为巧克力也会融化。甜筒还有一种吃法是，在舔到一半的时候，冰淇淋变得柔软有弹性，有些地方几乎像奶油一样，这时直接咬掉甜筒的底端，形成一个洞，冰淇淋就可以从这个洞里吸出来。挪威冰淇淋柜子中另一种常销不衰的是 Gullpinne 冰棒。它以牛奶为基底，表面覆着一层巧克力，巧克力涂层上还撒了焦糖杏仁碎，冰淇淋的主体奶油内部也有一层巧克力。这个特别的组合中——冰淇淋、巧克力涂层、焦糖碎屑、小棍——也包含了某种基本的东西，一种可靠的朴素的气息，我想很多父母都会为他们的孩子选择这种冰棒，以减轻他们购买冰淇淋时的奢侈感，因为冰淇淋是一种不必要的奢侈品，既不健康又没有营养价值，而 Gullpinne 冰棒凭借其功能性和基本的淳朴，在某种

八月 / 冰淇淋

程度上淡化了这种奢侈感。在我的成长过程中，冰淇淋给我带来的问题仅仅是如何选对。我们并不经常吃冰淇淋，所以至少在我七八岁、八九岁的时候，选错冰淇淋简直是灾难性的。比如说，我敢不敢选一种新的甘草冰淇淋？我喜欢甘草，但甘草配冰淇淋好吃吗？还有一种新出的樱桃冰棒，是 Gullpinne 冰棒同款，只是冰淇淋本身是樱桃味的，味道够好吗？我尝过它，在很长一段时间里，它都是我最喜欢的冰淇淋，但后来它消失了，退出了市场，徒留它的兄弟，稳妥明智的 Gullpinne，在市场上，与另外两个幸存者——船形威化冰淇淋和三明治冰淇淋——为伴。但是，最难选择的还是在卖软冰淇淋的地方，也就是城里，因为那里也有勺装的球冰淇淋，谁又能说软冰淇淋和球冰淇淋哪个更好呢？它们各自都有巨大而明显的优势。球冰淇淋的优势在于口味繁多。一个库存充足的冰淇淋店里，可以有多达二十种不同的口味。你可以选择一勺、两勺或三勺，店员会用冰淇淋勺把它们舀出来，团成球状，放进圆锥形的蛋筒里，或者纸杯也可以，但是真的有人傻到不选蛋筒选纸杯吗？可能的组合数不胜数：一球巧克力、一球开心果和一球朗姆酒葡萄干，或者两球巧克力和一球开心果，或者一球开心果、一球草莓和一球香草，或者一球巧克力、一球香草和一球杏仁焦糖，或者一球开心果、一球朗姆酒葡萄干和一球杏仁焦糖——这本身就是一个艰难的选择，尤其是因为有时必须在一瞬间当场做出决定，即使拥有四十多年的人生经验，我仍然觉得这相当具有挑战性。然后还要再加上软冰淇淋的选项，这也不是一件简单的事，因为软冰淇淋可以浇上融化的巧克力，也可以撒上可可粉、焦糖杏仁碎或果仁碎，还可以撒上巧克力脆片或是彩虹糖。对我来说，软冰淇淋一直是冰淇淋之王，它是唯一一种几乎像鲜奶油一样的冰淇淋，但仍然保持着冰淇淋的特性。而我解决各种加料问题的首选方案通常是要两种：可可粉和杏仁焦糖。有时，他们会把软冰淇淋先在可可粉里滚一圈，然后再在杏仁碎里滚一圈，这样就有两层了；有时，他们会把一边压在可可粉上，另一边压在杏仁碎上。你可能会认为我的孩子们会跟着我的脚步走，他们会明白我的选择是多年经验的结晶，但他们各自有各自的方式。例如，我的儿子在挑选球冰淇淋时经常选择冰糕作为口味之一，这是我一生中从未做过的事，甚至连想都没想过，而且

八月 / 冰淇淋

他其实更喜欢软冰淇淋。我的二女儿则会毫不犹豫地要求把软冰淇淋装在纸杯里，用勺子挖着吃。我的选择对他们毫无影响。他们经常说，可是爸爸，你不是说过你不再吃冰淇淋和甜食了吗？我是说过，我回答，但今天天气太好了。他们说，你昨天也吃了冰淇淋，而且还下着雨，这只是你的借口。是的，是的，我说。你为什么不能吃冰淇淋和甜甜的？最小的孩子问。因为到了我这个年纪，它们会让人发胖，你们想吃多少就吃多少，但我不能。是的，你变胖了，大女儿说，她无论吃什么都瘦得像个耙子。我们坐在博尔比海滩小卖部外面的一张桌子旁，海滩宽阔，沙粒细腻，几乎是纯白色，四周静悄悄的，天空湛蓝明亮，沙子反射着阳光，几乎让人无法直视，海面如镜，风平浪静。那我能再吃一个冰淇淋吗？小家伙说，既然我想吃多少就能吃多少？不，你不能，我说。为什么不行？因为你是个孩子，因为我管着你，但我可以吃两个冰淇淋，我说。不，你不能吃，大女儿说。不，我可以，我一边说，一边把剩下的蛋筒塞进嘴里，起身走到小卖部，买了一个开心果甜筒，回到他们身边。他们惊愕地看着我。在他们的世界里，连续吃两个冰淇淋绝对是闻所未闻的。我坐在那里一边吃一边望着大海，孩子们的目光都集中在我身上，我以前怎么从来没想过呢？为什么我从来没有连续吃过两个冰淇淋呢？

孩子们至今还记得这件事，尽管那已经是三年前了。对他们来说，那是一种力量的展示，因为不管他们怎么闹，都没法再吃一个冰淇淋了。对我来说，这只是个玩笑，但也有严肃的一面，因为它让我意识到，我确实可以为所欲为。利用这种自由连吃两个冰淇淋，这件事本身也让我有了一些思考。

盐

盐是白色的小颗粒状晶体,外形与糖并无不同,但味道和特性却大相径庭。盐首先是一种催化剂,一种能使事情发生的物质,例如通过吸水使肉干燥而不腐烂,或通过降低水的冻结温度使路面不结冰,或增强食物的风味。从这个角度来说,盐比糖更复杂,因为糖有一种略显傲慢和单一的特质:它尝起来甜甜的,它让所有与之接触的东西尝起来也是甜甜的。糖只关心自己,而盐却能激发其他事物最好的一面。是的,盐接触到的一切都会神奇地改善,而且往往是以不可抗拒的方式,就像大海一样——与甘甜的内陆淡水相比,咸咸的海水是多么清爽宜人!我还记得第一次去波罗的海游泳时的失望,那是在斯德哥尔摩群岛的远端,大海在我面前展开,我满怀期待地潜入水中,因为那是夏天,阳光明媚，空气温暖，天空高远，我的身体钻入水中，水很清凉，但并不清新，我的整个身体仿佛都有所反应，少了点什么，这到底是怎么回事，怎么水中几乎没有盐分？那是我第一次意识到瑞典是一个内陆国家，瑞典人是一个内陆民族。在我整个童年时代和青春期，我一直以为斯德哥尔摩外的群岛是一个真正的群岛，这主要是因为瑞典电视连续剧《我们在盐湖上》，因为每一个在海边长大、看过这部电视剧的孩子都不会相信，群岛中一个名叫盐湖的小岛实际上是在内陆水域？在返回城市的途中，我搭乘往返于斯德哥尔摩各岛屿之间的小型渡轮，清楚地看到了这一点：每个海湾都长满了芦苇，到处都是树木，一直延伸到海边，海水不是咸的，而是甜的——我们是在森林中的水上航行。有人可能会反对说，大自然不能如此排序；我看重大海胜过湖泊，看重海岸胜过湖滨，显然只是因为我习惯于这样，一个人成长的地方永远是他的参照点和理想模板。但这恰恰是瑞典人看世界的方式，相对主义、含糊推脱、毫无特色、不温不火，有点像环绕他们首都的水域。十四年来，我一直生活在盐分贫乏的波罗的海附近，生活在瑞典文化熏陶之下，我隐隐怀疑自己的想法是错误的，大西洋咸咸的海浪拍打着挪威的海岸，波浪是中性的，并不表达任何东西，它们只是含有大约百分之三盐分的水，河流和溪流数百万年来冲刷着岩石，将盐分带入海洋。盐与文化或身份无关，与人类的生命也没有任何关系，除了我们需要极少量的盐来维系生存。盐不是行为的主体，它既不复杂也不单纯。盐就是盐。然而，当你从一块光滑的岩石上跳入大海，当身体在充满漩涡和气泡的海水中游弋，嘴唇上尝到盐味，然后躺在岩石上晒太阳，身边躺着你的爱人，他晒得黝黑的皮肤上有一层薄薄的盐粒，在阳光下闪烁，嘴唇尝起来就像大海的味道——世界上很少有什么东西能与这一情景相媲美。

蚯蚓

这几天一直在下雨,今天早上,篱笆外的马路上有两条蚯蚓。在灰黑色的柏油路面上,它们闪着淡淡的红光,看起来柔软而肿胀。它们看起来像小肠或者某种腺体。当我用小棍戳其中一只时,它开始缓慢地蠕动,所以它是活的,但显然不在属于它的环境里,就像一个人类出现在遥远海上的水中一样。它们本属于地下,但现在不知为何爬到了阳光下,它们会死去,因为它们经不起阳光的照射,也无法再钻进土里。

我想起来了,在我的童年时代,我也曾多次看到过同样的景象,蚯蚓在下雨天爬到地面上来,像缓慢抽搐的小肠一样躺在花园里或路上,但这种非常野性的景象从来没有让我感到惊奇,仿佛世界原本就是如此。这种时候的蜗牛似乎也多了起来，在草丛中和森林的地面上，黏乎乎的黑色的一小堆在闪烁，好像在浓密云层的遮蔽下，所有的雨水汇成涓涓细流，四处流淌，把外部的景观转变为某种内部区域，某种柔软、湿润、本能的东西，引诱着所有属于隐蔽、封闭、幽静世界中的生物出来。蚯蚓从黑暗的泥土中钻了出来，蜗牛从阴暗潮湿的巢穴中爬了出来。大自然从里到外翻了个个儿，所有内部的生物都听从它的召唤，将自己暴露出来。

小时候看到这一幕时，我曾感到一阵小小的悲伤，因为它们就要死了，而现在，当我看到两条蚯蚓在夏日灰暗的光线下躺在路上，我也感到了同样的、有些迟钝的悲伤。但我想，只要我不能对它们的存在感同身受，同情就毫无意义。也许对它们来说，生与死并没有什么区别，生命就像吹动着塑料袋的风，在一段时间内推动着它们在这个世界上向前移动，而死亡只是这种移动的停止。

不，不可能。蚯蚓也有大脑，虽然它很小，而且只有一根神经，穿过它整个身体，如果说它的行动是机械性的，那也仍然是出于某种需要，可以以某种方式感觉到。夏天，地表下的土壤太热，蚯蚓就会钻到几米深的地方，那里更凉快；同样，到了冬天，地表的土壤变冷，甚至结冰，蚯蚓也会钻到深处，在那里休眠。下大雨时它会爬上地面，是因为蚯蚓是用皮肤呼吸的，水会让它呼吸困难，我们可以猜想，蚯蚓爬上地面是出于一种恐慌的冲动，或者至少是感觉到了难受。而难受的体验必须基于没有难受的前提而存在，不难受不一定代表舒适，但至少应该是某种形式下的清醒的满足感，对蚯蚓来说，这种满足感就是在地下生活时，土壤既不会太硬，也不会太干或太湿，太热或太冷，同时还含有腐烂的树叶、松针和碎裂的树枝。蚯蚓看不见，所以一切都是漆黑一片；它也听不见，所以一切都是寂静的。它有五颗小心脏和一张小嘴，当土壤又硬又密的时候，它就用这张小嘴在土壤中开路：它只需要吃掉泥土就可以了。它不知道自己在哪里，也不知道自己是谁，但这些都不重要，重要的是它的存在。世界上的一痕存在，这就是蚯蚓。

埃克洛夫

今天是八月四日，雨过天晴。有些地方的谷物几乎全白了，在一些田地里已经可以看到第一批联合收割机，像是巨大的甲虫。谷物从它们口中喷涌而出，数量之大难以想象。今天早上，我开车去博尔比的时候看到了这一幕，我的小女儿在后座上睡着了，我要去亨德拉特古董书店买一份结婚礼物。我曾在那里买过三本贡纳尔·埃克洛夫的初版的诗集，现在想去看看还有没有多的。埃克洛夫是斯堪的纳维亚诗人中作品最丰富的一位，他的诗歌涵盖了每一种情绪、每一个季节和每一个时代。不过，他的语调很容易辨认，即使是在嬉闹或开玩笑时，也有一种严厉的感觉。这种严厉可能并不存在，我只是因为对权威的敏感和对所有超群事物的恐惧而在他的诗中读到了这种严厉。但我在其他深刻的诗人身上也感受到了同样的严厉,比如耶奥格·约翰内森,埃兹拉·庞德,还有但丁。这四位诗人都是至高无上的诗人,或者说他们散发着至高无上的光芒,每个人在他们的时代和文化里都属于最博学的人,每个人都以简洁和自然的表达为最终追求,将其视为最大的善。我似乎记得读过一个关于埃克洛夫的故事,他在一次晚宴上迟到了,喝醉之后,他在客人之中穿梭,在他们耳边低声说出他们是谁。当然,我不是唯一一个对这个故事感到恐惧的人;我最害怕的就是被发现,害怕有人在我耳边说我是谁,知道他们说的是真的,但我永远无法对自己承认。埃克洛夫像梅什金公爵一样站在聚会的人群之外,一个白痴,一个孩子,一个看到什么就说什么的人,但不同的是,埃克洛夫知道自己在做什么,知道自己的位置,这才是可怕的地方。那些以简单和自由为最终追求的诗人也有类似的情况,他们的追求并不纯真,只是渴望纯真。也许他们诗中的严厉之音正是源于这种动力:这些诗人自己无法体验简单和自然,只是希望我们去体验,因为他们深知我们永远不会理解这份礼物的真正价值。博尔比到了,我叫醒了小女儿,抱着她走进亨德拉特,在我翻阅装有瑞典诗歌的书柜时,她睡眼惺忪地站在我面前,摇摇晃晃,个头还不到我的臀部。我找到了四本埃克洛夫的初版诗集,一并买了下来。此外,我还给自己买了一卷他的诗歌遗作和笔记。回到家后,我坐在书房里喝咖啡,随手翻开一页,读到一篇题为《说到斯威登堡》的文章。这是一篇关于堕落的文章。如果堕落并非从善堕落到恶,从天堂的纯真堕落到尘世的罪恶,如果人类在某一时刻因为变得更有人性而在道德分化中将恶分离出来,用埃克洛夫的话说,恶因此而成为"被抛弃的人",会怎么样呢?由此产生的想法是,上帝既不存在于过去,也不存在于当下,但可能会在未来的某个时候出现。这种奇怪的想法在一首诗中得到了进一步的阐述,诗中的上帝存在于生活中,隐藏在每一种运动中,但却尚未诞生,他还没有将他巨大的不存在的／躯体聚集在一个意志之下。从那以后,我每天都在思考这个概念,上帝是一种可能性,一直存在却从未实现。上帝存在于联合收割机和撒落的谷物中,存在于树木的阴影和道路的曲线中,存在于房子的屋顶和门框中,存在于孩子们的动作和他们的心中,但仍然不存在,因为整体是不可估量的,这就是上帝。因此,上帝是不可能的，因为上帝存在于无数的事物之中，如果无数的事物被聚合为一，它就不再是无数的事物了。

自行车

自行车是一种机械交通工具，由一个车架和两个车轮组成，其中一个轮子通过链条与踏板相连。它的构造如此简单高效，但却直到 18 世纪才被发明出来，实在令人奇怪。达芬奇设计了飞机、潜水艇和坦克的原型，为什么他没有想到自行车呢？还有伊曼纽尔·斯威登堡，他也设计了一架飞机，并痴迷于机械发明。自行车的天才之处在于将动力从踏板传递到链条，再传递到后车轮，每一个环节都以某种方式增强力的作用，因此任何人，甚至是儿童，都可以在不消耗比步行更多能量的情况下达到相当快的速度，从而大大增加了他们的活动范围。也许正是由于这项发明非常简单，而且具有大众化和民主化的潜力，所以伟大的机械思想家们都没有想到这一点。他们想得很大——飞上天空、进入太空、深入海底——而自行车却很小。与其他交通工具不同，自行车对视觉的影响很小；当你看到一个人骑着自行车时，你注意到的是这个人，而不是自行车。自行车十分低调，不像汽车那样可以保护驾驶的人，相反，它暴露了骑车人，也暴露了骑车人的弱点。在日常生活里，这种弱点并不显眼；但在武装冲突的局势下，它就变得显而易见。骑自行车的士兵并不可怕，也不像骑马的士兵那样威风凛凛。士兵们使用自行车主要是在第一次世界大战期间，主要用来送信。例如，阿道夫·希特勒是德军的一名信使，他的任务就是骑着自行车，将前线后方的指挥部的信息传递给战壕里的士兵。据我所知，没有关于他骑自行车的电影或照片，但他和其他骑着自行车的士兵给人们留下的印象，应该并没有什么不同，大家都头戴头盔，身着军装，蹬着自行车在土路上前行，略显摇晃，更像是查理·卓别林电影里的角色，而非荷马史诗里的人物。现在，自行车出现在军备领域里是不可想象的，这个世界几乎完全由直升机、战斗机、潜艇、导弹、坦克和航空母舰等大型机械组成，士兵们也会携带大量装备，以至于他们本身就像是一台机器。近年来，警察建立了自行车巡逻队，这也是为了利用军队希望避免的弱点；通过骑自行车，警察展示了他们人性的一面，消除了他们与所要服务的公众之间的隔阂。但在真正危急的情况下，当警察包围有恐怖分子或银行劫匪藏身的房屋时，他们并不是骑自行车来的。如今自行车确实只属于家庭领域，但另一方面，它又深深地融入了家庭，至少在我生活的地方是这样，每个孩子到了一定年龄都会有自己的自行车，学会骑车已经成为一种成人仪式。我见过很多不会开车和不会游泳的成年人，但我从未见过不会骑自行车的人。因为自行车不是保护而是暴露，所以骑上自行车可能会明显失去尊严，因为一个开着黑色宝马的人和一个骑着红色兰令自行车的人，气场是完全不同的。失去的尊严与车有关，而与人无关，因为自行车的作用是展现人的形态，或者说让人的形态归于人本身。如果你在自行车上显得渺小，那是因为你本来就渺小。我就是这么想的，也许是为了安慰自己。前几天，我买了一辆新自行车，头上戴着同样新的头盔，推着它经过汽车，来到马路上，我把脚放在一个踏板上，另一只脚跨过车架，开始蹬车，我坐在路面上方不到一米半的地方，完全暴露在外，感觉自己赤身裸体。我的大女儿在同一天也得到了一辆新自行车，她摇摇晃晃地骑在我前面，长长的腿在一个很低的挡位上快速地上下蹬着，一股对她的爱涌上我的心头，因为在自行车上，她抵御世界的全部机制——所有的形式，无论是身体上的还是心理上的，化妆、衣服、说话方式、拱起的脖子和翻白眼——都被自行车对平衡和速度的要求完全消除了。因为当我走到她身边，她抬起头看着我时，她的眼睛里闪烁着毫无防备的喜悦，仿佛回到了骑自行车对她来说还是件新鲜事的时候。

巴克尔

今年夏天，我拍了大约一百张照片。大部分是孩子们的照片，也有很多是这里的花和周围风景的照片——广袤的玉米地、阳光明媚的森林边缘、巨大的阔叶树、海边的荒山，以及荒山上高高的天空，天空中常常挂满了云彩。这些用手机拍摄的照片除了真实性之外，没有任何灵光可言，只是某一时刻某一地点的记录，比如2016年7月10日，格莱明格桥花园的这个雨天。每个地方、每个时刻都有其独特性，但在这些照片中却看不到，只能通过我自己的记忆来提供线索。我想，这就是为什么别人的照片常常显得毫无意义；赋予照片意义的，是拍摄者与拍摄对象之间的个人联系，无论人物还是风景。

几周前，我第一次来到里约热内卢，虽然我看过成千上万张关于这座城市的照片，但只有当我站在那里，站在科帕卡巴纳海滩上，身后是郁郁葱葱的热带山脉，眼前是沙滩，白色的混凝土摩天大楼在这之中拔地而起，这座城市对我来说才有了真正的分量。原来这里是这样的！我以前看到过关于它的一切，但那是事实，而不是现实。现实是经历过的现实。奇怪的是，与照片相比，绘画似乎更能传达这一点。也许有人会说，这并不奇怪，因为绘画所描绘的正是通过个人存在传达的特定地点或人物。那么，这个地点的精神、它的灵光是否只存在于我们自身？或者说，它只是我们内心的某种东西，而我们又足够敏锐，能够感知到它呢？这一地点的精神对每个人来说都是一样的，还是我们每个人都会根据自己的气质和心境，以独特的方式为它着色？18世纪现实主义绘画所做的就是创造一种身临其境的感觉，主要不是通过描绘地点或人物，而是通过描绘"在那里"的特质，亦即在场的感觉。如此一来，艺术家对地点的体验被观众对画面的体验所取代：画面变成了一个地点。整个上午，我都在观察

八月 / 巴克尔

哈丽特·巴克尔[1]的一幅画的复制品,这是她最著名的作品之一,名为《塔努姆教堂的洗礼》[2]。我一直很喜欢这幅画。这个场景是从教堂内部描绘的,视角似乎要将观众从教堂内部吸向敞开的大门,两个女人正在走进教堂,其中一个怀里抱着一个小孩。座位上可以看到另一个女人,她正转身看向门口,我的视线不断在这两个女人之间转换,正在走进来的女人和转身看向她们的女人。

这就是全部了。也许有人会认为,这幅画是在室内和室外之间,在布尔乔亚的装饰风格和颇具野性的外部风景之间制造紧张气氛,但事实并非如此;相反,两个地方或曰两种状态之间的过渡是渐进而和谐的。我看到这幅画时,想到的也不是宗教,不是那个仍属于自然的一部分,但即将融入文化的新生儿,尽管它也很自然地让人产生这种联想。我对画中这些人的身份并不好奇。我不好奇她们在这个画面之前从哪里来,更不好奇她们之后会去哪里。因为这幅画的全部

1　Harriet Backer(1845—1932),挪威画家,欧洲女性艺术家的先驱。
2　*Barnedåp i Tanum kirke.*

意义就在于这个瞬间，在于它与时间的奇妙关系。据说哈丽特·巴克尔每次画画都不会超过二十分钟，因为超过这个时间，光线就不一样了。在这幅特别的画作中，光线从外面的世界穿过敞开的门照进来，看不到天空，只有浓密的绿色植物，像在夏季的雨天里一样闪闪发亮。光线在木门上反射出微弱的光泽，落到地板上时变得更加暗淡，随着深入教堂内部，地面变得越来越暗。这些光线效果表明，这是上午晚些时候，可能是在六月底或七月初。光线稍纵即逝，它总是在不断变化，从不静止和固定，这将它与时间联系在一起，几乎是时间的视觉化。这幅画对光线极为敏感，当光线触碰到静止的地板和触手可及的墙壁时，这个场景所描绘的，正在转身的女人和正要进门的女人，就拥有了自己的行动，而这个转瞬即逝的瞬间，又被静止不动的人物固定了下来。由此，时间变成了一个地点，一个从黑暗中开凿出来的光的洞穴，只有这样，时间这种我们有所感觉，但却难以理解也无法看见的事物，才能获得自己的灵光。

愤世嫉俗

愤世嫉俗是一种脱离一切情感的思维方式，因此经常被认为是自由的，有点像家人外出度假的青少年，发现自己第一次独自在家时的情景。他们的思想可以随心所欲，不需要考虑任何事物或任何人，只需要考虑真相。对愤世嫉俗者来说，真相仿佛隐藏在面纱之后。这层面纱就是我们对现实，尤其是对社会现实的观念和看法，它由我们所相信并用来解释世界的幻觉支配，但这只是一场游戏，是一种次要的东西，掩盖了我们的主要动机，也就是我们的真正动机：利己主义、自我中心、自我保护、欲望。这意味着，一切都不像看上去那样，而总是其他事物的一种表现形式。这种程式化的不信任只有一个结果，那就是厌世，而厌世又只有两种可能的后果，虚无主义或是享乐主义。虚无主义认为一切都是虚无，享乐主义则是与他人毫无共情的享乐。具有讽刺意味的是，将人类与其他所有动物区分开来的智力，具备清晰、独立、无限和情感上的纯粹的特质，其逻辑结论却直接导向动物行为，但却还有一个残酷的区别，那就是人类可以意识到这其中的无意义。然而，对于愤世嫉俗者来说，他们没有别的地方可去，因为正是真理将他们引向那里。举例来说，通过对上帝恩典的信仰获得救赎并不是一种选择，因为信仰是一种幻觉，正是为了逃避真相而创造的，而真相是如此残酷，几乎没有人愿意承受，几乎每个人都会不惜一切代价逃避它。愤世嫉俗者的另一端是天真无邪者，因为愤世嫉俗者分析一切，什么都不相信，而天真无邪者什么都不分析，什么都相信。陀思妥耶夫斯基的小说《白痴》将这两个极端之间的矛盾表现得淋漓尽致。小说中描述的社会生活是一场游戏，涉及策略和算计，谋取自己的利益和设计他人的堕落，当这场游戏遇到一个拒绝游戏的人，它就完全崩溃了，这个人不会算计，只看表面价值，对一切都照单全收，看见什么都会相信。他的善良在于，他没有伪装，没有别有用心，只是像孩子一样活出自己的感觉。拉斯·冯·提尔的电影《白痴》中也有同样的情节，一群幻灭的哥本哈根人聚集在一起玩白痴游戏，假装自己是白痴，他们遇到了一个拒绝假装的人——一个失去孩子的女人，于是游戏也崩溃了。拉斯·冯·提尔本人就是一个愤世嫉俗者，陀思妥耶夫斯基肯定也是；无论如何，他对这种游戏，对虚无主义和享乐主义了如指掌，我们可以把这两位艺术家的作品看作是他们与愤世嫉俗的自我的斗争，看作是在内心愤世嫉俗的荒原上种植意义和生命的有力尝试。是的，也许所有艺术都是这种斗争的表达。纯粹的愤世嫉俗无法创造艺术，因为愤世嫉俗的方法是不带感情、不带信仰地观察世界的本来面目，与艺术的方法完全格格不入，而艺术的方法是通过情感的过滤，重新想象世界。因此，愤世嫉俗的理想形式是箴言，是晶莹剔透、完美无瑕的句子；愤世嫉俗者的职责定位则是批评家，而批评家在内心深处其实是与艺术为敌的。另一方面，纯粹的艺术是由天真无邪者创造的，艺术家越天真，艺术就越伟大，越完美。爱德华·蒙克是我能想到的最好的例子；他身上没有一丝愤世嫉俗，他是个白痴，很少有人能比他更真实地描绘出这个人世。

李子

七月底八月初，夜色开始变得浓重，似乎更加潮湿，不再那么容易溶解在空气中，与此同时，李子也开始成熟。因此，甜美多汁的味道总是带着一丝惆怅；夏天暂时结束了。五月底开始写这本书时，我请出版社的每个人写下他们认为与夏天有关的词语。这份清单让我大吃一惊，它是如此充满希望，所有的词语都是明亮的，轻快的，快乐的。有海滩、比基尼、露珠、露天冰镇啤酒、不眠的夜晚、海边光滑的岩坡、晒伤、暑假和太阳镜，有海浪、假期、羽毛球、纵帆船、便携式收音机、甜樱桃、凉鞋和夏装。有敞篷车、黄蜂蜇伤、玫瑰红葡萄酒、吊床、在洒水器下洗澡、阅读经典、游泳圈、膝盖擦伤和露营，还有夏令营、短裤、彩虹、汗水、草帽、亚麻长裤和热浪、沙滩袋和软冰淇淋。每个词语

八月 / 李子

都会激起这样或那样的期待。李子的味道，甜美中带着厚重和深沉，近乎泥土的味道，其中蕴含着这种期待的终结。李子的味道说，结果并不如我所愿，现在一切都太晚了。今天是八月八日，花园中央那棵老迈的李子树，横向的枝条要靠支架撑起，树上几乎所有朝南和朝西的李子都成熟了。今天早些时候，我站在草地上，迎着清新凉爽的风，吃了几颗，那惆怅的滋味也让我想起一些美好的东西，想起即将回到按部就班的生活中去，它的界限和例行公事，以及没有任何承诺的秋天和冬天。这种味道也让我想起了童年，想起了八月末的黑色夜晚，想起了我们在老蒂巴肯的旧花园里采摘李子的夜晚，在我的记忆中，那是与螃蟹大餐联系在一起的，是夏天最后几天另一种季节性活动，那时，秋天的围墙已经打开，秋天的黑暗随着风一起飘了进来。有时，我们会在去学校的路上去偷偷摘李子，把自行车停在篱笆旁边，然后跑进去，在衣服里塞满李子，一只手揪着毛衣下摆形成一个口袋，把李子装进去，另一只手操纵自行车。这是我一年中最喜欢的季节，我喜欢清晨空气中微微的凉意，而这时的海水还留有夏季的温热，仿佛两个现实并存：属于秋天和学校的现实，以及属于夏天和假期的现实。李子是其中的一部分，因为李子树在春末开花，在仲夏结果，在夏末成熟，就像那时发生的许多事情一样，当热量和光照开始减弱，李子也会有一些不祥的征兆。蜜蜂和黄蜂急切地想吃甜食，愤怒而暴躁，蝴蝶的生命走到了最后几个小时，李子很快就会变得过熟过烂，以至于无法尽快吃掉它们；就好像夏天在它死亡之前，最后一次疯狂地抛洒它的一切。如果把李子留到秋天和冬天，像我小时候那样，母亲把它们做成蜜饯，放在地窖的玻璃瓶子里，夏天的感觉就荡然无存了，它们黑乎乎地躺在装满透明糖水的瓶子里，就像福尔马林里皱巴巴的小脑袋。它们的外皮像皮革，味道苦中带甜，在物质世界里，没有比它们更像回忆的东西了。

皮肤

我们对事物感觉的所有概念都源自皮肤，源自皮肤与物质世界的接触。皮肤能辨别出螺栓是坚硬且有沟槽的，而覆盖在螺栓上的油层则是柔软而略带黏性的。夏日清晨的草地柔软而凉爽，房屋的墙壁坚硬冰凉，花坛里新翻出的泥土在阳光照射到的地方干燥而细碎，在阴凉处则更加湿润和坚实，这些都是皮肤的体验，即使皮肤在这个特殊的早晨并没有接触到任何东西也是如此。因为皮肤以前的所有体验都储存在我们的意识中，它们会被不断检索，并与视觉提供的信息进行核对，所以最终，一个人早在两岁左右的时候，就能够判断各种表面的情况，知道它们的感觉，无需伸出手让皮肤接触它们。即使是像海滩这样复杂的大型结构，当一个孩子如果在森林边缘停下脚步，看到海滩沿着海岸线上下延伸数百米，他也会知道靠近陆地的沙子是干燥的、温暖的，如果让沙子滑过你的皮肤，在你的指间淌下，它几乎是丝绸般柔软、颗粒分明的；而在海浪微微嘶鸣的尽头，沙子则是紧实、坚硬、潮湿、粗粝的。这也是为什么人们坐在椅子上阅读时，会有触摸物体及其表面的身体感觉，比如像这篇文章，它描述了一把闪亮的钢刀，新磨的刀刃沿着拇指滑过薄薄的皮肤，划开一道狭长的口子，下一秒鲜血就涌了出来。冰冷锋利的刀刃，柔软的皮肤，缓缓流淌的鲜血。每个人都知道这种感觉。这些关于事物是如何存在的，以及触摸某些东西会导致什么结果的洞察力，很少被带到我们的意识表面，但我们仍然受其支配，因为这也许是皮肤最重要的任务，为身体找到最佳状态。不要太热，也不要太冷，不要太湿，也不要太干，不要太硬，也不要太软。皮肤最想触摸的，一直渴望的，每次都能让它感到满足，让它平复下来、安静下来、得到满足和解放的，是别的皮肤。将赤裸的婴儿抱在自己赤裸的胸前，肌肤相触，无论是对婴儿还是对成人来说，都是生活中最美好的事情之一。对成年人来说，其他成年人的皮肤是另一种快感的源泉，有时这种快感是如此强烈，以至于他们一关上房门，独处一室，就会撕掉对方的衣服，把自己紧紧贴在对方身上，因为皮肤对其他皮肤的渴望，对柔软、光滑和赤裸的渴望，转眼间就会发展成一场风暴。事实就是这样，皮肤渴望皮肤，皮肤以前的所有接触都储存在意识中，成为情感的仓库，即使在皮肤无法触及的时候，眼睛看到的东西也能唤醒这些情感，这意味着，当冬天变成春天，然后又变成夏天时，人们会以完全不同的方式体验生活。夏天人们开始穿轻便的衣服，裙子和短裤，T恤和背心，因为突然之间，到处都是裸露的皮肤，裸露的肩膀，裸露的手臂，裸露的大腿、小腿和膝盖，裸露的脖子和喉咙，眼睛看到了，身体也知道抚摸手臂、大腿和脖子的感觉，知道裸露的皮肤与自己裸露的皮肤相贴是什么感觉。这种感觉很好，但与此同时，看到皮肤所唤起的美好感觉却很少能转化为真实的触摸，也就是用眼睛的远方换取手的接近，因为在几乎人人都是陌生人的社会里，我们是遵从眼睛来组织世界的，而不是手。从眼睛的现实到皮肤的现实，相当于从社会领域到私人领域的过渡，而对于像我这样有亲近感问题的人来说，我几乎从不喜欢被触摸，也几乎从不喜欢触摸他人，皮肤因此背负了模棱两可的负担，因为我的皮肤也想与其他皮肤亲近，也许比任何其他事情都更加渴望，同时它又害怕亲近其他皮肤，因此又试图寻求避免或限制。皮肤的渴望就像一条狗，而意志就是我用来控制它的链子。

蝴蝶

七月下旬和八月上旬，花园里会出现蝴蝶。蝴蝶从来都不多，看到蝴蝶的感觉即使不是前所未有，至少也很特别——有点像看到彩虹。我们的小女儿追逐蝴蝶，大概是因为它们翩翩起舞的动作有一种独特的魅力，而且悄无声息，毫无威胁性。蝴蝶所拥有的美丽，让我觉得看到它们几乎就是一种荣幸，但据我所知，这种美丽与蝴蝶无关。但是，她喜欢的是它们那种无害的气质，这的确与它们的美丽有关；正是因为它们对掠食者完全不设防，许多蝴蝶种类才会在翅膀上形成花纹。这些花纹要么形成一种保护色，使蝴蝶完美地融入背景中，消失不见；要么起到伪装的作用，使蝴蝶看起来像一片树叶或树枝，让捕食者失去兴趣，或者像有毒或危险的东西，让捕食者不敢接近。上个礼拜，当我坐在家门口喝咖啡时，我感觉有人在看着我，于是我转过身去，发现有一只蝴蝶停在我身后的檐沟上。它的翅膀上有像眼睛一样的斑纹，眼睛并不大，但在黄色和橙色背景的衬托下显得格外清晰。这只眼睛并不只是大自然的巧合，就像形如面孔和物体的花纹出现在云彩和木纹里，墙上的斑点中，或液体中的图案上一样，它的用意是像一只眼睛，恐吓捕食者，阻止它们攻击翅膀上有眼睛图案的蝴蝶。我用手机给那只蝴蝶拍了一张照片，现在就坐在这里看着它。这只眼睛让人无法不为之惊叹。这是谁想出来的？没人想得到。无需任何构想，这只眼睛就出现了。那它是怎么出现的呢？从没有眼睛的翅膀进化到有眼睛的翅膀，一定有某种意志在起作用。这种意志在哪里呢？不在蝴蝶身上，它可能不知道自己的翅膀上有一只眼睛。科学理论认为，这是自然选择的结果，也就是说，花纹恰好与眼睛相似的蝴蝶比其他花纹的蝴蝶更适合生存，所以它们寿命更长，从而使更多的蝴蝶能够在缓慢的改良过程中传承自己的基因。世界上大约有十七万种蝴蝶，占地球上已确认物种总数的百分之十，因此毫无疑问，它们已经找到了一种行之有效的生存方式，尽管这种方式非常烦

八月／蝴蝶

琐：首先是卵，然后是幼虫，然后是蛹，最后是蝴蝶，长着一双相对身体而言可谓巨大的翅膀。蝴蝶的美丽不仅是伟大的，也是短暂的：从它破蛹成蝶，展开新生翅膀的那一刻起，它只有几天的时间来繁殖后代，然后就会死去。有些蝴蝶种类没有进食能力，无法摄取营养，它们只是到处飞来飞去，寻找另一只蝴蝶，在体力尚能维持的时候受孕或使其受孕。那么，从幼虫膨胀的贪欲到如石棺一般存在的蛹到最后几天里的华丽表演，为什么这一整套惊人的装置支配着它们的生命？这种无声的蜕变最终会导致什么？如果目的只是繁殖，为什么蝴蝶不是简单的不起眼的小球，灰不溜秋，毛茸茸的，在森林地面上生活几个小时，就足以产下细小的毛茸茸的卵呢？答案是时间，时间的深度如此浩瀚，以至于任何事件都可以在所有能够想象到的方向上展现所有可能的结果，无论这些结果多么微不足道。这就是那只停在檐沟上的蝴蝶所揭示的，生命有多么极尽古老，而时间又蕴藏着多么广袤的可能性——因为就在几分钟之后，当我从椅子上站起来，走进夏屋存放工具的门廊时，一个突如其来的动静差点把我吓得魂飞魄散：那是一只蟾蜍，它在漏水的水龙头下面找到了栖身之所,在昏暗的灯光下闪闪发光,长着光滑的长腿和扁平的大脑袋。它是让蝴蝶停在檐沟上的同一事件的另一个结果。而看到了这一切,现在正把它写下来的我,则是第三个。

鸡蛋

在我成长的过程中，每个星期天的早餐我们都吃煮鸡蛋，虽然这个习惯早已和保持这个习惯的家庭一起消失，但在我的意识中，煮鸡蛋仍然与星期天特有的氛围联系在一起。我们住的地方没有教堂的钟声，我们也从不去教堂，整个住宅区只有一户人家去教堂，但1970年代与宗教的过去如此接近，以至于它的余晖依然存在，就像太阳落山后，光线还会在天空中停留一会儿，然后才慢慢暗下去。所有的商店都关门了，所以几乎没有货币流通，每个人都休息，所以几乎没有工作可做。相反，人们会去散步或是所谓的星期天兜风，并享用所谓的星期天晚餐，这意味着要比一周中其他几天的饭菜更好，烹饪得更精心。虽然其他一切都没有变化，家里的房间和窗外的风景也没有改变，但只要看到鸡蛋，看到厨房桌上的棕色蛋杯中白垩色的拱形，就足以给这一天打上特别的印记。是的，这种情绪就像是从鸡蛋本身散发出来的，甚至把路边树丛间的光线也变成了"星期天光线"。那时我并没有意识到这一点，我只是坐在桌边，用相对较重的餐刀在鸡蛋顶端下方约三厘米处敲击。蛋壳裂开了，金属片稍稍切入了柔软的内部，这样充满了凝固的蛋白的顶部就可以像盖子一样掀开，通常是用茶匙。做完这些后，我拿起盐瓶，倒置在打开的鸡蛋上，用食指轻轻敲击顶部，让盐粒洒下来。如果鸡蛋是温的，盐粒就会像硬硬的小石头一样落在对它们来说一大片柔软的蛋白上；如果鸡蛋是热的，盐粒就会立即融化，几秒钟后才被味蕾重新发现，咸味那种细微的戳刺感，仿佛来自鸡蛋在我口中形成的那团柔软物质。煮鸡蛋的人通常是我母亲，她从来不用计时器，所以鸡蛋的柔嫩程度也不尽相同，有时非常嫩，黏稠的蛋清泛着灰色，漂浮在蛋壳里，蛋黄也是液体，只是稍微稠一点；有时煮得很老，蛋清几乎像橡胶一样，微微泛蓝，蛋黄则像一个干巴巴的黄色圆球嵌在里面，用勺子一戳就碎了。鸡蛋与生命有所联系并不是一个直观的想法，因为鸡蛋具有极强的造型感，无论是其完美的椭圆形和光滑的表面，还是其内部结构，蛋黄被包裹在蛋清中，仿佛经过深思熟虑，如果说有什么不是生命的特征，那就是风格化、秩序化和系统性。自然界中几乎所有的东西都是参差不齐的，沟壑纵横的，棱角分明的，错综复杂的，凹凸不平的，杂乱无章的，无边无际的。当小鸡孵化时，鸡蛋也会发生这种情况，这也许就是为什么鸡蛋是许多创世神话的核心，比如在道教神话里，宇宙最初是一个蛋，当一个神从蛋中诞生时，蛋就裂成了两半：一部分成为天空，另一部分成为大地。生命破坏秩序，打破对称，这是它的基本条件。如果我们凝视宇宙，思考支配它的系统和秩序，球形的行星绕着球形的恒星在椭圆形的轨道上运行，而球形的恒星构成了螺旋形的星系，星系之间是广袤的空间。与之形成对立的是我们的生活：小猫全速奔跑，意识到自己跑得太快时为时已晚，只能四脚僵硬，直直地撞上墙壁；男孩们在通着电的电线上撒尿，结果触了电；一对喝醉了的夫妇在一棵着火的树下烧烤，我们到家时他们站在树下抬头望着，不知所措，我妻子冲进屋里，拿来灭火器，向火焰喷射白色的泡沫。

充实

充实是丰富的另一个词，意思是某种事物十分充裕，基本上是同一个意思，但多个部分的总和仍然比单个部分的积累更多。充实中会产生某种东西。例如，当我们谈论意义的充实时，我们想到的不是逻辑上的尖锐对立，不是整齐划一的论证，因为充实是逻辑的反面，是有限的敌人，是无尽的朋友。不，我们所说的"意义的充实"指的是当我们站在一件艺术品面前或阅读一本书时所产生的强烈感觉，那种"更多"或"许多"的感觉，这种感觉无法追溯到作品某个单一的方面，而是从各个部分散发出来的，正是作品各部分的数量以及它们之间的均等性让我们产生了这种感觉。例如，一幅画中深浅不同的蓝色，只需看一眼，就可以提升思想境界，让灵魂接触到某种至关重要的东西。但这种至关重要的

八月 / 充实

东西是什么呢？蓝色作为一种颜色，又是如何产生意义的呢？以它丰富的数量吗？我们永远无法知道答案，因为意义问题与意义属于不同的范畴。意义问题就像一个容器，而意义就像水：如果我们把水倒入容器，它就会改变形状，而我们对这种形状的思考并不会让我们更接近水的本质；如果我们把水倒入一个不同形状的容器，它也会以同样自然的方式呈现出另一种形状。在艺术中，意义与思想的关系就像水与容器的关系一样。也许，艺术的显著特征就是充实，也许充实就是艺术产生的指导原则。可以肯定的是，我们评价艺术的方式与我们看待周围环境的方式有关，比如一本诗集和一个海湾中的水的类比，虽然它们外在的相似之处很少，我们以此来感受一件艺术作品是浅薄的还是深沉的，其中的思想是狭窄的还是宽广的，形式属于高尚的还是低俗的，或者它所使用的语言是繁盛华美的，还是贫瘠荒芜的。外在世界以这种方式赋予内在世界以形态，而艺术只是现实微弱的反映，这本是一种令人沮丧的想法——就像玉米地被夏天的雨水或冰雹摧毁一样——因为它意味着我们被束缚在尘世之中，束缚在自己的位置上，幽闭于千篇一律的同一性里，然而同一事物的丰富性打开了这个世界，甚至包括世界最微小的部分，并通向无限无垠。每年夏天，当谷物成熟时，我开车经过居住地的田野，狭窄的柏油路在炽热的风景中蜿蜒前行，干燥而金黄，四周一片静寂，甚至风车也一动不动，树木披着浓密的绿叶，像是要探入深邃湛蓝的天空中去，突然风起，一切都开始运动，仿佛一道波浪穿过这片风景，这就是我所想的：如果一个人能像这样写作就好了！

地蜂

在我的成长过程中，地蜂（黄胡蜂）是一种神秘而令人畏惧的生物，童年世界的夸张把它放大得不成比例，有点像大龙螣、蓝水母和蝰蛇。但是，这三种生物代表的是真实的危险——即使遇到它们的可能性很小——会对人类造成实际伤害，而地蜂的威胁更多是想象出来的，我对它的恐惧就像对獾的恐惧一样毫无根据（传说獾会咬人，直到把骨头咬碎）。地蜂之所以具有传奇色彩，不仅仅因为它们会成群结队地追逐人类，造成致命的蜇伤，还因为它生活在地下洞穴中。黄蜂属于空气，属于天空，属于一切开放的事物，因此，消失在地下的黄蜂，会有一种不自然的、邪恶的气息。

在我的童年时代，我从未见过地蜂，成年后也完全忘记了它们的存在和黑暗的吸引力，直到两年前夏末的一个星期天，我们去桑德森林的海滩旅行。天气阴沉，但很暖和。太阳在灰白色的天空中露出一抹黄色。海面也是灰色的，只有海浪拍打着海岸，冲刷着深黄几近棕色的沙子。再往里走，在海水冲不到的地方，沙子是米黄色的。陡峭的沙丘顶端长满青草，面朝大海的山坡上，淡绿色的小草一簇一簇冒出来，而在陆地的方向，沙子越来越厚，一直延伸到森林的边缘，地面上长满了灌木丛、青草、苔藓和浆果丛。我们把车停在森林里碎石铺的停车场，沿着小路步行一百多米来到海滩，坐在那里一边吃着饼干，喝着咖啡和果汁，一边眺望着灰暗而宁静的大海。我们是和另一个家庭一起来的，所以一共有八个人。过了一会儿，孩子们去水边玩耍；他们没有游泳，而是玩水罢了。海滩外有一道沙堤，中间的水道就像一条河。我和另一家人的父亲一起去那里游泳，快到九月了，我想这可能是今年最后一次游泳了。等我上了岸，擦干身体，穿上一件T恤时，我意识到我已经有一段时间没有看见我的儿子了。我问了其他人。他走到了大概一百米外的防御工事遗迹那里。我决定去看看他怎么样了。我滑下沙丘，绕过沙丘边缘，看到他躺在大约七八十米外的沙滩上。

他一动不动地躺着，姿势很不自然。我跑了起来。当我走近时，我听到他在大喊。救命！救命！救命！哦，糟糕，有一群黄蜂在他周围盘旋。我来了，我喊道。我跑过去，把他从黄蜂群中抱了起来，然后沿着海滩拼命跑。我第一次转头看的时候，它们还跟在我们后面，但没过几秒钟，蜂群就散开了。男孩哭了，抽泣着。我让他坐在沙丘上，在我们经常露营的浅坑里，问他哪里被蜇了。这里，这里和这里，他抽泣着说。我心想，考虑到黄蜂的数量，被蜇三下也不算太严重。但他并不是因为被蜇才哭的，而是因为受到了惊吓，是他一个人被困在沙滩上，一动也不敢动，没有人来帮助他的恐慌。过了一会儿他不哭了，我也没再多想，毕竟他已经没事了。但在下一次家长会上，我发现他把这件事告诉了全班同学，又哭了一次。第二年夏天，他拒绝穿短裤或T恤去海滩。去桑德森林游泳更是完全不予考虑。无论天气多么炎热，他出门时仍然本能地要遮住尽可能多的皮肤。片刻之前，他穿着夹克和长裤从我窗前走过，即使烈日当空，气温达到了二十五度。两年过去了，他已经不再认为穿轻便的夏装会被黄蜂蜇，但他仍然将长袖长裤和安全联系在一起。

马戏团

昨晚我们从布达佩斯回家,我们参加了那里的一场婚礼,我的朋友托雷和希尔德结婚了。婚礼和婚宴的第二天,所有宾客都去了马戏团。我的两个大一点的孩子对此持怀疑态度,他们都十来岁了,马戏团对他们来说太幼稚了,但我还是让他们去了。傍晚时分,我们从酒店打车来到城市公园,在马戏团大楼外与其他宾客会合。天气很热,大约有三十多度,气氛略显兴奋,演出开始前经常都是这样,检票,找座位,在小卖部排长队买东西,人们拿着一桶桶爆米花、一袋袋糖果、一瓶瓶汽水闹哄哄地走开。电影放映前是这样,足球比赛前也是这样,但电视上的电影或比赛前不是这样,所以这种期待的心情与人们的聚集有关,我们将与不认识的人一起去看什么东西。嗡嗡的人声,来来往往、转来转去、微笑和交谈的身影。夕阳西下，公园里的影子渐渐拉长，马戏团的灯光亮了起来。我们走进去，找到自己的座位。和所有马戏团一样，舞台是圆形的，观众依次坐成圆圈，并不像剧院那样有一个终点。孩子们对此持怀疑态度，因为他们看过的所有马戏表演都比较业余，都是小型巡回马戏团表演的，它们所承诺的精彩和魔力总是大于表演的实际效果，对他们来说，马戏团大概就是戏剧性的手势和夸张的台词里包裹着平淡无奇的东西。不过，他们得到了爆米花和汽水，认命地在接下来的几个小时里看人和动物表演把戏这种不酷的东西。二十分钟后，他们在黑暗中张大了嘴巴。有时他们会大笑，但大多数时候，他们坐在那里盯着舞台，目光专注又闪亮。他们被迷住了。所有的节目都很经典。有走钢丝，有空中飞人，有四个男人互相站在对方的肩膀上，一个女人被抛向空中，然后安全地落在最上面那个人的怀里。不过，最精彩的还是一个男人戴着四顶礼帽表演杂耍。他把帽子连续地抛出去又接住，帽子随着音乐一顶接一顶落在他头上，然后又被抛出去。随着音乐变得越来越复杂，难度也随之增加，现在帽子的帽檐贴着他的前额，在空中旋转了两圈，然后才落在头上。我的小女儿大声笑起来。我也笑出了声，两个大女儿惊讶地看着我，因为在她们眼里，这是最不精彩的一个节目。爸爸，那个节目你为什么会笑？后来她们问我。我说，我笑是因为她们的妹妹笑得太大声了。还因为我意识到，为了让帽檐撞击额头，实现小小的旋转，在空中转完一圈后刚好卡着音乐的节拍落在头上，给观众带来几秒钟的欢乐，那个戴礼帽的人一定已经排练了很多很多年，就像奥林匹克体操冠军练习他们的动作一样紧张和认真。马戏表演中的一切，都围绕着挑战物质世界赋予人体的限制而展开，通过选择其中一个元素并反复重复，就好像把它冻结在那个运行的瞬间，直到可以展示出完美的效果。这种表演毫无意义，除了观众在观看时的惊叹之外，不会带来任何实质的东西。张开的嘴，闪亮的眼睛，内心的激动。我们很容易为戴礼帽的人感到惋惜，他用毕生精力来完善这些细微而愚蠢的动作，他的表演如此渺小，但同时这也是一个巨大的胜利，因为他成功地以一个人人都能立即理解和认识的方式展现了生活的悲哀之美：生活中没有什么比一顶礼帽的帽檐贴着额头旋转两圈然后落在头上更值得期待的了，这就是我们能从中得到的终极快感。当我看到这时,我意识到,这就足够了,所以我笑了。

重复

我喜欢重复。我喜欢在同一时间，同一地点，日复一日地做同一件事。因为在重复的过程中会发生一些事情：迟早有一天，整个千篇一律的堆积会开始滑落。那就是写作开始的时候。窗外的景色不断提醒着我这个缓慢而无形的过程。每天我都能看到同一片草坪，同一棵苹果树，同一棵柳树。冬天，色彩黯淡，树木空旷；春天，花园里绿意盎然。尽管我每天都在往外看，但我并没有看到它们的变化，它们仿佛发生在不同的时间尺度上，视觉范围之外，就像高频率的声音超出了我们的听觉范围一样。然后是丰富的花朵、果实、温暖、鸟儿和茂盛的生长，我们称之为夏天，接着是一场暴风雨，苹果在树下散落一地。雪花一触到地面就融化了，树叶枯黄，树枝光秃秃的，鸟儿也不见了；又是冬天了。

年轻时，我认为西塞罗所说的"只要拥有一个花园和一个图书馆，就拥有了一切"是资产阶级思想的表现，是无趣的中年人的真理，与我想要成为的人相去甚远。我之所以这样想，也许是因为父亲似乎对花园情有独钟，有时他把所有的空闲时间都花在花园里。现在，我自己也到了百无聊赖的中年，我也听天由命了。文学与花园之间的联系显而易见，它们都在狭小的区域里，孕育着某种在其他方面未曾定义的、没有边界的事物；现在我不仅能够看到这种联系，也在培育它。我读一本维尔纳·海森堡的传记，一切都在那里，在花园里，原子、量子跃迁、不确定性原理。我读一本关于基因和DNA的书，一切也都在那里。我读《圣经》，天凉的日子漫步在花园里，听到上帝的声音。我喜欢这个短语，"天凉的日子"，它唤醒了我心中的某种东西，一种阳光灿烂的漫长夏日里的深邃感，其中有一种永恒的东西，然后到了下午，风从海上吹来，随着太阳在天空中下沉，阴影逐渐扩大，孩子们在附近的某个地方爆发出一阵欢笑。那是在天凉的日子里，在生命的中间，当它结束的时候，当我不再在这里的时候，这里的景色将依然存在。这也是我望向窗外时意识到的一点，从中我感受到一种莫名的安慰，我们走过这个世界，我们注意到了它，但它并没有注意到我们。这就是文学的任务之一，提醒我们自己的渺小，让我们明白，我们创造意义的方式只是世界上众多可能中的一个，森林、平原、高山、大海和天空，它们都有自己创造意义的方式。世界是不可翻译的，但并非不可理解，我们只需知道一个简单的规则，即世界通过无数的生命和生物所表达的一切，后面没有问号，只有感叹号。

捉螃蟹

捉螃蟹在夏末秋初进行，此时正是螃蟹最肥美的时候。你可以用蟹笼，一个装有饵料的铁丝盒子，螃蟹可以钻进去，但出不来；或者可以站在岸边，在傍晚和夜间用灯光照射水面，螃蟹会寻找长在岩石上的藤壶，从海底慢慢游上来，这时就可以用耙子或其他合适的工具把螃蟹耙起来。童年时，我曾去捉过几次螃蟹，那些夜晚是我最清晰的记忆之一，大概是因为那就像是在另一个现实中，开阔的大海的小岛上的夜晚，还因为与螃蟹有关的一切都是陌生的，就像是一次冒险。很长时间以来，我一直觉得它们是在追寻光亮，在水下，在它们秘密而难以接近的世界里，被来自我们世界的信号引诱上来——在它们头顶上闪耀的光。对它们来说，这代表着什么呢？它们被那道光催眠了，不得不跟着它走。我想，有一天，在未来的某一天，像城市一样大小的宇宙飞船会盘旋在这片土地的上空，到那时，我们就会像螃蟹一样放下一切，向它们走去，我们被一种无法抗拒的东西吸引，这种东西充斥着我们，让我们没有恐惧和怀疑的余地，让我们对一切危险都无动于衷。螃蟹的壳很硬，就像石头一样，父亲把它们从水里捞起来的时候，它们的壳撞在石头上，发出叮叮当当的响声。螃蟹在桶里堆在一起，一只叠着一只，蟹脚缓慢移动，还有那双黑色的小眼睛——它们能看到什么？它们是什么样的生物，它们在想什么？当我们开着小船回家时，桶里传出咔嗒咔嗒的声音，如果桶里装了很多螃蟹，听起来就像钟表的嘀嗒声。它们爬来爬去，彼此的壳互相撞击发出声音。父亲教我如何拿起它们，要抓住蟹壳顶部的边缘，那里蟹钳够不到。但即使我知道它钳不到我的手指，我也不敢信任它，我对尖尖的、毛茸茸的蟹脚的恐惧胜过了理智，童年时经常如此。我还记得它们死去的样子，当它们被丢进炉子上的一大锅沸水里时，它们如何爬行，咔嗒作响，蟹脚慢慢地摸索着，我记得它们是如何突然停止移动，肚皮朝上翻转过来，离开了这个世界，但仍然在这个世界里，带着它们的壳和肉，它们一动不动的蟹脚和胡椒粒般的眼睛。然后，它们被放在一个大盘子里，就像一座座小雕像，水下生命的纪念碑。但它们的生命去哪儿了呢？我仿佛能感觉到死亡的真相，那是一种渗透。第二天晚上的晚餐是一场盛宴，尤其是因为我父亲喜欢吃螃蟹和吃螃蟹的整个仪式，特别是蟹钳，这需要一种专门的技巧，而他已经掌握得非常娴熟——他在关节处把蟹钳掰开，把像昆虫翅膀一样的白色软骨薄片推到一边，开口对着嘴巴，就像吹笛子一样，然后用力猛吸一口气，有点类似于对着吹管吹气，只不过是向内而不是向外，光滑的蟹肉就离开了坚硬的鞘，飞进了他的嘴里。一家人围着桌子吃螃蟹的时候，是我见过他最开心的时候。我觉得自己就像一个学徒，一个有一天会掌握这一切并像他一样快乐的儿子。

瓢虫

瓢虫是一种甲虫，但在我们的心目中，它与其他甲虫有着完全不同的地位，其他甲虫有着坚硬闪亮的翅鞘，通常呈黑色，长着许多腿和长长的触角，似乎与我们隔着无限遥远的距离，我们往往只是注意到它们存在而已。和其他大多数昆虫一样，我们把甲虫也看作是一种有生命的东西，相比猫和狗，它们更接近石头和树枝，那些不敢用脚后跟踩死甲虫，或者用手拍死蚊子的人，实在是心肠太软。然而，很少有人会轻松地杀死一只瓢虫。这可能是因为它的外表很吸引我们。它的身子圆圆的，红色的翅鞘上有黑色的小点，我们觉得它很美，而美又总是让我们趋之若鹜。但瓢虫的特别之处在于，它不像鹰或鲨鱼那样具有崇高的美感，鹰或鲨鱼的美带有一种残忍的气息，会产生

八月 / 瓢虫

一种不同的距离感；它也不像蝴蝶那样美得高高在上，蝴蝶的颜色和斑纹让人联想到汽油在水面上形成的颜色和花纹，而且看起来有些冷漠，而冷漠当然也是华丽的标志之一。不，瓢虫的美是一种孩童式的美。它很可爱。无论是瓢虫圆拱状的、像一颗纽扣一样的身体，还是它带有黑色斑点的红色翅鞘，都赋予了它一种功能性，使它看起来像是用来取悦或逗乐的东西，尤其是儿童，他们可能是唯一真正能够欣赏会飞的火红色纽扣的群体。如果你仔细观察瓢虫的翅鞘，红色看起来实际像是涂上去的，斑点的黑色才是原本的颜色，而红色的出现，就像父母为了给孩子带来欢乐，把儿童房间里原本黑色的椅子涂上了欢快的颜色一样。正是因为这种欢快的气质，瓢虫和瓢虫图案才会在儿童文化中如此盛行。这些小小的生物看起来友好又可爱，快乐又有趣。但它们是甲虫，是机械本能的昆虫世界的一部分，在某些情况下，当它们成群结队地出现时，它们和我们之间的鸿沟就显现出来了，那就是所有种类的昆虫都具有的深深的异类天性。五年前夏末的一天，我看到过这道鸿沟。我们和另一个家庭一起，从马尔默市中心乘巴士前往城外的一个海滩。我们最近才发现这个地方。附近有一个露营地，所以海滩上的设施一应俱全，而且那里有很多树，在这个酷热的夏天，坐在树荫下非常惬意。我们从巴士上走下来，肩上挂着冰袋、泳衣和毯子，最大的孩子在前面的草地上奔跑，最小的孩子躺在婴儿车里，就在这时，我们发现空气中全是昆虫，到处都是小黑点。它们很快就开始落在我们的衣服上和头发上；我穿着一件白色的T恤，五六只瓢虫在布料的衬托下显得格外醒目。当我们走近海滩时，脚下开始发出嘎吱嘎吱的响声。有些地方的地面上布满了瓢虫。我扯了扯T恤，把它们抖落下去，但很快它们又回来了，这次有十几二十只。我用手指捋了捋头发，摇了摇头，想把它们赶走，但新的瓢虫还在不断出现。到处都是瓢虫。我们把地毯铺在一棵树下的草地上，不一会儿上面就爬满了瓢虫。我们又往远处走了走，但那里也是一样，到处都是瓢虫，地面上和空气中都是。它们似乎是从海峡外飞来的，在高高的水面上，有一大群黑压压的瓢虫在向陆地移动。一定有几十万只。甚至在水中，也有瓢虫在漂浮。我站在这片绿得发亮的草地上，眺望波光粼邻的蓝色海峡，巍峨的厄勒海峡大桥耸立在海峡之上，心中充满了深深的不安，因为我意识到，世界终有一天会毁灭，那天也许就像今天这样美丽而平凡。

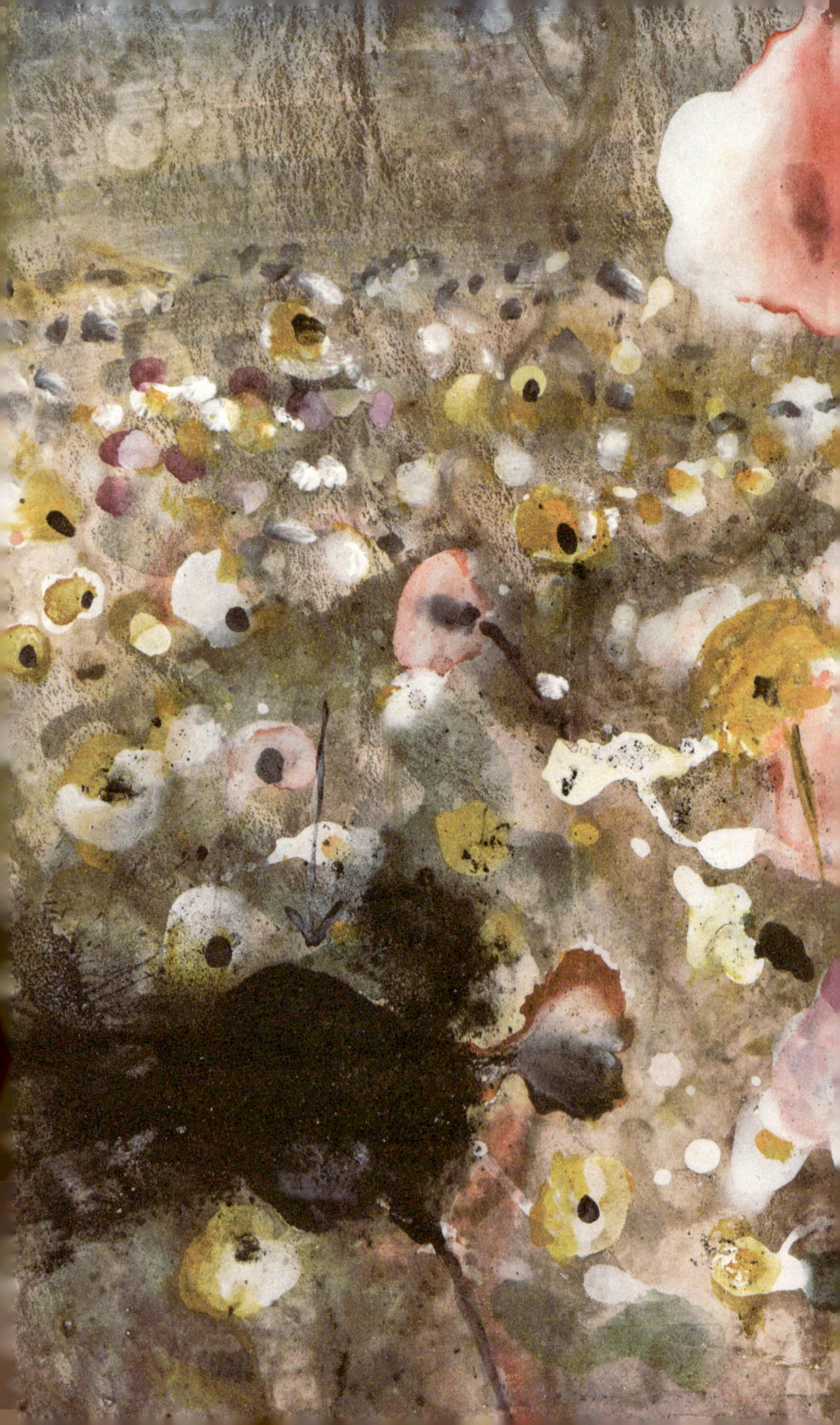

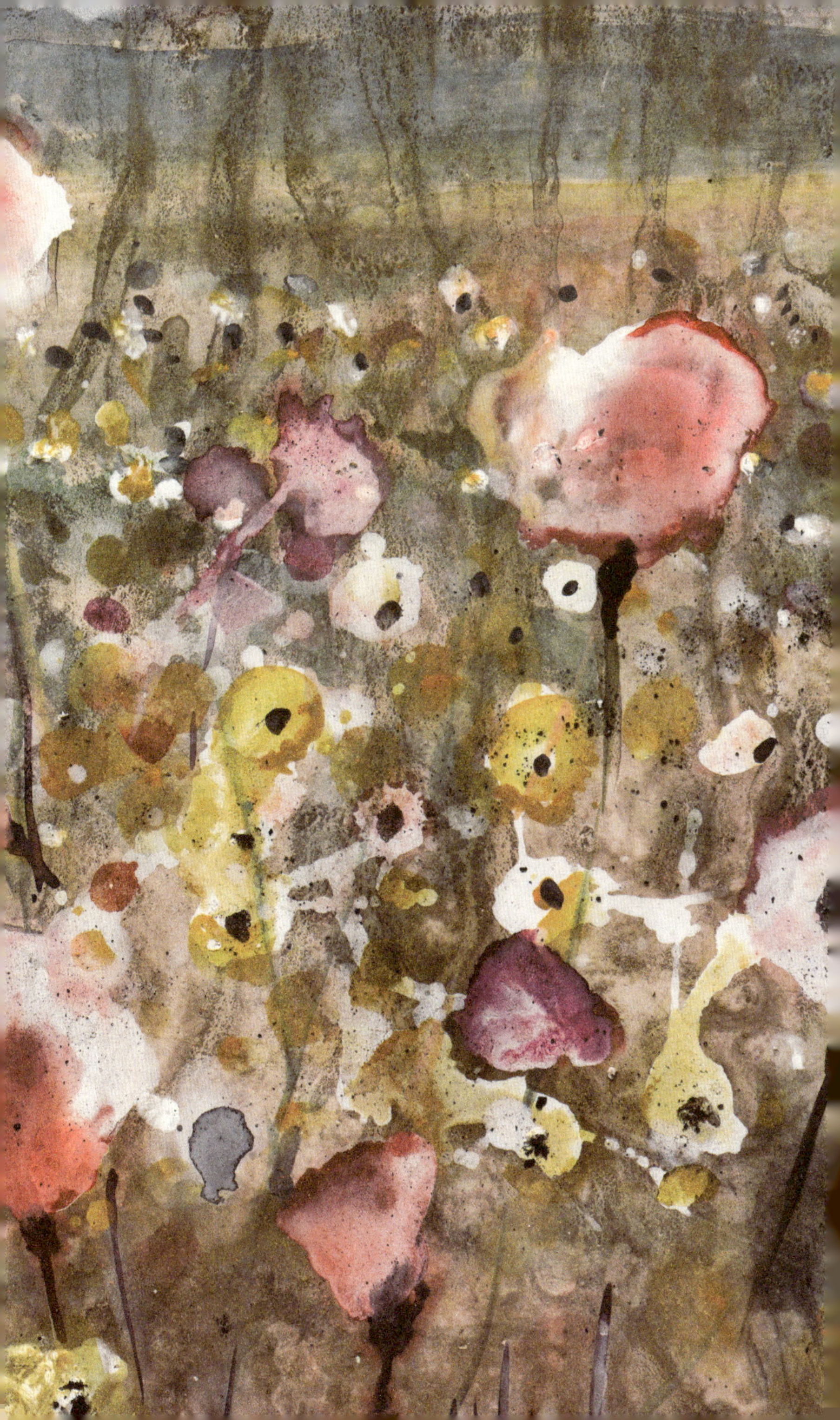

安塞尔姆·基弗作品说明

封面插图

Morgenthau, 2013, Watercolour on paper, 40.3 x 50.7 cm. 摄影：乔治·蓬塞（Georges Poncet）

内页插图

文前、P36-37、P204-205、P306-307、P354-355, *Ich bin der ich bin*, 2015, Watercolour on plaster on cardboard, 18 pages, 57 x 48 x 6 cm. 摄影：夏尔·迪普拉（Charles Duprat）

P1, *blaue Blumen*, 2015, Watercolour and pencil on plaster on cardboard, 60 x 80 c. 摄影：夏尔·迪普拉

P70, *dat Rosa Miel apibus*, 2013, Watercolour on paper, 86 x 75 cm. 摄影：乔治·蓬塞

P113, *Extases féminines-Mechthilde de Hackeborn-Marie des Vallées...*, 2012, Watercolour on paper, 67 x 52 cm. 摄影：夏尔·迪普拉

P170, *böse Blumen*, 2015, Watercolour and charcoal on plaster on cardboard, 152 x 107 cm. 摄影：夏尔·迪普拉

P280, *Les extases féminines*, 2013, Watercolour on paper, 116 x 51 cm. 摄影：乔治·蓬塞

P422-423, *Le dormeur du val*, 2015, Watercolour and charcoal on plaster on cardboard, 50 x 70 cm. 摄影：夏尔·迪普拉

OM SOMMEREN by Karl Ove Knausgård
Copyright © 2016, Karl Ove Knausgård
Artwork Copyright © 2018, Anselm Kiefer
Simplified Chinese character translation copyright © 2024 by Beijing Imaginist Time Culture Co., Ltd.
through The Wylie Agency (UK) LTD
All rights reserved

This translation has been published with the financial support of NORLA

著作权合同登记图字：09-2023-1081

图书在版编目（CIP）数据

在夏天 /（挪威）卡尔·奥韦·克瑙斯高著；沈赟璐译 .—上海：上海三联书店，2024.3

ISBN 978-7-5426-8415-8

Ⅰ . ①在 ... Ⅱ . ①卡 ... ②沈 ... Ⅲ . ①散文集－挪威－现代 Ⅳ . ① I533.65

中国国家版本馆 CIP 数据核字（2024）第 045261 号

在夏天

［挪威］卡尔·奥韦·克瑙斯高 著　　沈赟璐 译

责任编辑 / 苗苏以
策划编辑 / 李恒嘉
特约编辑 / 闫柳君
装帧设计 / 马志方
责任校对 / 王凌霄
责任印制 / 姚　军

出版发行 / 上海三联书店
　　　　（200041）中国上海市静安区威海路 755 号 30 楼
邮　　　箱 / sdxsanlian@sina.com
联系电话 / 编辑部：021-22895517
　　　　　发行部：021-22895559
印　　　刷 / 山东韵杰文化科技有限公司

版　　次 / 2024 年 3 月第 1 版
印　　次 / 2024 年 3 月第 1 次印刷
开　　本 / 850mm×1168mm　1/32
字　　数 / 218 千字
印　　张 / 13.5
书　　号 / ISBN 978-7-5426-8415-8/I·1864
定　　价 / 88.00 元

如发现印装质量问题，影响阅读，请与印刷厂联系：0533-8510898

理想国｜克瑙斯高作品

已出版

《我的奋斗1：父亲的葬礼》

《我的奋斗2：恋爱中的男人》

《我的奋斗3：童年岛屿》

《我的奋斗4：在黑暗中舞蹈》

《我的奋斗5：雨必将落下》

《我的奋斗6：终曲》

《在秋天》

《在冬天》

《在春天》

《在夏天》

即将出版

《晨星》

《小画面，大渴望》